청국영사ㄱ

■ 천리원

■
영국영사관

인천 조계 평면도

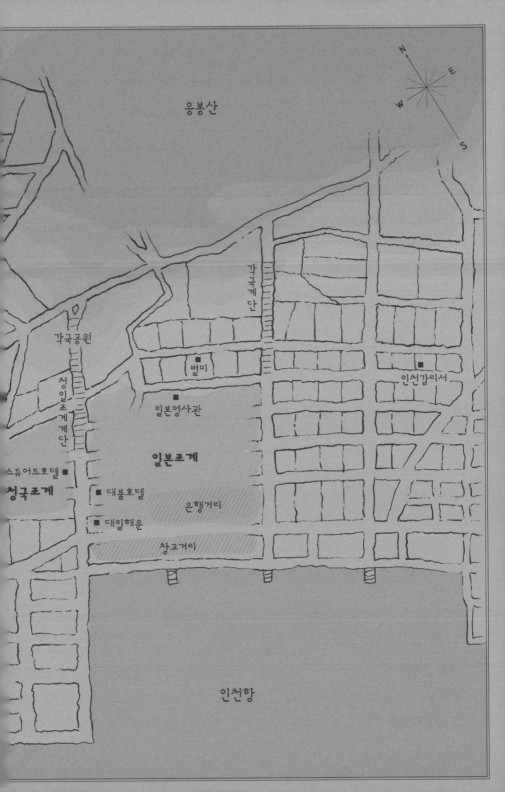

아편전쟁

no 03
mo vel 무블
vie

아편전쟁

이 원 태
김 탁 환

장편소설

민음사

일찍이 먹어 본 적이 없는 자들은 지금 먹고

늘 많이 먹어 본 자들은 이제 더 많이 먹어라.

— 토머스 더 퀸시, 『어느 영국인 아편쟁이의 고백』

차 례

지옥도

지옥을 구경시켜 드리리까? 다녀온 놈도 없고 증명할 길도 없으니 허황된 거짓부렁으로 치부할지도 모르지. 하지만 지옥은 분명히 있소. 이승에서 지옥을 찾는다면 바로 여기라오. 와서 직접 두 눈으로 보면 인간의 상상력이 얼마나 보잘것없는지 알게 될 게요. 이곳은 당신들이 상상한 어떤 지옥보다 지옥다운 지옥이외다.

살았으되 살아 있지 않고 죽었으되 죽지 않은 몸들이 모인 곳. 인간이되 인간일 수 없고 생물이되 생물이지 못한, 인간과 무생물의 중간쯤 어딘가에서 배회하는 기괴한 마음들을 한데 모은 곳. 뚫린 구멍으로, 당신이 상상하는 온갖 액체가 흘러나와 범벅이 되어 괴물을 만들고 그 괴물이 다시 범벅이 되는 곳. 통기구 하나 없는 지하 흙방마다 진액 범벅이 뿜어 대는, 형언하기 힘든 악취가 다시 범벅이 되어 호흡기를 점령하는 곳. 썩은 공기를 마시고 더 썩은 공기를 토하는 요물 수백이 모여 사는 곳. 괴물체들은 제각각이로되 또한 모두 같기도 하오. 생김새가 다르고 냄새가 다르고 소리가 다르지만 그것들은 모조리 하나에서 나왔고 오직 하나로만 돌아가도록 이어져 있다오. 그 하나란 바로 아편이오. 아편 연기를 타고 올라가 천국을 누빈 괴물들이, 연기와 함께 천길만길 아득히 추락하는 곳. 하루를 100년같이 썩어 문드러지는 곳. 여기가 지옥이 아니라면 어디가 지옥이겠소?

영혼의 시궁창을 쑤시는 고통의 소리가 궁금하다면 이곳에 와 귀를 열면 되오. 저마다 다른 소리가 저마다 다른 오장육부 깊숙이에서 삐져나와 저마다 다른 입 밖으로 터져 거대한 합창이 된다오. 흐하. 후. 컥. 훙. 퉤. 팩. 뷁. 이힝. 이 세상 어떤 문자로도 옮기지 못하는, 어떤 음표로도 그릴 수 없는 소리들. 길거나 짧게, 강하거나 약하게, 높거나 낮게 뒤섞여 돌림노래가 되고 그 돌림노래가 돌아와 새로 만든 소리와 섞이고 또다시 돌아 다시 섞이는, 유일무이한 향락의 굴이 생긴 후 단 한 번도 끊어지지 않은 거대하고도 영원한 만가 말이오.

지옥이란 그런 곳이오. 끓는 쇳물을 마시거나 천근이 넘는 쇳덩이를 안고 송곳 침대에 알몸으로 드러눕거나 뼈가 바스러지고 근육이 찢겨 살점이 떨어져 나가는 것 정도는 시작에 불과하다오. 더 끔찍하고 더 두렵고 더 슬프고 더 부끄러운, 몸은 물론이고 마음까지 몽땅 지워 버리려 발버둥치지만, 또렷이 내 몸이고 내 마음임을 시시각각 확인하는 나날을 상상해 보시오. 인간을 인간이지 않게, 고

통을 고통일 수 없도록 뭉개는 곳, 그 지옥으로 당신이 찾아온 게
요. 나를 만나러 말이오.

1부

악연

올해가 몇 년이오? 일천구백삼십이 년? 그렇다면…… 꽁꽁 얼어 벌건 피부가 연꽃처럼 터져 찢기는 마하발특마지옥에서 5년이나 썩은 거잖아. 크크크, 세월이란 참……. 가만, 당신 지금, 손에 든 거, 그거 혹시 신문이오? 맞네, 신문. 이보오, 형사 양반, 내 그 신문 잠시 빌립시다. 뭐? 글을 읽을 줄 아느냐고? 이런 씨발, 지옥 구덩이에서 꿈틀대니 개좆밥으로 보여? 호래자식이 어디서…… 아, 미안, 미안합니다. 정말 미안합니다. 흐흐흐 거참 사람들은 희한도 하지. 왜 아편쟁이 다 무식할 거라 생각할까. 특히 당신 같은 고등계 형사가 그따위 얄팍한 선입견을 가지면, 어떻게 거미그물처럼 얽힌 단서를 냉정하게 분석하여 범인을 잡아들이겠소. 그물이 삼천 코라도 벼리가 으뜸이라 했소. 아편쟁이들의 코를 꿰어 단숨에 끌어당길 동아줄만 찾으면 수사가 끝나는 게요. 개항 후 아편이 온 인천을 물들였을 때…… 그때 아편을 제일 먼저 받아들인 자가 누군지 아시오? 바로 갑부와 그 자식이라오. 비싼 아편을 사서 즐길 재력이 있으니

자식들 공부도 꽤 시켰소. 모르긴 몰라도, 지금 감방살이하는 아편쟁이 중에서도 세상 물정에 두루 밝은 이가 적지 않을 게요. 그렇다고 내 부모가 갑부란 소린 아니고. 그럼 어찌하여 아편에 손을 댔느냐고? 바로 그 얘길 지금부터 하려는 거잖소. 내 말을 믿든 안 믿든 그건 당신 자유지만, 그딴 거 다 떠나서 변치 않는 사실은 인천으로 가장 먼저 아편이 들어와 퍼졌다는 거요. 다른 고을은 전혀 모르는 향락을 맛볼 기회가 주어진 게지. 해가 쨍쨍 내리쬐는 대낮에 골목 구석에 널브러져 몸을 떨며 침을 질질 흘리는 아편쟁이들의 눈동자를 본 적 있소? 실핏줄이 터져 흰자위마저도 혼탁한, 붉다기보다 차라리 잿빛에 가까운 구멍들. 탐닉의 재! 자, 어서 그 신문이나 줘 보오. 살얼음 깔린 감방에서 눈먼 쥐새끼마냥 떨다 보니 세상이 어찌 변했는지 살필 겨를이 없었소. 궁금하오.

태평양 건너 미국이란 나라의 신문도 이곳 신문과 별반 다르지 않군. 도적질하고 도적들이 잡히고 그 도적들에게 도적질을 시킨 더 큰 도적놈 얼굴이 신문에 대문짝만 하게 나고 말이오. 흐흐흐. 말 거시기만 한 시가를 문 이 시건방진 사내 말이오. 이놈도 표독한 도적인가 보오. 스물일곱 살에 세계에서 가장 많은 돈을 벌었다니 말이오. 딴 놈들이 한 놈 죽일 때, 적어도 열 놈 아니 백 놈은 처치해야 그런 부를 누릴 수 있거든. 물론 제 손에 피 묻히는 법은 없지. 세상엔 사람을 물어뜯으려고 대기 중인 개들이 무척 많다오.

11년을 선고받았으니, 뭐 한 5년쯤 감옥에서 뻥이를 돌까? 아니

지, 아냐. 5년도 너무 길어, 이런 돈 많은 새끼한텐. 옛날이나 지금이
나 동이나 서나 돈 없는 새끼들이 돈 많은 새끼들 죗값까지 다 떠
맡는 게 인지상정이니 말이오. 이자도 잠시 옥살이 시늉을 하다 보
석이나 특사로 나와, 여생을 대저택에서 최고급 술과 미녀들에 둘러
싸여 살 거요. 오늘도 극락이요 내일도 극락이니, 이자의 팔자야말
로 상팔자요.

   하하하. 주제넘지만 추측 하나 하리다. 이 빌어먹을 흉악범을 왜
밀주 밀매나 매음굴 운영, 살인죄로 잡아넣지 못하고 고작 탈세로
기소하여 유죄를 선고했는지 아시오? ……모르는구먼. 잘 들으시
오. 죄가 코끼리만큼 무거워지면 말이오. 사람의 눈도 가리고 마음
도 가리고 하늘도 가려 누가 죄인인지 구분조차 어려워진다오. 그
렇게 번 돈은 그 도적놈 주머니에만 들어가는 것이 아니라 도적놈
의 부하들, 친구들, 가족들은 물론이고 도적놈 체포가 직업인 놈들
이거나 도적놈 없는 정의로운 세상을 부르짖는 놈들, 이를테면 말
단 순사들 쌈짓돈에서부터 저기 고관대작들 안방 금고로까지 들어
간다 이 말이오. 자, 그렇다면 여기서 돈을 준 놈이 도적이오, 아니
면 돈을 받은 놈이 도적이오? 이 새끼와 저 새끼가 돈으로 하나가
되면 결국 누가 도적인지 구분할 수가 없소. 그래서 중죄를 지은 놈
은 대충 만만한 죄목 하나를 만들어 살짝 죗값을 치르는 시늉을 하
게 만들고 만만하게 가벼운 죄를 지은 놈들은 온갖 고초를 다 겪게
몰아세우는 거지. 그래야 법과 정의가 시퍼렇게 살아 있다는 사실
을 세상에 알리고, 또 그 법과 정의로 사람들을 다스릴 수 있으니

말이오. 무릇 죄를 지으려면 크게 지어야 하는 법이라오. 사진 속
이 시가맨처럼 말이오. 하하하하. 아, 이런 미친, 미안합니다. 죄송합
니다. 고매하신 형사님 앞에서 개소릴 짖어 대다니…….

아편쟁이 주제에 뭘 그리 아는 체를 하느냐고 하셨소? 불혹은 넘
기셨소? 좋은 나이요. 앞만 보고 달리기에도 숨이 가쁜 시절이지.
내 나이쯤 되어 보오. 인생 오르막 내리막 다 겪고 나면, 길의 모양
만 봐도 어디에 닿을까 그려진다오. 젊었을 땐 걸음을 늦추는 것도
비겁한 짓 같았다오. 멈춰 서서 고개를 돌리는 놈과는 의절했소. 늙
고 나니 돌아볼 마음은 넉넉한데, 어디로도 달리질 못한다오. 조화
옹이 정말 있다면, 따지고 싶소. 왜 이렇게 인생을 배배 꼬아 놓았느
냐고.

그나저나 말이오. 사진 속 남자의 얼굴을 보니 또렷이 떠오르
는 얼굴이 하나 있소. 스물일곱 살, 세상과 맞짱 뜬 나이도 비슷하
고, 배포도 이 사람 못지않게 넓으니 생각이 안 나려야 안 날 수가
없소. 어허, 서두르지 마시오. 천천히 그 사내와 내 지저분한 인생
이 얽히는 이야기를 들려주리다. 잠깐만, 이 시가맨 이름이나 한 번
더 봅시다. 외워 놓고 싶소. 참 길기도 하구려. 알폰소…… 가브리
엘…… 카포네.

이보오, 젊은 처자. 그, 타이프라는 거 말이오. 소리 좀 안 나게
칠 수 없소? 애당초 내 말을 남겨 뭣에 쓰려는지 영 내키지 않았

소만, 쇳소리까지 뇌를 타악탁탁 두드려 대니 견디기가 쉽지 않소. 큭! 후…… 말이란 건 입 밖으로 나오는 순간 헛것으로 바뀐다오. 보이지 않소? 허공에 둥둥 떠다니는 저 헛된 말주머니들이? 단 한 번도 지켜지지 않았고 단 한 번도 진실했던 적이 없는 허깨비들. 크흐흐흐. 그나저나 나를 만나고 싶어 하는 자가 중추원 부의장이라고 했소? 캭! 퉤! 빼앗긴 나라에 들어선 관청이니 내 알 바 아니오만…… 이거 하나만큼은 분명히 해 둡시다. 부의장이란 사람이 원해서 내 이야길 하는 건 아니오. 부의장 아니라 황제가 명령해도 난 내가 하기 싫으면 안 할 게요. 거절에 대한 벌이 가혹한들 뒈지기밖에 더하겠소. 아직 난 저 마하발특마지옥에서 10년을 더 떨어야 하오. 옥살이는 나가는 맛에 기다리지만, 나는 내 옥살이의 끝을 기대하진 않소. 10년 안엔 뒈질 테니, 그때 뒈지나 지금 뒈지나 마찬가지라오. 이야길 푸는 건 어디까지나 내가 원해서라오. 왜 하고 싶으냐고? 지금 날 심문하는 게요? 범행엔 뚜렷한 동기가 있지만, 이야긴 그냥 할 때도 많소. 인간이란 이야길 하도록 만들어놓은 짐승 아니겠소. 특별한 이유가 없다고 적기 뭣하면, 알폰소 가브리엘 카포네 때문이라고 해 둡시다. 이유야 만들어 붙이면 되는 거고, 따지고 보면 나 또한 시가맨 못지않게 멋들어진 인생을 살았으니까. 살아온 얘기를 꾸러미로 꿰어 줄 테니, 내 얘기가 맘에 들면 중추원 부의장이란 높은 양반에게 부탁해 아편이라도 몇 알 얻어다 주오. 크흐흐흐. 참! 그런데 말이오. 혹시 듣다가 내 턱을 후려갈기고 엉덩이를 걷어차고 싶으면 그리 해도 좋소. 어차피 추잡하고 추잡한 놀음이니까. 나도 가끔은 내 배를 쑤시고 싶을 때가 있다오.

오장육부를 낱낱이 뜯어내 냄새를 맡는 상상을 한 적이 열 번도 넘소. 벌써 피곤하군. 잠깐만 쉽시다. 5년 만이라오. 얼어붙은 혀를 이렇게 나불거리는 게…….

*

……이름은 최장학(崔張學), ……고향은 부산, ……나이는 예순둘이오. 1871년 신미년(辛未年) 정월생이니까.

보들레르라는 법국(法國, 프랑스) 시인을 아오? 천년을 산 것보다 더 많은 추억을 갖고 있다고 자랑했다지, 아마! 구멍 숭숭 뚫린 똥색 종이가 아니라 설탕 같은 백지를 앞에 두니 그 문장부터 밝히오. 쇠사슬처럼 끌리는 죄가 너무 많아 단 한 문장도 뱉지 못한다고나 할까. 연기는 연기로 흩어지고 추억은 추억으로 가슴에 묻는 것이 옳소. 전답(田畓)과 처자식은 팔더라도 은밀하고 지극한 즐거움까지 떠벌리고 싶진 않았다오. 백지를 채우면 죄를 사하고 석 달치 아편을 선물로 준다 해도, 돌아앉았을 게요. 이 방으로 끌려 들어오기 전까진 확고했다오. 돌이키기엔 늦었다고. 몸도 맘도 모조리 문드러진 아편쟁이에게 이따위 회고가 다 무슨 소용이냐고.

해 질 무렵의 바다를 밥상만 한 창으로 보며 좋았던 시절이 있소? 어질어질한 가슴속 풍광을 글로 옮긴 적은? 멈출 수 없을 때도 있다오. 천년의 추억을 깨우는 기침은 짧아도 두 시간, 길면 하루를 넘긴다오. 내가 기침을 뱉는 것인지, 기침이 나를 뱉는 것인지 헷갈릴 정도요. 기침을 막겠답시고 손바닥으로 입을 누르거나 주먹으로 가슴을 두드리거나 물을 마시거나 쿵쿵 발뒤꿈치를 굴리며 뛰거나 물구나무를 서지 마시오. 방법은 둘뿐이라오. 다시 매혹적인 연기를 들이마시거나 저절로 그칠 때까지 기다릴 것. 글이 멈추지 않을 땐 방법이 하나뿐이오. 우주로 날아오르든 계집의 자궁으로 기어들어가든 내버려둘 것.

아편쟁이가 아편쟁이를 낳고 그 아편쟁이가 또 아편쟁이를 낳진 않소. 제 자식에게 아편을 먹이는 부모는 없으니까. 하지만 가끔 예외도 있긴 하오. 내 아비 최갑동(崔甲東)은 아편쟁이였소.

아비는 부산에서 옷을 팔았소. 장사 수완이 좋고 사람도 넉넉하여 세 식구 먹고사는 덴 전혀 어려움이 없었다오. 1876년 개항 후엔 형편이 더욱 폈소. 봄 아지랑이처럼 기억이 나오. 비 온 뒤 논개구리 울음을 닮은 외국어들! 부두에서 언덕까지 끊이질 않고 들려왔소. 아이들은 무슨 뜻인지도 모르면서 그 소리를 따라하다가 서로 삿대질하며 웃었다오. 왜관(倭館)이 근처고 일본이 가까우니 일본어는 간간이 들었지만, 그 외 나랏말들은 처음이었소. 말뿐이 아니었지. 알록달록한 깃발을 뱃머리에 매단 이양선(異樣船)들이 신기한 물품을 잔뜩 싣고 들이닥쳤다오. 조계에 거주하는 외국인들을 위한 물품도 있었지만, 조선인에게 팔기 위해 가져온 것이 대부분이었소. 외국어만큼이나 낯선 물품들이었다오. 갓보다 열 배는 더 긴 모자, 엄지를 놀리는 것만으로도 불꽃이 이는 라이터, 태엽을 감았다 놓으면 쉼 없이 돌아다니는 목각 인형. 특히 여인네들은 화장품에 빨려 들었다오. 조선이든 외국이든, 얼굴 곱게 하는 데 관심 없는 여인이 어디 있겠소.

아, 미안하오. 내 말이 너무 빨랐나 보오. 흐흐흐. 어쩌겠소. 그 시절이 내 인생의 화양연화인 것을. 꽃같이 빛나던 시절을 추억하느라 내 잠시 흥분한 모양이오. 자, 보오, 내 얼굴을 똑똑히! 그 시절 이야기를 하니 늙고 쭈그러진 얼굴에도 꽃이 피는 것 같지 않소? 이리 가까이 와서 보오. 똑똑히, 똑똑히 좀. 왜 다가앉질 않는 게요? 내가 더럽소? 병균 덩어리로 보이오? ……크하하하. 뭐라? 썩은 얼굴에 저승꽃만 가득하다? 뚫린 입이라고 어딜 함부로 지껄여? 황천길에 년놈의 내장을 줄줄줄 깔까 보다. 야이 새끼들아! 큭큭. 퉤! 너희가 이 고통을 알아? 뼈 마디마디를 송곳으로 찔려 봤냐고? 당장 튀어 가서 아편 갖고 와! 빨리! 다 필요 없어. 아편 안 주면 한마디도 안 할 거야. 약속? 웃기고 자빠졌네. 넌 아편쟁이가 뱉은 약속이 정말 약속이라고 믿었어? 내가 못 죽일 것 같아? 너 죽이고 나 죽이고 끝내. 인생도 종치고 이야기도 시마이(しまい, 끝)!

아깐 미안했소. 아편에 물든 뒤로는 하루에도 몇 번씩 나는 최장학이기도 하고 최장학이 아니기도 하오. 내 몸 안에 천사가 들어오기도 하고 악마가 들어오기도 하오. 여색을 탐하는 색마가 되기도 하고 인생의 진리를 탐구하는 불제자가 되기도 하오. 심해어로 한없이 가라앉았다가 검녹수리로 단번에 치솟기도 하오. 미안하오, 미안하오, 이런 내가 미안하오. 어디까지 했소. 아, 그렇지. 화장품. 화장품과 함께 조선인의 관심을 끈 것이 바로 양이들 옷이라오. 무명치마와 저고리로 평생을 나던 이들에게 몸에 딱 붙는 그 옷이 얼마나 신기했는지 당신은 모를 게요. 양이들이 지나가면, 그 옷을 어찌 입고 벗는가를 가지고도 한참 토론할 정도였다오. 특히 영국 상인들이 가져온 옷이 인기가 많았소. 나중에 알았지만, 그 옷들은 대부분 영국이 아니라 그들의 식민지인 인도에서 만들어 들여온 것이라오. 그편이 운송비가 훨씬 절약되니까. 아비는 영국 상인에게서 옷을 저렴하게 산 다음 이문을 두둑하게 붙여 비싼 값에 되파는 식으로 돈을 모았소. 그 재미가 얼마나 쏠쏠한지, 영국 배가 정박하는 동안엔 집에도 오지 않고 가게에 머물며 잠도 자지 않고 밥도 먹지 않았다오. 아비 같은 장사치들이 영국 상인들과의 옷 거래로 재미를 보는 만큼, 조선에서 만든 옷을 사고파는 일은 급감했다오. 양이들의 옷, 그러니까 양복에 익숙해질수록 우리네 치마저고리를 만드는 공방들은 망해 갔던 게요. 영국이 이 방법으로 인도의 전통 옷 시장을 없애 버렸는데, 그걸 고스란히 조선에도 써먹으려 했소. 부산포의 옷 장사꾼에 불과한 아비가 영국의 더러운 마음을 어찌 짐작이나 했겠소. 알았다 한들 뾰족한 수가 없었을 게요. 예나 지금이나 이득이 많은 쪽으로 움직이는 족속이 바로 장사꾼들이라오. 돈이 그들의 가족이고 국가인 법이오. 돈보다 먼저 망해 가는 나라 걱정하는 장사꾼은 내 평생 눈을 씻고도 찾기 힘들었소. 아비 역시 장사꾼답게 움직였을 뿐이라오. 돈만 벌 수 있다면 들여온 물품이 조선에서 만든 것이든 인도에서 만든 것이든 영국에서 만든 것이든 지옥에서 만든 것이든 관여하지 않으며, 그 물품을 사 가는 이가 조선 사람인지 외국 사람인지, 산 사람인지 죽은 사람인지도 따지지 않는 장사꾼.

아비가 누구에게 아편을 권유받았는지는 확정하기 어렵소. 옷을 대 주던 영국 상인일 수도 있고, 아편에 중독된 채 조선으로 건너온 청국 상인일 수도 있다오. 하기야 이제 와서 그깐 게 뭐 중요하겠소. 그즈음 청국은 이미 나라 전체가 아편에 절어 있었소. 애 어른, 부자와 가난한 자, 신분이 높은 자와 낮은 자, 남자와 여자 가릴 것 없이, 그 넓은 땅덩어리에 사는 사람들이 아침부터 밤까지, 영국이 부지런히 실어 나른 아편에 골고루 물들어 있었단 이야기라오. ……맞소! 청국과는 달리 조선에선 아편이 매매 금지 품목이었소. 조선과 대한제국을 거쳐 지금까지 이 땅에서 아편을 피워도 무방하다고 허락한 적은 단 한 번도 없었소. 아편과 관련된 범법자들을 처벌하는 수위가 그때그때 차이가 있긴 했지만, 합법이 되진 않았다오. 그러나 불법이라고 이 돈벌이가 되는 물건을 외면하는 장사꾼은 그때도 없고 지금도 없소이다. 불법이란 굴레는 상품값만 더 올린다오. 아비가 처음에 아편을 가까이한 이유는 알고 있소. 평생을 괴롭힌 두통 때문이었소. 아비는 어려서부터 오른쪽 뒤통수가 돗바늘로 찌르듯 아팠다고 하오. 각종 약을 달여 먹고 침을 맞았으나 그때뿐이었소. 특히 영국 옷을 사고파느라 며칠 밤을 새우는 날엔 두통이 더욱 심해졌다오. 뇌 곳곳을 사정없이 찔러 댄다며 비유하던 바늘이 송곳이 되고 송곳이 장창으로 바뀌었소. 아비는 두통이 찾아드는 조짐이 보이면 술통부터 꺼내 마시기 시작했다오. 취하면 계산이 흐려지기 때문에, 통증을 다독일 정도만 하루 세 번 독주를 들이켰소. 그러곤 손님들에게 술 냄새를 풍기지 않으려고 소금으로 입을 깨끗이 씻어 냈지. 그런데 영국 상인을 끼고 옷 장사로 벌어들이는 돈이 늘면 늘수록 두통은 심해졌소. 하나를 얻으면 하나를 잃기 마련 아니겠소.

아비가 아편을 피운다는 사실을 안 것은 아비가 영국 상인과 거래를 트고 2년이 지난 뒤였다오. 그동안 아비는, 이상하게 들릴 수도 있겠지만, 정말 좋은 아버지였소. 두통이 찾아들 때마다 찡그리던 미간도 좁아지지 않았고, 어미에게도 넉넉하게 생활비를 건넸으며, 내게도 양이들의 장난감을 안겨 주곤 했다오. 양이들의 배가 들어오지 않은 저녁엔 서재에서 오랫동안 책을 읽었소. 영어를 가장 먼저 뗐고 일본어나 중국어도 더듬더듬 할 정도로, 아비는 외국어 익히는 재주도 남달랐소.

아비는 내게도 책을 권했소. 한문을 직접 가르쳤고, 간단한 일본어도 따라 읽고 쓰게 했다오. 시간이 더 있었다면 중국어나 영어도 권했을 게요. 책을 읽고 세상을 알아야 장사도 알맹이 있게 하고 돈도 제대로 번다 하였소. 그 말을 하는 아비의 맑은 눈동자를 보았다면, 중독자를 귀신같이 알아보는 당신이라고 해도, 이 장사꾼은 아편에서 가장 멀리 떨어져 있는 영혼이구나 여겼을 거요.

그러나 거기까지였소. 아비와 거래하던 영국 상인이 갑자기 옷값을 스무 배나 올린 게요. 빌어먹을 놈의 새끼들! 하기야 그 양이놈들이 미치지 않고서야 뭣 때문에 이 먼 나라 조선까지 와서 장사질을 했겠소. 다 꿍꿍이가 있으니 그랬지. 따지고 보면 그때까지 아무 준비도 없이 넙죽넙죽 옷이나 떼다 팔던 조선 장사치들이 문제였소. 약속을 저버린 양이놈들이 잘했다는 건 아니지만, 돈 벌 궁리만 한 우리에게도 잘못이 적지 않았단 말이라오. 백성도 조정도 하나같이 그렇게 등신 짓을 하다가 다 빼앗기지 않았느냐 말이오. 약육강식. 인간 세상이나 짐승 세상이나 약한 놈은 잡아먹힌다는 걸 왜 그땐 몰랐는지…… 암튼 그때 양이놈들은 때가 무르익었다고 판단한 것이 분명하오. 많은 조선인들이 양이 옷의 편리함에 젖어 들었고, 그 옷을 조선에선 만들지 못하는 형편이기에, 값을 폭등시켜도 자신들이 가져온 옷을 사 입으리라 확신했던 것이오. 난처한 이는 중간에서 물건을 떼어 와 팔던 아비 같은 장사꾼이었소. 폭등한 값에 이문을 더하여 팔기엔 지나치게 비쌌던 게요. 엎친 데 덮친 격으로, 아비를 거치지 않고 영국인을 비롯한 외국인들이 곧바로 조선인에게 옷을 파는 가게가 조계에 들어서기 시작했소. 파는 이도 사는 이도 뚝 끊어진 아비의 가게는 적막강산이었다오. 그 진퇴양난에서 아비는 뚫고 나가지도 물러서지도 않았소. 그때 내 아비가 택한 것은 그 자리에 머무는 것이었소, 아편과 함께.

　아비는 외국 배가 들어오든 말든 가게에 머물렀소. 어미가 음식과 갈아입을 옷을 가져와도 문을 열어 주지 않을 때가 늘었다오.

두통을 다스리며 돈을 벌기 위해 잠시 매혹에 젖던 나날은 지나가 버렸소. 아비는 매일 가게 진열대 뒤에 드러누워, 두통이 찾아들든 아니든 아편을 피워 댔소. 문 앞에 파산의 그림자가 드리웠는데도, 벗어날 궁리를 하지 않았다오. 장사꾼으로 살아오는 동안, 아비는 힘겨운 고비를 적어도 열 번은 넘겼죠. 하지만 이번엔 이 위기를 극복하거나 피하거나 손해를 최소화할 방법을 궁리하지 않았다오. 왜 그랬을까. 지금도 종종 나는 아비가 스스로 손과 발을 묶고 가게에 유폐되다시피 스스로를 가둔 까닭을 생각한다오. 내가 정리한 잠정적인 결론은 이거요. 영국 상인과의 거래에 기대와 희망이 너무 컸던 게요. 아비는 자신의 전부를 이 일에 걸었고, 그것이 하루아침에 무너지자, 아편이란 구렁텅이에 머리를 처박아 버린 거지. 밀어닥친 파도의 높이를 감당할 자신이 없을 때, 아비는 세상 사람들이 지껄여 대는 그 어떤 대안들도 포기한 채, 나른한 탐닉을 택한 게요. 아편을 한 모금 들이마시면, 만사가 귀찮아지는 법이라오……. 이런 젠장! 나른한 탐닉이란 표현을 쓰자마자 바로 몸이 반응하는구먼. 그 진득한 아편 연기가 몸 안에 스며드는 것 같아. 이건 한낱 비유가 아니지. 실핏줄이 우리 몸 구석구석까지 뻗어 있는 건 참 근사한 일이라고. 그 눈에 보이지도 않는 가느다란 수천 수만 개의 실핏줄을 타고, 아편이 우리에게 선사하는 공연장에 도착해. 그 핏줄 하나하나에 뇌가 달린 느낌이랄까. 수만 개의 매혹이 동시에 탄성을 질러 대지. 지구상의 모든 악기가 동시에 내 몸에서 연주를 시작해. 그러다 한꺼번에 포르테! 세게 세게 더 크고 세게 끝까지 가 버리는 거야.

저, 미안한데, 꿩 대신 닭이라고 담배라도 한 대 얻을 수 있겠소? 간수들이 얼마나 지독한지, 옥에선 꽁초 한 개비도 허락하질 않는다오. ……고맙소. 후. 내 그 인간 생각하니 갑자기 숨이 턱 막히오. 이제 와 이 나이에 누굴 탓하겠소만 그래도 한 번뿐인 생을 되돌릴 수 있다면 그날, 그날로 돌아가고 싶소. 지옥문이 열린 그날로 말이오. 아!

어미가 어떻게 가게로 들어갔는지는 모르겠소. 뒷문이 헐거웠거나 연기를 빼느라 반쯤 열린 창문을 넘었을지도. 아편에 취해 있던 아비는 어미를 목 졸라 죽인 뒤 가게에 불을 질렀다오. 옷들이 수북이 쌓여 있었으니 삽시간에 불기둥이 치솟았소. 가게에서 오백 보쯤 떨어진 우리 집 마당에서도 불꽃과 검은 연기가 보였다오. 더럽게 흥미로운 존재는 불이 꺼진 뒤 발견된 아비였소. 어른들이 내 눈을 가렸지만 나는 똑똑히 보았다오. 시신은 왼손으로 턱을 괴고 비스듬히 누운 꼴이었소. 시커멓게 엉킨 살점이 너덜대는 해골의 입은 헤벌레 벌어져 있었소. 생각해 보오. 목이 졸려 고통스럽게 죽은 어미의 시체 옆에 보란 듯이 웃고 있는 아비의 시체를 말이오. 불길이 온몸을 휘감는 순간까지, 아비는 아편에 취해 있었소. 하기야 아내까지 죽인 마당에 그에게 무슨 할 일이 남았겠소. 가게에 사 둔 아편을 다 피우지 못하고 가는 것이 아까워 쌍욕 한 바가지에 마른 침을 꼴깍꼴깍 삼켰을 순 있었겠지. 푸하하하. 표정이 왜 그 모양이오? 내 말하지 않았소. 이야기를 듣다가 구역질이 나거나 귀를 찢고 싶어지면 언제든 말하라고. 크크크. 그래도 벌써 이러면 안 되지. 이제 시작인데. 큭! 퉤! 잠깐 쉬었다 합시다. 당신 안색을 보니 이야기할 맛도 안 나. 고등계 형사라는 양반이 비위가 이리 약해서 어쩌누.

*

알겠소? 아편쟁이치고 아들에게 거금을 남기고 숨을 거두는 아비는 없소. 아비 역시 마찬가지였소. 무일푼도 고맙지. 돈을 다 잃어도 몸과 맘은 아직 땅 위에 있으니까. 아비는 나를 땅 밑 지옥으로 끌고 들어갔소. 얼굴도 모르는 사내들이 몰려와 아비가 진 빚이 얼만지 알려 주었다오. 나를 산 채로 땅에 파묻고도 남을 돈이었소. 달아나고 싶었지만, 몇 번 산을 넘기도 하고 배에 몰래 숨어 오르기도 했지만, 번번이 붙잡혀 끌려왔소. 달아날 때마다 빚이 곱절로 늘었다오. 그 시절 얘긴 더 길게 못하겠소. 아편이라도 한나절 피우지 않고는, 박복한 팔자를 타고난 소년을 추억하기 어렵다오. 진창을 구르는 소년, 쥐가 먹던 썩은 사과를 빼앗아 먹는 소년, 나뭇가지를 꺾어 씹어 먹는 소년, 제 키보다 더 큰 나무 상자를 등에 지고 비탈을 오르는 소년, 채찍으로 등을 맞는 소년, 몽둥이가 피멍 든 엉덩이를 찢는 바람에 엉금엉금 기는 소년, 기다가 쓰러져 하늘을 보며 우는 소년, 그 우는 소년의 입에 오줌을 싸며 웃는 아이들.

중요한 건 그 소년인 내가 스무 살이 되었을 때, 너무 거대한 파도라 달아날 엄두도 내지 못했던 아비의 빚을 다 갚았단 게요. 어린 내가 아편쟁이 살인자 아비의 빚을 다 갚았다고 하면 사람들은 내게 둘 중 하나라고 말했소. 바보 아니면 겁쟁이. 살인자 아비의 아편 빚 따위는 갚을 필요도 없는 거라고 주장하는 쪽은 나를 바보 취급했고, 야반도주라도 해 버리지 않고 그 고생을 했냐고 타박하는 쪽은 나를 겁쟁이 취급했소. 흥! 둘 다 틀렸소. 나는 바보도 아니고 겁쟁이는 더더욱 아니오. 빚을 깡그리 다 갚는 것만이 과거와 나를 단절시키는 길이라 생각했소. 돈이 얼마나 지독하고 질긴 족쇄인지 어린 나이에도 깨달았던 거요. 죽은 아비와 나를 연결하는 돈이란 고리를 낳지 않으면 평생 아편쟁이 살인자 아비의 그늘에 가려 살 것 같았소. 그 아비에 목 졸려 죽은 어미의 치마폭에서! 어쨌든 빚을 갚았다는 것은 내가 부산을 떠나더라도 시비 걸 새끼가 없단 뜻이기도 하오. 방금 무엇이라 그랬소? 부산에 그냥 눌러살 뜻은 없었느냐고? 이런 미친! 그걸 지금 말이라고. 아비와 어미가 죽은 후 부산은 그냥 부산이 아니었소. 쨍쨍한 한낮인데도 골목을 꺾어 돌면 아편 연기가 둥둥 떠다녔고, 일을 마치고 편히 숨이라도 쉬려 하면 매캐하고 달짝지근한 아편 냄새가 콧구멍으로 밀려 올라왔다오. 아편은 아비가 피웠지만, 순간순간 몸서리를 치게 만드는 환각은 아편을 입에도 대지 않은 나를 찾아내 덮쳤소. 지독했다오. 때론 나도 모르게 그 지옥의 문턱까지 끌려가곤 했소. 홀린 듯 휘적휘적 걷다가 불에 덴 듯 발바닥이 뜨거워 문득 고개를 들면 아비의 가게 앞이었다오. 건물도 새로 올리고 주인도 바뀌었지만, 내 눈엔 온통 폐허고 울음이고 분노고 고통이었소. 당신이라면 그 골목에서 평생 가며 오며 살 자신이 있소? 그런 결심은 했지. 빚을 다 갚고 꼭 여길 떠나겠다고. 그리고 훗날 돈을 왕창 벌어 꼭 한 번 여길 다시 오겠다고. 이 골목 건물들을 몽땅 사서 무너뜨려 땅속에 묻어 버리겠다고. 이곳에서 누가 옷 장사를 했고, 누가 아편에 중독되었고, 누가 누구를 죽였고, 누가 건물에 불을 질렀는가를 영원히 떠올리지 못하게 만들겠다고.

인천으로 가기로 했소. 왜 인천이었을까? 조선 팔도에 고을이 수백 군데지만, 나는 부산에서 익힌 삶의 기술을 써먹을 곳을 바랐소. 개항장으로 쏟아진 새 세상의 맛을 이미 본 게요. 농사를 지으며 땅만 보고 살기엔 세상도 내 마음도 너무 바뀌었소. 그래서 돈이 있고 기회가 있는 개항장을 택했소. 웃기는 결정이란 건 아오. 부산을 그토록 싫어하면서도 결국 부산과 가장 비슷한 곳에서 새 출발을 하기로 정했으니까. 부산을 닮은 곳은 개항장 원산과 인천 둘뿐이었고, 원산보다 인천에 훨씬 많은 사람들이 몰린다는 걸 부산을 나고 드는 양이들이 말해 줬소. 때마침 인천 조계에서 하역을 전담할 노동자를 찾는다는 소식이 들려왔다오. 아무나 그 일을 할 수 있는 건 아니오. 우선 추천장이 필요했는데, 그따위 종이야 얼마든지 꾸며 낼 수 있소. 문제는 공탁금이었다오. 하역하는 물품을 빼돌리거나 공동 숙소의 생활비를 내지 않고 줄행랑을 놓을 경우를 대비하여, 노동자 월급 석 달치를 미리 대일해운(大日海運)이란 회사에 내야 했소. 퇴직할 때 돌려준다는 단서를 달았지만, 나중에 돌려준다며 가져가선 제대로 받은 적이 없으니, 그건 그냥 대일해운이 갖는 돈이오. 공탁금을 마련하느라 반년을 더 부산에 머물렀소. 장부 정리에 일본어 통역에 쪽잠에 들 겨를도 없었다오. 몸은 바빴지만 마음은 지루한 나날이었소. 여섯 달이 왜 그리 더디게만 가던지.

일도 손에 익고 필요한 돈도 갚아 온 빚에 비하면 매우 적은데도, 그 반년이 아비 죽은 후 부산 생활에서 가장 힘들었소. 이유? 간단하오. 빚이 없으니 땅 위로 나온 것이고, 땅 위에 모처럼 올라오니 주변에 보이거나 들리는 잡물이 너무 많았던 게요. 가만히 서 있어도 몸과 맘이 갈대마냥 흔들렸다오. 저물 무렵이면 괜히 술 생각도 나고, 뱃고동이 울리면 여자 손목도 그립고 그랬소. 아비 잘만난 내 또래 녀석들이야 쉽게 하는 여흥이었다오. 아비가 아편을 피우기 전까진, 골목에서 함께 어울려 논 적도 있었지만, 그들과 나는 완전히 다른 곳에 서 있었소. 나는 그런 인간이었소. 빚을 갚으려 아등바등 하는 동안, 돈 말고는 아무것도 원하지 않는, 무얼 입을까 무얼 먹을까 어디서 잘까 따월 고르는 건 사치인, 단 한 명의 친구도 부산 바닥엔 없는 돈버러지.

다시 땅속으로 들어갈 순 없는 노릇이니, 고개를 박고 땅만 보며 지냈소. 그래도 시간은 참 더디 갑디다. 봉우리가 코앞인데 마지막 서너 걸음이 힘겹단 말을 그때 이해했다오. 어떻소? 징글징글하다고? 하하하. 자, 이제 숨통이 틜 시간이오. 이제 곧 내 인생의 제2막이 펼쳐질 거요. 푸른 바다와 그 바다 위를 달리는 증기선과 함께.

드디어 배를 탔소. 원산에서 동해를 거쳐 남해로 내려온 일본의 증기선이었다오. 화물은 없었소. 원산에서 부산을 지나 인천까지 가는 동안, 크고 작은 포구에 들러 하역 노동자들을 싣는 것이 이 배의 임무였다오. 갑판 아래 화물 창고가 우리네 거처였소. 배에 올랐을 땐 벌써 스무 명 남짓 사내들이 퀭한 눈으로 앉아 있었고, 부산에서 일곱 명이 더 합세했다오. 창고로 내려서자마자 시큼한 냄새가 콧구멍을 파고들었소. 배가 다음 정박지인 고성에 닿기도 전에 그 불쾌한 냄새의 정체를 알아차렸지. 딴 놈들 탓하기 전에, 내 목구멍을 거슬러 입술 밖으로 뿜은 음식물로도 충분했소. 항구에 살았다고 배에 익숙한 건 아니오. 기껏 조각배나 타고 근처를 떠돌다가 돌아오는 것이 고작이니까. 증기선이 전후좌우로 흔들리자 지진을 만난 듯 사내들이 뒹굴었다오. 그리고 여기저기서 뱃멀미를 호소하다가 토하기 시작했소. 나 혼자만 창고에 머물렀다면 어떻게든 몸을 지탱하며 버텼을 게요. 하나 욱욱대는 소리와 함께 토하는 사내들과 함께 있으니 나 역시 참기 힘들었소. 창자가 입 밖으로 튀어나올 것 같더군. 신기한 건 그렇게 토하고 나니 시큼한 냄새가 거슬리지 않았단 게요. 토하느라 지쳐 눕거나 벽에 등을 대고 기댄 채 흘러가는 시간을 멍청하게 쳐다보는 것도 곧 익숙해졌소.

추웠소. 공탁금을 마련하느라 반년을 미루지 않았다면 늦어도 늦봄엔 배를 탔을 테고, 그럼 오들오들 떨진 않았을 게요. 부산항에선 그래도 버틸 만했는데, 배를 타자마자 왜 그리 한기가 밀려들던지. 창고가 갑판 아래에 있으니 바닷바람이 곧장 밀려들지도 않았지만 지독하게 추웠다오. 창고 바닥이 나무가 아니라 쇠라서 그랬던 것 같소. 더러운 요를 깔아도 냉기가 쉬익쉭 먹잇감을 발견한 독사처럼 올라왔다오. 전라도에 닿기 전까진 띄엄띄엄 누워 지낼 만큼 공간이 여유로웠지만, 사내들은 누가 먼저랄 것도 없이 살과 살을 맞대고 뒤엉켜 똬리를 튼 구렁이 떼처럼 추위와 싸울 수밖에 없었소. 내 체온을 주고 상대의 체온을 갖는 식이니, 장사치의 눈으로 따져도 손해는 아니었소. 물론 계집이 섞여 있었다면 더욱 좋았겠지만, 그딴 황홀경을 꿈꿀 처진 아니었으니까.

나는 거의 입을 떼지 않았소. 배를 타기 전에 미리 친분이 있거나 배에서 체온을 나누며 말을 섞기 시작한 사내들은 두셋씩 두런두런 이야길 주고받았소. 그래 봤자 조곤조곤 지껄이는 정도였고, 목소리를 높이는 이는 없었소. 하루에 두 번 아침과 저녁에 멀건 죽이 나오고, 그것도 거친 파도를 만나면 다 토할 판이니, 괜히 헛힘 쓸 까닭이 없었다오. 다들 힘들고 가난하고 또 인천에서 함께 노동자로 일할 처지니, 묘한 동질감도 싹텄소. 들릴 듯 말 듯 통성명하거나 일본인 선장의 독특한 걸음걸이를 설명하거나 증기선이 인천에 닿을 날을 예측했다오. 나는 듣기만 했소. 아비가 죽은 후론 꼭 필요할 때, 그러니까 돈을 벌 때가 아니곤 입을 열지 않았소. 마음을 터놓는 벗을 사귈 수 없음을 저절로 알았던 게요. 마누라 죽인 아편쟁이의 아들과 제 자식이 친구가 되는 걸 원하는 부모는 없소. 그래도 마음 약한 녀석들은 부모 몰래 한두 번 내게 말을 걸기도 했다오. 아비 가게가 불타기 전에 우리 집으로 놀러 와 책도 같이 읽고 양이 과자도 함께 먹던 녀석들이었지. 나는 녀석들의 친절에 고마워하는 대신, 그 얼굴에 침을 뱉고, 뒤통수에 새총을 쏘고, 코를 때려 피를 냈소. 과거는 다시 오지 않는다오. 그놈들을 끊어야 한 걸음이라도 내디딜 것 같았소.

친구란 단어를 들으면 떠오르는 이가 있소? 언제부터 그 사람을 친구로 받아들였소? 태어나 지금까지 내 친구는 단 두 명뿐이오. 나용주(羅用柱)와 송상현(宋相賢). 우린 한배를 탔소. 비유가 아니라, 원산에서 부산을 돌아 인천으로 가는 증기선에 나용주와 송상현도 탔다 이 말이오.

처음 배에 오른 이는 나용주라오. 고성에서 승선한 두 놈 중 하나였지. 나용주는 갑판 밑 창고로 내려서자마자 사람들 눈에 띄었소. 흔들리는 남포등 아래에서도 키가 유난히 크고 눈매가 매서웠으니까. 나용주는 다른 사내들과 달랐소. 대부분은 더럽고 차가운 화물 창고에 들어서는 순간 잔뜩 긴장한 채 주눅부터 들지. 좁은 어깨가 더욱 좁아지고, 짧은 목이 더욱 움츠러든다오. 앞으로 펼쳐질 운명에 대한 막연한 두려움이 모두를 그렇게 만들었소. 하지만 나용주는 달랐소.

비켜, 씨발 새끼.

카랑카랑한 목소리가 창고 안을 흔들어 대기 시작했소. 난데없이 욕을 들은 사내뿐 아니라 그 곁에 앉은 사내들의 시선도 화살처럼 나용주에게 꽂혔소. 수컷들의 본능적 텃세였던 게요. 까불면 찢어 죽이겠다는.

뭘 봐? 개잡놈들아!

나용주는 빼곡히 모여 앉은 우리들 틈에 몸을 구기고 앉는 대신 자리싸움을 시작한 거요. 처음에 씨발 놈이라 불린 사내가 씨발 놈답게 야비한 웃음을 지으며 일어섰소. 나용주보다 덩치가 크고 인상이 험악한 사내였소. 나용주는 약하고 만만한 놈을 고른 것이 아니라 그날 창고에 있던 사내들 중 가장 강해 보이는 놈을 골랐던 거요.

뭘 잘못 처먹었어? 어디서 까불어? 갈비뼈라도 부러져 봐야…….

그의 위협은 거기까지였소. 나용주의 주먹질 한 번에 원산에서 배를 탄 사내는 대자로 뻗었소. 굉장한 싸움 한판을 기대했던 우리는 나용주의 기세에 눌리고 말았소. 그날 이후 인천에 도착할 때까지 나용주는 혼자 창고의 반을 차지하고 누웠소. 새 담요는 언제나 나용주가 먼저 썼고 배식도 항상 첫 자리를 차지했지. 건더기 있는 죽 그릇을 받은 이는 나용주뿐이었다오. 이제 이 창고는 나용주의 왕국이 된 게요. 신기한 사실을 하나 더 말하자면, 나용주는 다른 사내들처럼 토악질을 하지 않았다오. 알 수 없는 앞날을 걱정하는 것 같지도 않았소. 잔뜩 어깨를 움츠린 다른 사내들과 달리 대웅전 기둥이라도 된 양 가부좌를 틀고 앉아 미동도 없이 앉아 있었소. 기분이라도 내키면 누가 지었는지 누가 불렀는지도 모르는 잡가를 큰 소리로 불러 젖혔소. 제법 비장하고 구슬픈 대목이 있었던지 마음 약한 몇몇은 그 노래를 듣고 울먹이기까지 했다오. 참으로 가관이었지.

송상현은 전라도 군산에서 우르르 올라탄 스무 명 중에 끼어 있었소. 사내들 스물이 들어서자 창고 안이 왁자지껄해졌소. 그중에서도 가장 목소리가 크고 높은 사내가 송상현이었다오.

여긴 똥 싼 자리야. 왜 아무도 안 앉아?

두리번거리며 앉을 자리를 찾던 사내들이 송상현의 말을 신호 삼아 유난히 넓게 자리를 쓰던 나용주에게로 몰려갔소. 나용주는 언제나처럼 가부좌를 틀고 눈을 감고 앉아 있었소. 스무 명의 전라도 사내들에게 둘러싸인 경상도 사내 나용주. 그것만으로도 창고 안은 소리 없이 끓어오르기 시작했소. 나용주가 물었소.

대가리가 누구야?

송상현이 나섰소.

나 부른 건가? 못 들어 봤어? 내가 벌교 피칠갑 송상현이야.

꿇어. 앉게는 해 줄게.

어허, 이 싸가지 없는 새끼가 배를 하도 오래 타서 정신이 나갔나 보네. 순천에서 인물 자랑 하질 말고 벌교에서 주먹 자랑 하질 말란 말 못 들었어? 내가 바로 그 벌교를 평정하고 이제 인천을 정복하러 가는 중이라고. 이 쌍놈의 새끼가 어디다 대고…….

송상현의 공갈은 벌교에서는 통했는지 모르지만 창고 안에선 무용지물이었소. 나용주의 주먹이 얼굴을 겨우 스치는 듯 마는 듯했는데, 송상현의 입에서 허연 거품이 그물에 낀 게 새끼처럼 부글거렸다오. 송상현이 그렇게 나자빠지자 나머지 열아홉 명의 사내들이 일제히 나용주에게 덤벼들었소. 흔들리는 배에서 드디어 싸움이 터진 거요. 좁아 터진 창고는 열아홉 명의 사내들에겐 발목에 묶인

사슬 같았지만 그 열아홉 명을 상대해야 하는 나용주에겐 아주 그만이었소. 열아홉 명은 무질서했고 나용주는 날렵했소. 앞선 사내들이 뒤 사내들에게 밀리고 뒤 사내들은 앞에 가려 옴짝달싹 못 했지만, 나용주는 뭉쳐 있는 그들을 차례차례 하나씩 둘씩 무너뜨렸다오. 차라리 먼저 맞고 나가떨어진 송상현이 행운이었소. 다른 사내들은 일어나서 다시 달려들었지만, 그는 양손으로 얼굴을 감싸쥐곤 엎드린 채 버둥거렸다오. 나용주가 얼마나 센지 살핀 후 덤벼도 덤비겠다고 생각을 고쳐먹은 게요. 때리는 소리와 맞는 소리가 엇갈리고 비명과 기합이 뒤섞여 창고 밖으로 새어 나갔던 모양이오. 누군가가 후다닥 뛰어 들어왔소.

조용! 갑판장 온다!

사내들은 얼어붙었고 그 순간 문이 열렸소. 뚱뚱하고 탐욕스럽게 생긴 일본인 갑판장이 몽둥이를 든 일본인 선원들을 이끌고 창고로 들이닥친 거요.

뭐야? 뭐가 이리 시끄러워! 싸운 놈들 나와!

사내들은 일본어를 알아듣지 못해 꿀 먹은 벙어리가 되었소. 아무도 대답을 하지 않자 갑판장의 목소리가 더욱 커졌소.

싸운 놈들 나오라고! 새끼들아! 이 조선 놈들이 죽을라고. 어떤 새끼야?

내가 일본어로 최대한 침착하게 답했다오.

싸운 게 아닙니다. 새로 들어온 사람이 많아서 자리를 다시 배정하느라 그랬습니다.

갑판장이 나를 쩨리며 따지듯 물었소.

정말이냐?

예, 정말입니다. 배정이 끝났으니 이제 조용할 겁니다.

침묵이 흘렀소. 난 맺고 끊고를 확실히 하는 것이 일본인을 대하는 기본자세임을 부산에서 배웠다오. 약하게 굽실굽실하면 그들은 더 세게 상대를 몰아붙였소. 흥정할 때도 이유를 확실히 대곤 이 가격으로 사려면 사고 말려면 말라고 주장해야 하오. 깎아 줄 수도 있다는 빛을 내보이면, 저들은 반값으로 후려치기를 주저하지 않는다오. 항구마다 사내들을 태워 왔고 그 바람에 창고가 비좁아졌다는 것을 갑판장도 당연히 아는 사실이니, 거기서부터 이야기를 풀어 나갔던 게요. 명분을 쥐고 버티면 열에 아홉은 저들이 먼저 물러났소. 이윽고 갑판장이 침묵을 깼소.

사고 치는 새끼들은 무조건 다음 포구에서 퇴선시킬 테니 조용히 잠이나 자.

나서지 말자 다짐했더랬소. 부산을 떠나면 남의 눈에 띄지 말고 새로운 인연도 만들지 말고 그저 일이나 부지런히 해서 돈이나 모으자 결심했더랬소. 하지만 이 다짐과 저 결심은 인천에 닿기도 전에 깨어지고 말았소. 그때 내가 나서지 않았더라면 우리들 중 몇은 다음 항구에서 강제로 퇴선을 당했을 게요. 만약에, 만약에 말이오, 그때 내가 나서지 않았다면, 지금쯤 오장육부가 썩어 버린 아편쟁이가 아니라 평범한 늙은이로 여생을 보내고 있을지도 모를 일이오. 히히히! 만약이란 말은 참 편리하고도 헛되오. 사람을 상상하게 만들고 후회하게 만들고 기대하게 만드니까. 어쨌든 내가 아편쟁이 살인자 아비에게서 배운 일본어 덕에 갑판장은 돌아갔고 열아홉 명의 사내는 제각각 몸에 상처 하나씩을 남긴 채 창고 안에 죽은 쥐새끼마냥 자리를 잡았으며 나는 단번에 창고 안 조선인들 눈에 띄게 됐소. 나용주도 무리에 웅크려 있던 나를 처음으로 쳐다보았소. 나도 그 시선을 피하진 않았다오. 나는 창고에 모인 사내들 중 그 누구도 할 수 없는 특별한 공을 세운 게요. 이득을 챙길 기회가 있을 땐 뻔뻔스럽단 소릴 듣더라도 그 공을 앞세워야 하는 법이라오. 아니면 내 공을 잡놈들이 채 가니까. 그게 인생이라오. 날카로운 시선을 온몸으로 느끼며 나는 예감했소. 어쩌면 저놈과 엮이겠다고.

송상현의 허풍도 그때부터 시작이었소. 촐싹대기가 멸치 떼 저리 가라고 넉살이 흰수염고래 뱃살보다 두꺼웠다오. 부지런히 지껄이다가 부지런히 토한 뒤 또 부지런히 돌아다녔소. 순식간에 배에 탄 100여 명 사내들과 통성명을 하고 형 아우가 되었다오. 내 앞에도 무릎걸음으로 오더니 히죽 웃기부터 했소.

어디서 탔소?

부산입니다.

부산에선 일본이 보인다던데 진짜요?

날씨 좋으면 대마도는 보이지만…….

아, 그래서 쪽바리 말을 잘하는구먼. 근데 그때 갑판장 새끼한테 뭐라고 한 거요?

대충 둘러댔소.

그냥 있는 대로 확 불어 버리지. 지랄 육갑하는 새낄 싸고돌 필요가 있었소? 하하하, 농담이오, 농담! 아무튼 잘 지내 봅시다.

그러고는 내 손을 이끌고 나용주에게로 다가갔소. 송상현의 주먹 자랑은 허풍으로 드러났지만 너스레는 당할 사람이 없었다오.

지난번엔 운이 좋았던 줄 아쇼. 내가 뱃멀미만 안 했으면, 그쪽은 벌써 물고기 밥이 되었을 게요.

미친 새끼!

나용주가 주먹을 쥐고 당장이라도 때릴 기세였다. 송상현이 엉덩이를 빼며 재빨리 변명을 늘어놓았다.

어허 참. 성질 한번 급하군. 내 치료비 달란 말은 안 할 테니까 그쪽도 좀 살살 합시다. 뭐, 인생에서 같은 운명에 들어선 걸 두고 한배를 탔다고 안 합니까. 우린 이렇게 진짜로 한배를 탔으니 예사 인연은 아닐 거요. 자자, 앞으로 질리도록 얼굴 보고 살 놈들끼리 인사나 하고 지냅시다. 나는 송상현, 그리고 그쪽 목숨 살려 준 여기는 부산서 온 최장학이오.

나용주. 고성에서 왔다.

인연을 끊기 위해 부산을 떠난 내가 새 인연을 만든 거라오. 맘 먹은 대로 안 되는 게 이놈의 세상살이 아니겠소. 그렇게 생면부지의 우리는 증기선 창고에서 만나 동갑이라는 이유 하나로 친구가 되었소. 도원의 결의 같은 건 없었지만, 외로웠고 두려웠고 막연했던 우리는 그렇게 인연을 텄소. 그때 우린 스무 살 청춘이었소. 셋이 함께하니 외로움도 두려움도 막막함도 사라지는 것 같았소. 마음으로만 의지가 되었던 게 아니라오. 덤으로 나용주의 널찍한 자리와 새 담요와 건더기 섞인 죽이 우리에게까지 돌아왔소.

인천에 닿기 전 마지막 항구에서 사내 셋이 배에서 내렸소. 뱃멀미에 설사까지 겹쳐 인천에 닿더라도 하역을 하긴 어려워 보였다오. 하역이란 게 뭐요. 결국 짐을 져 나르고 또 져 올리는 일 아니겠소? 약골은 하루도 버티기 어렵소. 그들이 낸 공탁금은 이미 회사로 송금되었기에 되돌려주지 않았다오. 그 소문이 돌자 사내들은 악착같이 견뎠소. 돈보다 무서운 건 세상에 없는 게요.

사다리를 타고 갑판으로 올라갔소. 창고의 사내들을 모두 갑판으로 불러 올렸다는 건 인천이 가까웠단 증표라오. 새벽이었고, 잠에서 막 깬 우리 모두는 해무가 자욱한 항구도시를 보기 위해 갑판으로 올라갔소. 어둠이 걷힌 언덕에 집들이 보였소. 양쪽 변두리엔 초가가 빽빽했지만, 가운데 좋은 자리엔 큼직한 석조 건물들이 들어섰다오. 나는 부산에서 양이들 건물을 꽤 봤던 터라 크게 놀라진 않았소. 하지만 개항이 아닌 고을에서 농사만 짓다가 온 사내들은 눈을 동그랗게 뜨고 건물들을 손가락질하며 쑥덕거렸소. 그도 그럴 것이 초가보다 두 배나 높은 데다가, 일본 영사관 같은 건물은 초가 열 채를 늘어세운 것만큼 넓었다오.

배는 항구를 지척에 두고 퍼런 바다 가운데 닻을 내리고 멈췄소. 사내들은 항구로 배가 왜 들어가지 않을까 궁금해했다오. 송상현은 키가 큰 나용주의 어깨에 제 팔꿈치를 매달리듯 걸치곤 알은체

했소.

척 보면 척이지. 부산이고 고성이고 다 바닷간데 너희 둘은 어쩌자고 이런 것도 모르는 거야? 잘 들어. 자고로 서해 바다는 밀물과 썰물의 차가 엄청나게 커. 수심이 깊지 않은 포구엔 밀물 때를 맞춰 들어가야 하고, 또 밀물 때를 맞춰 나와야 하는 법이라고. 지금은 썰물 때니, 괜히 포구에 붙다간 뻘밭에 갇혀 오도가도 못한다고.

정확한 지적이었소. 조수 간만의 차가 극심하다는 건 우리가 인천에 머무는 내내 가장 먼저 고려해야 할 조건이었다오.

자자, 이리로 줄 맞춰 앉아 주십시오.

작업반장 조계철(趙桂鐵)이 선미 갑판에 서서 손짓을 했소. 광대뼈가 도드라지고 좁은 어깨에 깡마른 사내였소. 배에 오를 때도 그가 사내들의 이름을 부르고 얼굴과 신체 특징을 일일이 살폈다오. 뿔테 안경을 자주 고쳐 쓰며, 공책에 뭔가를 쉼 없이 썼다오. 깐깐하겠단 느낌은 들었지만 크게 신경 쓰진 않았소. 어느 조직에나 일꾼을 모으고 인솔할 땐 그처럼 꼼꼼한 자가 필요한 법이라오.

지금 나눠 드리는 거 자세히 쭉 읽어 보시고 맨 밑에 지장을 찍어 주세요. 꽉! 요기다 찍으면 됩니다.

사내들은 웅성거리기 시작했소. 글을 모르는 까막눈들이었기 때문이라오. 나용주와 송상현도 마찬가지였소. 나용주가 종이를 거꾸로 들고 송상현에게 물었소.

이게 다 뭔 개소리야?

이딴 걸 나한테 들이대면 어떡해? 뱃짐 한번 나르기 엄청 복잡하네.

내가 알은체를 했소.

노동계약서야.

나용주와 송상현이 나를 보며 동시에 물었다오.

뭐라고 적혀 있는데?

나는 둘을 포함하여 그 배에 오른 사내들을 위해 계약서를 큰소리로 읽지 않을 수 없었소. 내가 두 번째로 그들의 주목을 받는 순간이었소. 계약서 문구 중엔 지금도 기억나는 부분이 있다오. 배에서뿐 아니라 하역을 하면서도 종종 외웠기 때문일 게요.

하나. 나는 대일해운의 노동자로서 회사의 내규에 성실히 따른다.

하나. 나는 내규를 어길 경우 어떤 처벌도 감수한다.

하나. 나는 상급자의 명령에 절대복종한다.

작업반장 조계철이 제일 뒤에 서서 나를 유심히 쳐다보았다오. 글을 아는 놈이 들어오면 득일까 실일까 따지는 눈치였소. 내가 계약서를 읽은 덕분인지, 사내들은 군소리 없이 지장을 찍었소. 회사 내규가 어찌 되며 상급자가 몇 사람이나 있는지를 따지고 들자면 또 꽤 시간이 필요했겠지만, 사내들은 질문이 없었소. 어차피 저 인천 바다에서 구르기로 작정들을 했으니 나머진 무시해도 좋을 정도로 사소하게 여겼다오. 조계가 보이는 곳에 닻을 내리고 계약서를 마지막으로 나눠 준 것도 이런 심정을 유발하기 위해서였을 게요. 게다가 종이든 뭐든 손에 쥐고 있기엔 12월의 바다는 무시무시하게 추웠소. 특히 나처럼 겨울에도 눈 구경을 하기 힘든 남해안에서 나고 자란 사내들에게는 더욱 그러했다오. 어서 계약서를 넘겨주고 두 팔을 어긋나게 접어 옆구리에 낀 채 갑판을 어슬렁거리고 싶은 마음뿐이었소. 대충 빨리 계약서를 받으려는 조계철의 잔꾀였던 게요. 그 잔꾀가 나 때문에 어느 정도 방해를 받은 것은 분명한 사실이라오.

갈매기들이 시끄럽게 울며 날아들었소. 포구에서 단련되어 그럴까. 녀석들은 사람을 무서워하지 않았다오. 저만치 앉아 물끄러미 쳐다보다가, 우리가 가까이 다가가기라도 하면 날개를 펴곤 휙 또 저만치 옮겨 앉았소. 사내들은 그런 갈매기를 잡아 보겠다고 이리 뛰고 저리 뛰는 것으로 추위를 잊으려 했다오. 엉덩방아를 찧기도 하고 껑충 뛰어오르기도 했으나, 역시 맨손으로 갈매기를 잡는 건 무리였소. 운 좋게 잡는다 해도 갈매기로 무슨 짓을 할 수 있겠소. 잡아먹기엔 요리 도구가 전혀 없고, 다시 날려 보내기엔 힘들게 쫓아다닌 게 억울할 테고, 그렇다고 아무 이유 없이 죽이는 건 정신이 제대로 박힌 사람이 할 짓이 아닌 게요.

포구에서 자란 용주와 상현과 나는 갈매기 쪽은 쳐다보지도 않았다오. 비둘기나 참새보다도 흔한 날짐승이 바로 저 시끄럽고 뚱뚱한 새 떼니까.

친구 중에 글 아는 놈도 있고 좋네. 혹시 양반, 그런 건가?

송상현이 말을 붙여 왔소.

양반은 무슨.

하기야, 아무리 배를 곯아도 양반이 바닷가에서 뱃짐 나르겠다고 이 배를 탔을 리가 없지. 안 그래?

송상현이 곁에 선 나용주에게 동의를 구했소. 나용주는 마침 머리

위에서 시끄럽게 울어 대는 갈매기를 슬쩍 올려다본 후 대답했소.

양반이면 뭐하고 쌍놈이면 뭐해? 여기선 힘센 놈이 양반이지.

무식하기는. 일이란 건 힘으로 하는 게 아냐. 요 머리로 하는 거지.

이 벌교 꼬막 같은 새끼가!

뭐? 고성 밴댕이 새끼야!

그새 친해진 송상현과 나용주가 또 아웅다웅하길래 내가 송상현을 가리키며 한마디 했소.

네 경우는, 머리가 아니라 주둥이겠지.

말씨름으로는 송상현을 이길 수 없었던 나용주가 흡족한 표정으로 내 어깨에 손을 올렸소. 그리고 물었소.

이런 일이 많을까?

이런 일?

글을 알아야 속지 않을 일.

송상현도 눈을 끔벅이며 나를 쳐다봤다오. 인천에서 하역 노동자 생활은 처음이니 낸들 알겠소. 하지만 내 앞에서 끔벅이는 눈동자 넷을 보니 답을 해야만 했소.

없진 않겠지.

신세 좀 지자.

나도.

신세는 무슨. 한배 탔잖아, 우리.

용주가 내 어깨를 감싸 당기며 말했소.

넌, 내 친구 중에 제일 똑똑한 놈이야.

나도 그래.

상현이 또 끼어들었소.

우린 인천 조계를 쳐다보며 건들건들 제자리걸음을 걸었소. 이제 다 온 게요. 저길 가려고 흔들리는 갑판 아래 창고에서 개고생했던 게요. 벅차오르기까지 했소. 가진 게 아무것도 없기에 오히려 열망이 더 컸는지도 모르오. 나용주가 가슴을 쫙 펴고 외쳤소.

그래, 어디 한번 해보자!

송상현도 덩달아 소리쳤다오.

다 덤벼, 잡놈들아!

나? 나도 멋지게 외치고 싶었는데, 적당한 말이 떠오르질 않았다오. 나용주와 송상현이 어서 너도 외치라며 째렸소. 글도 아는 유식한 놈이 왜 그리 미적거리는 거야? 라는 힐난이 깔렸소. 두 녀석은 그냥 떠오르는 대로 내뱉었으니 편했던 게고, 난 여러 문장들이 겹쳐 떠올라 힘겨운 거였다오. 결국 그 모두를 지워 버리고 나도 내 맘이 시키는 대로 외쳤소.

시작이구나. 부탁한다!

녀석들은 날 보며 어처구니없다는 표정을 지었다오.

인천에 아는 사람 있어?

아니.

근데 누구에게 뭘 부탁해?

사람한테 한 말이 아냐.

그럼?

그런 게 있어.

너 혹시 무당이냐? 신령들에게 빈 거야?

미쳤어?

실토하는군. 미치지 않음, 처음 보는 포구에 대고 부탁한다가 뭐야 부탁한다가? 똑똑한 줄 알았더니 살짝 돈 녀석일세.

말 다했어?

말은 다했는데, 아직 좀 남았다.

뭐가 남아?

갑자기 나용주가 내 목을 감싸 쥐었고, 송상현이 등 뒤에서 허리를 감싸 돌렸소. 둘은 킬킬 웃기 시작했고 나 역시 따라 웃을 수밖에 없었다오. 내가 버티지 못하고 쓰러지자 두 명도 따라 넘어졌소. 셋이 한 뭉치로 뒤엉켜 나뒹굴자, 조계철의 찢어지는 목소리가 들려왔다오.

뭐하는 겁니까, 거기?

송상현이 일어나선 손바닥을 털며 경쾌하게 답했다오.

인천이 코앞이라, 무지무지 반가워 그랬습니다.

2부
조선 최초의 노동자

빌어먹을! 친구 이야길 하니 속이 텅 비는 것 같군. 그 시절엔 그랬소. 그 녀석들이 옆에 있기만 해도 배가 불렀고 세상 무서울 게 없었소. 세월이 뭔지 아시오? 누구는 잡을 수 없는 바람이라 하고 누구는 흘러가는 구름이라 하지만, 세월은 소멸이오. 아끼던 것들이 흔적도 없이 스러지는 거라오. 곁에 없으면 죽을 것 같던 사람도 사물도 세월과 함께 무의미해지고 무감각해지다가 결국엔 망각하게 되는 거라오. 무정(無情)도 하지. 그보다 무정한 단어는 없는 것 같소.

담배라도 한 대 더 빌립시다. 아편이면 더 좋겠지만, 여기서 아편을 얻어 피운 이는 아무도 없을 테니까. 오늘은 한 분이 더 계시구먼. 의사 선생이라 하셨소? 내 정신 상태가 어떤지 살피러 오셨나? 지난번에 내가 좀 과하게 굴었나 보오. 조사해 봤겠지만, 난 내 감정을 함부로 드러내는 사람이 아니라오. 다만 감방에 갇혀 지낸 세월이 너무 길어서, 아편에 관한 추억을 내 입으로 뱉으니, 잊었던 감정이 밀려든 것뿐이오. 상관없소. 의사 선생이 있다고 불편한 건 없소. 난 멀쩡하니까. 의사 선생까지 있으니 차라리 편안하오. 잘 들어 보시오. 내 이야기 중 엉터리가 있나 없나…….

기억이 흐려지진 않았소. 세월과 함께 차츰 스러지는 대목도 있지만, 세월이 흐를수록 또렷해지는 순간도 있다오. 아편 연기 사이로 하염없이 순간순간을 잘게 쪼개고 그걸 이어 붙여 경인선 철로처럼 길게 늘여 되새기고 되새긴 탓이지 싶소. 다만 그 늘어선 기억들을 말로 옮기는 게 쉽지 않다오. 기억이란 놈이 내 이 느리고 무딘 혀끝에 맞추지 않기 때문이지. 너무 빨리 가면 따르기에 벅차고 너무 느리면 끌어당기느라 힘이 다 빠지고 만다오. 그럴 땐 아편이 최고지. 내가 글을 쓰고 있는지 아닌지도 구별하기 힘든 순간을 선물하니까. 사필귀아편(事必歸阿片)이라고 놀려도 어쩔 수 없소. 진실이니까. 부족하나마 담배의 힘을 빌리려는 것도 이런 어려움이 있어서라오. 지금까지 내가 여기저기 끼적여 두거나 더러 발표했던 글을 챙겨 읽어 봐도 좋겠소. 내 인생을 되돌아보는 회고의 글은 아니지만 매일 글을 쓰며 보냈던 시절도 있었다오. 한참 뒤의 일이라오.

고맙소. 그나마 한숨 돌린 것 같소. 계속 가 보리다.

*

짐배로 옮겨 탄 후 조계 바닷가에 내린 우리는 일장기와 '대일해운'이라는 깃발이 나란히 걸린 창고 앞으로 모였소. 물건을 지게에 지거나 어깨에 멘 노동자들이 창고로 바삐 들어가는 게 보였다오. 부산에서도 더러 창고를 보긴 했지만 인천에 비할 바는 아니었소. 거리 좌우로 늘어선 창고는 바위가 굴러 와 부딪혀도 무너지지 않을 만큼 튼튼했고, 초가를 대여섯 채는 겹쳐 세워야 할 정도로 높았다오. 나도 저들처럼 일해야 하는 게요. 자기 몸무게보다 훨씬 더 무거운 짐을 지고 거대한 굴로 줄지어 들어가는 일개미들이 떠올랐소. 그리고 일하다 다치거나 병든 개미들이 굴 밖에서 몸을 비틀며 죽어 가는 장면도 함께. 함께 일하다 쓸모가 없어지면 홀로 죽어라. 이것이 비정한 자연의 섭리라오. 완장을 찬 십장들이 몽둥이를 하나씩 들고 우리를 에워쌌소. 6열 종대로 세우더니 한 사람 한 사람 다시 살피기 시작했다오. 배에서 세 명이 이미 내렸지만, 여기서 또 하역 노동 부적격자를 가려내는 것이오. 십장 중엔 이마에 칼자국이 있는 김동구의 목소리가 가장 컸소. 신참들 들으라고 일부러 고함을 질러 댄 게요. 우리 줄에서도 이런 식의 대화가 오가기 시작했소.

야! 너 나가! 다 죽어 가는 새끼가 뭔 일을 한다고.

하, 할 수 있습니다. 제가 얼마나 힘이 좋은데요.

나오라고 새끼야. 그건 내가 결정해.

김동구는 사내를 끌어내 창고 벽에 세웠소. 그렇게 각 열에서 부적격자들이 하나둘 끌려 나왔다오. 건장한 용주와 몸 가벼운 상현은 무사통과였소. 드디어 김동구가 내 앞에 멈춰 섰소. 그냥 지나가지 않고 서서 나를 아래위로 훑어보는 것 자체가 불길했다오. 부산을 떠날 때만 해도 나 역시 몸 하나는 자신 있었지만, 배를 타고 오는 내내 하루에 한 번씩 토하는 바람에 살이 쪽 빠졌다오. 얼굴빛도 누렇게 떴을 게요. 김동구의 몽둥이가 내 어깨에 척 얹히기 직전에 상현이 끼어들었소.

원래는 멀쩡했어요. 배에서 내리기 직전에 멀미를 해서 이 꼬락서니가 된 거예요.

김동구는 대꾸하지 않고 콧김이 닿을 정도로 바싹 얼굴을 들이댔다오. 나는 시선을 피하지 않고 쩨려봤소. 상현이 또 지껄였다오.

십장님! 제가 보장한다니까요.

김동구의 몽둥이가 상현의 등을 후려쳤소.

너까짓 게 뭔데 보장해, 새끼야!

그리고 내 앞을 지나갔다오. 용주가 급히 상현의 등을 손바닥으로 어루만졌소. 상현이 얼굴을 잔뜩 찡그린 채 날 보며 웃었다오.

아이고, 등짝이야. 아주 불이 나는구나. 장학이 너, 나한테 빚진 거다. 나중에 곱절로 갚아.

부적격자들은 짐배를 타고 조계를 떠났소. 십장들의 점검에서 살아남은 신참들은 갑판에서 우리에게 계약서를 내밀었던 조계철 앞에 길게 줄지어 섰다오.

나중에 안 사실이지만, 책상을 놓고 앉은 조계철 뒤에 선, 고급 양복을 입은 일본인이 대일해운 사장 스즈키였소. 그렇소, 스즈키 다카노리(鈴木鎬則)! 날 이 지경으로 만든 놈, 만약 죽을 때 딱 한 놈만 데리고 가란다면 내 반드시 그 새낄 택할 거요. 머리에 기름을 잔뜩 발라 이마가 훤히 드러나도록 빗어 넘기고, 툭 튀어나온 올챙이배 아래 바지 주머니에 양손을 찔러 넣고 우릴 노려보았소. 금줄 달린 회중시계를 연신 꺼내 보더군. 그땐 그 새끼가 뭘 그리 자꾸 꺼내 보나 했지. 알고 보니 그 새낀 하루를 30분 단위로 끊어 생활하기로 유명한 놈이었소. 시간을 낭비하지 않는 것이 곧 돈을 버는 지름길이라고 믿었던 게요. 사장이 시간을 쪼개 쓴다는 것은 우리 같은 노동자들에겐 큰 불행이었소. 식사 시간은 15분이 고작이었고, 화장실도 하루 세 번으로 제한되었으니까. 노동자 한 사람이 하루에 나르는 짐의 개수도 기록되었다오. 그렇게 한 달이면 집계가 딱 정확하게 나왔소. 다른 노동자보다 1할 이상 짐을 나르지 못하면 다음 달 곧장 해고되었다오. 그런데 말이오. 이 왜놈들이 얼마나 더러운 새끼들인가 하면, 노동자들이 매일 짐을 몇 개나 나르는지 공개하지 않았다는 게요. 그게 무슨 뜻인지 알겠소? 아무것도 모르는 노동자들은 서로를 경쟁 상대로 여기고 하나라도 짐을 더 나르기 위해 버둥거릴 수밖에 없었소. 나를 제외한 모두가 적인 게요. 이게 스즈키 다카노리의 회사 운영 전략이었소.

조계철 앞에서 마지막으로 장부에 기록된 인적 사항을 확인했소. 가령 용주는 이런 식이었소.

이름!

나용주.

고향!

경상도 고성입니다.

오기 전에 뭐 했어?

배 탔습니다. 고깃배.

돌림노래처럼 똑같은 것만 물었소. 질문을 제외하면 상현과 나의 답은 이와 같았소.

송상현.

전라도 벌교입니다.

낮에는 농사짓고 밤에는 아무 짓도 안했습니다.

최장학.

경상도 부산.

가게 점원을 했습니다.

조계철이 고개를 들고 내 얼굴을 빤히 쳐다봤다오. 부드럽게 묻더군.

글은 어디서 익혔어? 한문도 아는가?

네. 아버지한테…….

부산 가게에서 일했다니, 혹시 외국어도 좀 하는가?

일본어와 영어를 좀……. 청나라말도 드문드문 인사 정도 합니다.

조계철의 눈빛이 차갑게 바뀌더니 내 뺨을 후려쳤소. 아무런 준비도 없이 갑자기 얻어맞는 바람에 나는 저만치 나가떨어졌다오. 따지려고 나서려는 용주의 팔을 상현이 잡아당겼소. 나는 서둘러 다시 조계철 앞에 차렷 자세로 똑바로 섰다오. 조계철의 경고가 날아들었소.

너 이 새끼, 글 좀 안다고 함부로 나서지 마. 까불면 네놈부터 물귀신으로 만들 테니까. 지켜보겠어.

일자무식꾼들만 모였으면 감춘 일을 나처럼 글도 알고 외국말까지 아는 이가 섞이는 바람에 들통이 날까 지레 걱정을 한 게요. 그 걱정은 훗날 괜한 걱정이 아니었음이 밝혀지긴 하오. 하여튼 난 조계철이 나를 싫어하는 것만큼이나 그놈이 맘에 들지 않았소. 배에선 한껏 높임말과 웃음으로 우릴 달래더니, 배에서 내리자마자 반말에 쌍욕을 해 대고 본보기로 나를 때린 게요. 돌변하진 않았다는 점에서 김동구를 비롯한 십장들이 차라리 나았소. 처음부터 끝까지 우릴 사람으로 취급하지 않았으니까.

김동구는 용주, 상현 그리고 내가 포함된 스무 명 남짓한 신참들을 데리고 숙소와 바닷가를 돌았소. 노동자들은 우리를 보고서도 슬쩍 곁눈질만 할 뿐 일손을 놓지 않았다오. 매일 매주 매달 서로 경쟁하며 짐을 나르도록 만든 회사의 간계를 우리는 아직 몰랐으니, 왜 저리 미친 듯 일할까 궁금할 정도였소. 지게를 지고 뛰기도 하고, 수레에 실어 옮기기도 하고, 창고에 짐을 넣기도 하고 빼기도 했다오. 김동구는 대일해운의 하역 노동자로 살면서 명심할 것들을 짚어 줬소. 선두에서 따르며 궁금한 것을 밉지 않게 질문하는 신참은 상현이었다오.

너희들은 근무시간이 따로 정해져 있지 않다. 배가 들어오면 하역이 시작되고, 다시 그 배가 짐을 싣고 나가면 하역이 끝난다. 알겠나?

배가 들어오지 않는 날은 어쩝니까?

좋은 질문이다. 배가 안 들어오면 너희들은 일이 없다. 돈 한 푼 못 버는 게지. 그래도 먹고 자는 값은 내야 하니까, 배들이 사고 없이 무사히 인천으로 들어오길, 비바람 몰아치지 않고 파도도 잠잠하기를 기도해야 할 거다. 알겠나?

일을 안 해도 먹는 값 자는 값은 내야 한다, 이 말씀입니까?

그래 인마!

창고 뒤로 낡고 좁은 목조 건물들이 늘어서 있었소. 노동자들이 함께 지내는 숙소였다오. 복도를 사이에 두고 3층으로 짠 나무 침대가 마주보며 늘어서 있었다오. 침상에는 더럽고 낡은 이불과 베개가 아무렇게나 나뒹굴었소. 그 옆 벽엔 개인 관물대가 하나씩 붙어 있었다오. 김동구가 명령조로 말했소.

여기가 너희들 숙소다. 빈 곳에 한 명씩 기어 들어가.

상현이 3층 침대로 올라가 앉았소. 김동구가 말했소.

거긴 그저께 짐에 깔려 다리가 부러져 나간 놈 자리지!

상현이 2층으로 옮겼소.

거긴 동상이 걸리는 바람에 발가락을 다섯 개나 잘랐어. 그 짝 안 나려면 매일 씻고 잘 말려야 해. 특히 남쪽 바다에서 온 놈들은 동상을 조심해야 한다. 인천 바닷바람이 엄청 차니까.

상현이 1층으로 옮겼소.

거긴 짐배에서 떨어진 뒤 다시 떠오르지 않았지. 고깃밥이 되었을 거다.

상현이 침대에서 나와 김동구 앞에 섰다오. 김동구가 상현의 뒤통수를 귀엽다는 듯 쓰다듬으며 말을 맺었소.

다치든 병들든 죽든 여기선 아무도 신경 안 써. 조선 팔도에 일힐 놈들은 널렸다.

김동구가 숙소를 나가자마자 용주가 걸쭉하게 욕을 뱉었다오.

우라질, 말 한번 재수 없게 하네.

신참들은 각자 원하는 침대에 올랐소. 그러니까 비어 있는 자리는 돈 벌러 왔다가 재수 없게 일을 못할 처지가 되어 떠난 노동자들이 밤이면 곤한 몸을 뉘고 아침이면 부스스 깨던 곳이라오. 누군가의 불행이 누군가에겐 기회인 셈이오. 비참하고 무서웠소. 지옥 같은 어린 시절을 보낸 나였지만 불행은 익숙해지지 않는다오. 크든 작든 모든 불행은 늘 낯설고 늘 두렵소. 빈 침대들을 보면서, 나도 그 침대의 예전 주인들처럼 언제 불행의 늪에 빠질지도 모른다 생각하니, 눈앞이 아득해지는 것 같았다오. 하지만 뭐 어쩌겠소. 그 불행이 나는 비켜 가리라 믿는 것 말곤 달리 방법이 없었지. 큭큭큭. 게다가 나 혼자만 그런 침대를 받았다면 기분이 더러웠겠지만 신참들 모두 비슷한 처지였다오. 한가하게 재수 타령이나 하려고 고향 떠나 머나먼 인천까지 온 건 아니라오. 용주와 상현과 나는 문에서 가장 먼 쪽 침대를 택했소. 용주가 3층, 상현이 2층, 내가 1층을 썼소.

김동구는 그날 몇 가지 주의 사항을 더 알려 줬소. 가장 중요한 것은 일본인과 싸우지 말란 거였소. 바닷가에서 허드렛일하는 노동자는 대부분 조선인이었고, 대일해운 소속 일본인들은 사무실에서 펜대만 굴렸지. 그들도 가끔은 심심했든지, 바닷가나 창고로 와선 하역 노동자들이 일하는 모습을 지켜보곤 했다오. 김동구는 강조했소. 눈도 맞추지 말고 그림자도 밟지 마! 바닷가뿐 아니라 조계에서 일본인과 말을 섞는 일이 없도록 하라 했소. 인천 조계는 워낙 작아서, 그 안에 사는 일본인들은 어떻게든 연결되어 있었소. 일본인과 다투는 날엔 곧 스즈키 사장에게까지 보고되고, 그러면 그날로 대일해운에서 쫓겨난다고 했다오. 일본 회사에 취직했으니 그 정도는 감수할 수밖에 없었소.

집단생활을 하는 것은 노동의 효율성을 높이기 위해서라오. 함께 자고 함께 먹으며 함께 일하는 것이 시간도 절약되고 손발도 더 잘 맞으니까. 3층 나무 침대가 나란히 두 줄로 자리 잡은 숙소 옆 건물이 바로 회사 식당이었소. 줄을 서서 배식을 받고 설거지는 각자 하는 식이라오. 설거지라고 해 봤자 나무 그릇 두 개가 전부였소. 작은 그릇엔 국을 담고 큰 그릇엔 밥과 반찬을 함께 얹는 게요. 김치 조각과 나물이 전부지만 하역을 시작한 후론 음식을 남긴 적이 단 한 번도 없다오. 김동구가 첫날 던진 경고가 옳았던 게요.

먹을 수 있을 때 많이 먹어 둬. 배 들어오면 숟가락 들 시간도 없으니까! 투정 부리지 마. 너희들이 밥을 처먹든 말든 꼬박꼬박 일당에서 제할 테니까. 안 먹으면 너희만 손해다. 알아들어?

그리고 하역이 시작되었소. 처음 한 달은 무척 힘들었다오. 부산에서도 짐을 꽤 나르며 지냈지만, 하역은 차원이 달랐소. 하역은 모두 네 가지 단계를 거쳤다오. 인천은 수심이 얕고 아직 부두가 만들어지지 않았기 때문에 외국 상선이 곧바로 바닷가에 닿지 못한다오. 바닥이 평평한 짐배가 나가서 상선에 붙소. 승객과 상품을 짐배에 옮겨 싣는 게요. 이게 첫 단계지. 그 짐배를 바닷가에 댄 후 승객과 상품을 비로소 육지에 내리게 하는데. 이게 둘째 단계요. 거기서 수레나 지게 혹은 어깨나 등에 상품을 들거나 지고 창고까지 가는 거요. 이게 셋째 단계요. 창고 앞에 내린 상품을 크기와 종류에 따라 나누고 창고 안으로 옮겨 쌓는 것, 이게 마지막 단계라오. 조선의 상품이 외국으로 나갈 땐 정확하게 이 네 단계를 역순으로 밟는다고 보면 되고.

신참들은 아직 배 안에서의 움직임이 서툴기 때문에 셋째 단계에 배치되었소. 최고참들은 넷째 단계를 선점했다오. 창고 안에서 작업하는 시간이 많으니, 비나 눈이 내리거나 바람이 부는 날에도 편히 일하기 때문이오. 그다음 고참들은 첫째나 둘째 단계를 맡았소. 흔들리는 배에서 균형을 잡고 상품을 받아 내리는 일이기 때문에 집중력과 경험이 필요하오. 힘과 지구력만 좋으면 그만인 셋째 단계가 신참들에게 주어진 게요. 이 단계의 일은 단순하면서 지루했소. 지게든 수레든 혹은 등이든 어깨든 짐을 올리고 완만한 오르막을 뛰듯이 올라가선 창고 앞에 조심조심 짐을 내리면 끝이었다오. 갈 땐 최대한 빨리 가고 내려올 땐 표 나지 않게 걸음을 늦추는 것이 요령이라면 요령이었소. 그렇게 1년쯤 지나면 첫째나 둘째 단계로 가고, 거기서 다시 1년은 더 지나야 넷째 단계를 넘볼 수 있다오.

첫 달에 열 명이 다쳤소. 모두 신참이었지. 다섯 명은 발목을 접

질렸고 둘은 어깨뼈가 부러졌소. 손목뼈가 탈골되거나 무릎이 뒤틀리거나 척추를 다친 이가 각각 한 명이었소. 발목을 다친 이들은 사나흘 쉬곤 복귀했으나 나머지 다섯은 짐을 싸서 인천을 떠났다오. 고참들이 혀를 끌끌 차며 그랬다오. 힘만 믿고 덤벼들면 안 된다고. 짐 무게를 몸에 골고루 분산시키지 않고, 자신 있는 뼈나 근육만 들이대면 곧 그 부위가 고장 난다고. 경험보다 뛰어난 선생은 없었소.

작업복 역시 일괄 세탁했소. 양말이나 수건 등은 스스로 시간을 쪼개 빨아야 하지만, 땀에 흠뻑 젖은 작업복은 일과를 마침과 동시에 세면장 앞에서 벗어 세탁통에 넣었다오. 역시 첫날 김동구가 경고했소.

만약에, 인삼 잔뿌리 하나라도 빼돌리다 걸리면, 회사에서 쫓겨나는 것은 물론 곧바로 인천 감리서로 끌려간다. 만에 하나 화물을 옮기다가 부수기라도 하면 전부 너희 책임이야. 알겠나?

속옷까지 몽땅 벗은 뒤 알몸으로 세면대 앞에 섰소. 십장들이 번갈아 가며 문 앞에 앉아 뚫어져라 알몸을 노려보았다오. 얇은 핀 하나도 숨기지 못하도록, 양발을 벌리고 양손을 치켜들어 흔들게 했소. 처음엔 귀찮고 짜증 났지만, 뒤이어 깨끗한 물로 몸을 씻을 생각을 하니 참 만했다오. 용주와 상현의 알몸을 본 것도 바로 그 세면대 앞이었소. 상현이 내 아랫도리를 보며 놀랐다오.

흑! 이, 이건 글이나 익히는 샌님 자지가 아닌데…….

나는 아랫도리를 더 쑥 내밀었소. 하루의 피로가 말끔히 사라지는 순간이기도 했다오.

한 달을 버텼소. 하역한 날은 절반인 15일이었다오. 말일이 다가
오자 노동자들 얼굴이 밝아졌소. 월급을 받기 때문이오. 매일 일당
을 주는 회사도 있지만, 대일해운은 일당을 모아 월급으로 지불했
소. 집단 숙식에 드는 비용을 일괄 정산하는 방식으론 한 달 단위
가 편했던 게요. 우리들 신참은 첫 월급이기에 기대가 무척 컸소.
월급 날 저녁, 우리는 침상에 정좌하여 기다렸소. 드디어 전표와 명
단을 든 조계철과 돈 가방을 든 김동구가 들어왔소. 조계철이 이름
을 불렀소.
나용주.
예!
용주가 대답과 함께 튀어나갔소. 달리기 선수보다 더 빨랐다오.
150전!
김동구가 150전을 꺼내 용주에게 내밀었소. 용주의 안색이 차갑
게 바뀌었소. 신참들도 동시에 고개를 갸웃거리며 억울한 표정을
지었소. 용주가 따졌다오.
왜 150전입니까? 일당 30전에 보름 일했으니까 450전 아닙니까?
300전이나 숙식비로 뗀 겁니까? 너무하네, 이거.
용주의 입에서 반말이 튀어나왔소. 화가 머리끝까지 났단 증표라
오. 그러나 조계철은 용주와 같은 신참의 불만을 숱하게 들은 듯,
냉정하게 명단을 내려다보며 사무적으로 답했소.
숙련 인부 기본 일당은 30전, 너희 같은 초짜배기 수습은 20전이

지. 거기서 조합비 3전, 십장 임금 3전, 세탁비 4전을 제하면 얼마야?

용주가 답을 못하고 우물거렸소. 조계철이 말을 이었소.

10전을 제하고 거기다 보름이니까, 150전! 맞잖아? 그 정도도 계산이 안 돼? 다음 최장학!

내가 나갔지만 용주는 돈을 받고 돌아오질 않았소. 그대로 선 채 조계철에게 따지고 들었다오.

조합비가 뭔데요? 십장 임금은 왜 우리 돈에서 빼는 겁니까? 그리고 세탁비는 왜 그렇게 비싸요?

조계철이 김동구에게 명령조로 말했소.

야, 이 새끼 빼! 천지도 모르고 촌놈들이 까불고 있어. 먹여 주고 재워 주고 일당이 10전이면 고마운 줄 알아야지. 까불고 있어.

용주도 물러서지 않았소.

뭐? 씨팔, 내가 거지야? 내 몸 팔아 받는 돈인데 그 정도도 못 물어봐?

그래서 답해 줬잖아, 이 새끼야!

이 날강도 놈이…….

이러다간 큰 싸움 나겠다 싶어 내가 재빨리 용주 앞으로 나갔다오. 김동구의 손에 들린 150전을 받았소. 그리고 허리를 숙여 과장되게 인사했다오.

감사합니다!

씩씩거리는 용주를 끌고 들어왔소. 그러곤 목소리 낮춰 설득했다오.

진정해! 이러려고 여기까지 온 거 아니잖아?

용주의 입을 틀어막고 달랬소.

그만하라고! 시간이 가면 월급도 오른다잖아!

상현까지 합세하여 겨우 용주를 데려왔다오. 용주는 터무니없이 적다고 내내 불만이었지만, 나 역시 흡족한 금액은 아니었지만, 우리 손에 150전이 쥐어진 게요. 인천에서 내 손으로 번 첫 월급이었소.

조계 구경을 나가기로 했소. 아참, 당시 제물포에 들어선 인천 조계란 것이 얼마나 대단했는지 당신들은 모를 거요. 개항한 지 얼마 안 된 인천으로 세계 각국의 배들이 세계 각국의 사람들과 물건을 가득 싣고 들어왔다오. 그중 가장 많이 드나들던 배가 청국과 일본의 배였소. 배가 도착하면 수많은 하역 노동자들이 개미 떼처럼 달라붙어 승객을 내리고 짐을 옮겼다오. 서양식 호텔에서 마중 나온 보이들이 자기 몸보다 큰 짐 가방을 들고 승객들을 호텔로 안내하고, 가난한 인력거꾼들이 이제 막 인천에 도착한 외국인들을 태운 뒤 조계로 부지런히 실어 날랐소. 하역장 주변엔 수많은 장사꾼들이 모여 전(廛)을 벌였소. 파, 부추, 쑥, 달래 같은 푸성귀를 뜯어 서해안 뻘밭에서 캔 조갯살과 반죽해 즉석에서 전을 부치고, 앞마당 청둥호박 속살 같은 부드러운 건더기를 갈아 죽을 끓여 파는 아낙들의 목소리가 하늘을 찔렀다오. 조선 특산물이랍시고 짚신이며 갓을 만들어 파는 남정네들의 우렁찬 목소리와 쩽강쩽강 놋쇠 가위로 엿 치는 소리, 수저며 베개와 홑이불까지, 여행객을 대상으로 한 온갖 용품들을 펴 놓고 호객을 했고, 거기에 자리싸움을 벌이는 악다구니까지 섞여 하루하루가 바다 위에서 열리는 파시(波市) 같았다오. 조선 특유의 들기름 냄새와 푸성귀 냄새와 사람들 입 냄새와 몸 냄새가 세계 각국에서 실려 온 냄새들과 엉켰고 기기묘묘한 저마다의 언어들이 흘러나왔고 각국에서 만든 화폐와 상품을 주거니 받거니 하는 곳. 그곳이 바로 제물포항이었다오. 신천지였지.

조계는 인천에 존재하는 독립된 이국(異國)들의 전시장이었다고나 할까. 제물포항과 인천 앞바다가 훤히 내려다보이는 응봉산 정상에 올라가 보면 인천에 자리 잡은 조계가 한눈에 훤히 들어온다오. 그중 가장 넓고 사람이 많았던 곳이 청국 조계와 일본 조계였소. 두 나라가 조선에서 지리적으로 가장 가깝기도 했지만, 또한 그 두 나라가 망해 가던 조선을 서로 먹겠다며 이빨과 발톱을 드러내 놓고 으르렁거렸다오. 청국 조계와 일본 조계는 응봉산에서 인천 바다를 내려다보고 섰을 때 각각 오른쪽과 왼쪽에 넓게 포진하였소. 응봉산 정상으로 오르는 돌계단을 중심으로 두 조계가 서로 마주 보았는데, 여러분도 알다시피 두 나라의 관계가 좋았던 시절은 거의 없소. 험악하고 살벌한 순간이 훨씬 많았다오. 이쪽에서 기침만 해도 저쪽에서 낫을 들고 달려올 정도였다고나 할까. 그리고 각국 조계엔 미국, 영국, 노서아(露西亞, 러시아), 법국, 덕국(德國, 독일)과 같은 서양의 나라들이 들어와 있었소. 일본 조계와 청국 조계를 합친 것보다 넓었고, 구라파를 옮겨 놓은 것 같았소. 석조 건물들이 골목마다 빼곡하게 들어섰으며, 위스키, 스카치, 코냑, 샴페인, 와인 등등 이름도 신기한 형형색색 술들이 저마다 독특한 향취를 풍기며 매일같이 연회장에 놓였고, 당구나 테니스를 즐기는 사내들 곁에서는 깨끗한 드레스에 챙이 넓은 모자를 받쳐 쓰고 목이 긴 징갑까지 낀 하얀 피부의 여인들이 박수를 쳤다오. 그렇게 희희낙락하면서도, 가난한 나라 조선의 잇속을 챙겨 먹으려 서로 아귀다툼을 하고 있었으니, 그것이 또한 제국들의 본색이었소. 그들이 자랑삼아 선보인 가면무도회 같다고나 할까.

조계를 채운 외국인들은 대부분 각국의 외교관이거나 상인이었소. 예나 지금이나 외교관과 상인은 이익을 찾아 어디든, 그곳이 지옥 끝이라도 달려든다오. 그리고 바늘에 꿰인 실처럼 그들을 따라다니는 집단이 둘 있소. 누구겠소? 그렇지! 첫째가 깡패들이오. 세상 어디든 말이나 법으로 해결하기 어려운 일들이 있어서, 그 일들을 처리하여 먹고 사는 놈들이 있다오. 안 되는 일도 되게 만들고 몇 년씩 걸릴 일도 며칠 만에 성사시키며 수출입이 금지된 물품을 유통시키는 일까지 도맡아 하는 놈들이다 보니, 상상 이상의 큰 이권이 오갔다오. 일본 조계에는 야쿠자 조직이 들어와 자국 상인을 보호한다는 명목으로 돈을 뜯고 있었고 청국 조계에는 광둥 지역을 중심으로 한 자청방(紫青幇)과 상하이를 중심으로 한 대도회(大刀會)란 조직이 대립하고 있었소. 우리가 인천에 도착할 당시엔 자청방이 대도회를 몰아내고 막 인천을 장악했지. 자, 마지막으로 남은 집단은 누구겠소? 당신은 하나만 알고 둘은 모르는구려. 그 집단은 종교인이오. 어찌 보면 종교인이 깡패보다 더 악랄하다오. 깡패가 주먹으로 이권을 뜯어먹는, 대놓고 나쁜 놈들이라면 종교인은 선량한 얼굴을 하고 각자의 신을 팔아 조선인들의 삶을 갉아먹는 자들이오. 그래서 종교인의 세 치 혀가 야쿠자의 칼이나 자청방의 주먹보다 힘이 센 거요. 신앙으로 움직였노라고 항변하는 종교인도 있겠지만, 그들도 결국 자국의 이익을 도모하고 세력을 넓히는 첨병 역할을 한 게요. 조계 이야기는 이쯤 해 둡시다. 차차 더 깊숙이 알게 될 거요.

외국인들을 중심으로 형성된 흥청거리는 조계 분위기와 우리가 머물던 바닷가 하역장의 공기는 말 그대로 하늘과 땅 차이였소. 정확히 표현하면, 그들 쪽이 하늘이라면 우리 쪽은 땅이 아니라 땅밑 하수구 같았다오. 썩은 하수구에서 피땀 흘린 한 달이 지나간 게요. 한 달 중 보름은 배가 들어오질 않아 쉬었지만, 숙소에만 머물렀을 뿐 조계 나들이를 가진 않았다오. 호주머니에 땡전 한 푼이 없으니, 조계 가게들 불빛이 휘황하고 찬란해도 들어가 즐길 수 없었소. 용주는 청국 조계로 가서 배불리 요리를 시켜 먹자 했다오. 매일 똑같은 김치와 된장국에 질린 건 우리도 마찬가지였소. 나는 일본 조계를 고집했다오. 부산 개항장을 돌아다닌 경험에 따르면, 청국 조계보다 일본 조계의 가게들이 훨씬 볼거리가 많았다오. 상현은 하역장만 아니면 어디든 좋다고 너스레를 떨었소. 용주가 내 경험을 믿겠다며 양보했기에, 우린 곧 일본 조계로 들어갔다오.

청국과 일본. 내가 방금 전에 말했듯 두 조계는 계단을 경계로 삼아 언덕에 나란히 자리 잡았소. 분위기는 완전 딴판이라오. 청국 조계는 발을 들이는 순간부터 냄새가 밀려든다오. 음식 재료들을 길거리에 늘어놓았을 뿐 아니라 이삿짐이라도 꾸리듯 옷과 이불까지 전부 꺼내 놓았소. 목청은 왜 그리 높은지, 곳곳에서 말싸움이 붙은 듯하오. 일본 조계는 대청소를 마친 아침처럼 깨끗하오. 반듯하게 구획된 건물은 더 높지도 낮지도 않고 가지런하며, 행인들은 바삐 오가다가 가볍게 눈인사만 나눌 뿐 머물러 대화하는 이는 드물었소. 민족성 차이 운운하고 싶진 않지만 확실히 두 곳은 달라도 너무 달랐소.

일본 조계 은행 거리의 양과자점 앞에서 걸음이 멈췄다오. 불빛 아래 진열된 과자들이 앙증맞고 먹음직스러웠소. 과자 상자에 붙여놓은 가격표를 확인한 후 용주가 툴툴거렸소.

저 봐. 양과자 하나에 돈이 150전인데, 하루 종일 일한 값이 10전이 뭐야 10전이?

나는 다시 그를 설득했소.

그런다고 뒤집어엎으면 언제 돈 모으고 언제 고향 가? 여기 온 지 겨우 한 달이야. 고맙습니다 하고 넙죽 엎드려 일이나 해야지.

고맙기도 하겠다. 개같이 일하고 하루 10전 벌어서!

상현이 짜증을 부렸소.

어허, 음식 앞에 두고 싸우고 지랄이야 지랄이! 용주야, 이거 받아. 사실 내가 그냥 슬쩍 먹으려고 했는데, 십장에게 말해서 받아 왔어. 여기 있다 네 월급!

용주가 받아쳤소.

필요 없다니까.

상현이 억지로 돈을 안겼다오.

챙겨 둬. 한 달 동안 손가락 빨래? 그 대신 밀어주기 한 판 하자.

밀어주기?

상현이 용주와 나를 보며 벙긋거렸소.

오늘 첫 월급 받았으니까 기념으로다가 저 양과자 하나 사서 한 놈한테 밀어주기! 자, 두당 50전씩 내, 어서!

까짓 것 해 보지 뭐. 이런 생각이 들 때가 있지 않소? 50전이면 월급의 3분의 1이니 우리 같은 신참에겐 거금이라오. 하지만 상현과 용주가 50전씩 내는데 나만 밀어주기에서 빠질 순 없었소. 양과자 먹을 사람을 정하는 방법은 간단했다오. 우선 양과자점 문을 열고 들어가는 게요. 곱상하게 생긴 여자 점원 앞에 나란히 선다오. 그리고 내가 유창한 일본어로 이렇게 그 점원에게 묻소.

우리 셋 중에 누가 가장 잘생겼습니까?

기모노를 입은 점원은 지나칠 정도로 진지하게 고민했소. 우리 중 누구를 지목하든 양과자 하나 팔고 말 일이었지만, 그미는 마치 평생의 배필 고르듯 세 사내의 생김새를 찬찬이 뜯어보았다오. 그 신중함 때문에 낙점을 바라는 우리의 간절함도 점점 커졌소. 먼저 상현이 더벅머리에 침을 발라 가며 어울리지 않는 미소를 지었다오.

난 벌교 주먹 송상현이오. 나를 골라 주면 앞으로 어떤 놈도 당신을 건드리지 못하게 지켜 드리다.

내가 통역했고 점원은 환하게 웃으며 내 앞에 섰소. 나는 아무 말 없이 그윽한 눈으로 그미를 바라보기만 했다오. 누군가 그랬거든. 나는 깊은 눈매가 매력적이라고. 뚫어지게 바라보던 그미가 이번엔 용주 앞에 섰소.

뭘 그렇게 오래 봐? 얼른 골라.

용주가 꾸짖듯 언성을 높였기 때문에, 그미는 놀란 눈으로 한 걸음 물러서기까지 했다오. 나는 얼른 끼어들어 달랬소.

목소리는 괄괄해도 우리 중에 제일 싸움을 못합니다. 덩치만 컸지 마음은 순한 양이라 생각하시면 됩니다. 특히 여자와 단둘이 있는 걸 무서워해요. 눈을 맞추는 것조차 힘들어합니다. 방금 전에도 쑥스러움을 감추려고 일부러 목소리를 높인 겁니다. 겁먹지 마세요.

그미가 고개를 끄덕였소. 용주가 내 옆구리를 찔렀다오.

통역이 왜 그리 길어?

조용히 해. 네가 싼 똥 닦아 주는 중이니까.

똥이라니?

용주가 다시 묻자, 상현이 받았소.

똥이지. 눈치 없이 큰 소리만 치는 똥.

죽을래?

걸핏하면 협박하는 똥.

용주가 주먹을 치켜들었다가 점원이 쳐다보자 내렸다오. 상현과 어깨동무를 하곤 웃어 보이기까지 했소. 우리 셋은 간절한 심정으로 그미의 처분을 기다렸소. 동그란 두 눈을 가늘게 눌러 뜨고 입술을 쭝긋거리며 생각에 빠져 있던 그미가 드디어 오른팔을 들었소. 상현과 나, 그리고 용주를 차례로 지나친 검지가 드디어 멈추었소. 그미는, 정말 한심하게도, 믿기 어렵게도, 용주를 지목했소. 나는 지금도 그때 그 여자의 선택에 불만이라오. 얼굴로 따져도 내가 제일 낫고, 키나 학식이나 인격이나 하여간 무엇으로 따져도 내가 제일이었소! 아, 또 화가 나네. 지금이라도 그 여자를 다시 만나 물어보고 싶다니까. 무슨 마음으로 소도둑 같은 용주를 골랐는지. 싸움도 못하고 여자랑 단둘이 있는 걸 무서워한다고 거짓말까지 했건만. 아무튼 눈이 삔 여자에게 간택 당한 용주가 당연하다는 듯 턱을 치켜들며 짧게 말했소.

사람은 잘 보네.

잘 보긴 뭘 잘 봐? 사람을 고르라는데 짐승을 택한 게 제대로 박힌 눈이야? 도다리보다도 더 삐뚤어진 눈알이지.

잔뜩 약이 오른 상현이 소리를 질렀소. 나도 상현의 마음과 전혀 다르지 않았다오. 하지만 약속은 약속이었소. 우리는 사나이고 예나 지금이나 남아일언은 중천금 아니겠소. 드디어 탁자에 원기둥 모양 양과자 하나가 놓였소. 용주가 단숨에 삼킬 기세로 양과자를 집어 들었다오. 상현이 다급하게 외쳤소.

자, 잠깐!

뭐?

너에게 사나이답게 우정을 지킬 기회를 주마.

아직도 짖을 게 남았어?

용주야! 고성이 낳은 진짜 사나이 나용주. 너 설마 알량한 양과자 하나에 우정을 팔 생각은 아니지?

밀어주기라며?

상현이 상심한 표정으로 일어섰소.

먹는 것 앞에선 친구도 무시하는 새끼! 앞으로 나 볼 생각 마라. 그동안 즐거웠다. 쓸쓸하구나. 증기선에서 용왕님께 맹세한 우정이 이렇게 끝날 줄이야.

가게 문을 열고 나가려는 상현을 용주가 불러 세웠소.

잠깐!

상현뿐 아니라 나도 용주를 쳐다보았소.

왜?

용주가 느물느물 웃었다오.

잘 가라!

저 새끼가……

용주의 농담이었소. 용주는 점원을 불러 과자를 3등분해 달라고 부탁했소. 그미는 자그마한 톱니가 달린 빵칼로 양과자를 정확히 3등분한 뒤, 일본 도깨비 문양이 앙증맞게 그려진 접시 세 개에 담아 주었소. 세 마리 도깨비가 꼭 우리 셋 같았다오. 귀엽고도 잔정이 많아 친근한 상현 도깨비, 진중하고 속 깊은 장학 도깨비, 건장한 체구에 성격 급한 용주 도깨비. 내 평생 그렇게 맛난 과자는 그전은 물론이고 그 후로도 먹어 보지 못했다오. 천상의 맛이었소. 이 세상에서 그날의 과자 맛과 비교가 가능한 물건은 단 하나뿐인데, 뭐겠소? 그렇지, 아편……! 아, 인생이 그날 먹었던 양과자처럼 달콤하기만 하다면 얼마나 좋겠소. 하지만 우리네 인생은 달콤하고도 쌉싸름하오. 달콤함은 아주 잠깐이고 쌉싸름함은 영원히 끝나지 않을 것처럼 아주, 아주, 아주 오래간다는 게 문제라오. 하하하. 그러고 보니 양과자나 아편이나 인생이나 마찬가지네. 나 아노니, 달콤함 뒤의 오랜 고통이여!

행복은 거기까지였소. 숙소로 돌아가니 김동구가 기다리고 있었소. 그는 우리를 세면장 앞으로 불러냈다오.

촌놈들 티를 낸다니까. 싸돌아다니기나 하고.

용주가 받아쳤소.

뭔 참견이오? 일하는 시간도 아닌데.

김동구가 답했소.

빨리 들어가서 자. 내일 새벽 두 시에 배 들어와.

상현이 짜증을 부렸소.

무슨 배가 한밤중에 들어와요?

무식한 소리 할래? 밀물이 그때니까 들어오는 거지, 뻘밭에 기어 들어오냐?

내가 물었다오.

근데 왜 우릴 불러낸 겁니까? 취침이 급하다면 숙소에서 말해도…….

김동구가 히죽 웃었소.

좋은 질문이야. 너희들 식대(食代)를 안 냈더군.

식대라고요?

150전에 한 달 밥값은 제하지 않은 것이오. 세탁비는 일괄 공제하고 식대만 그냥 둔 건 신참을 길들이려는 십장들의 술책이 아니었던가 싶소. 우리가 150전을 쓰도록 내버려뒀다가 식대를 들이밀 속셈이었던 게요. 김동구가 우릴 몰아세웠소.

빨리 내!

얼맙니까?

한 끼당 1전씩, 하루에 3전이야! 한 달이면 90전이군! 어서 내!

행복한 저녁이 불행한 밤으로 곤두박질쳤소. 밀어주기로 50전을 이미 썼고 식대가 90전이니, 우리에겐 달랑 10전밖에 남은 게 없었다오. 인천 짠물이 왜 짠물인지 온몸으로 느낀 밤이었소. 10전으로 한 달을 버텨야 하니, 조계 구경은 당분간 물 건너간 게요. 꼼짝없이 침대 귀신이 되어야만 했다오. 그런데 나쁜 일에 나쁜 일이 겹치기도 하지만, 나쁜 일 다음에 좋은 일이 찾아들기도 하는 법이오. 그게 과연 좋기만 한 일이었을까 두고두고 곱씹긴 했지만, 이 최장학 인생에서 적어도 나쁜 일은 아니었다고 말할 순 있소. 그 일이 아니었다면 삶이 꽤 많이 달라졌겠지만, 다시 그 밤 인천 앞바다로 가서 그 장면과 마주치고 싶냐고 묻는다면, 주저 없이 그렇다고 답할 게요. ……맞소. 좋고 나쁨의 차원을 넘어, 인생을 만드는 중요한 만남이 이뤄진다오. 밤손님처럼 불쑥 한 사람을 흔들어 버리오. 거미줄에 걸린 나비마냥 흔들리는 것 외엔 할 짓이 없는 바로 그 순간.

자는 둥 마는 둥 하고 바닷가로 나갔소. 사열 종대 인원 점검까지는 늘 하던 식이었다오. 횃불이 군데군데 나무처럼 박혀 타올랐소. 일본인 직원들이 긴 하품을 해 대며 횃불 곁에서 우릴 노려보았다오. 야간 하역엔 분실물이 더러 생기곤 하였소. 노동자들이 어둠을 틈타 물품을 슬쩍하지 못하도록 감시하러 나온 게요. 김동구가 손을 먼저 어정쩡하게 가슴까지만 들곤 뜻밖의 제안을 했소.

짐배에 탈 자원자 있나? 배탈 때문에 짐배에서 일할 세 명이 빠졌어.

아무도 손을 들지 않았소. 고참들에 섞여 구박 받으며 일을 해야 하는 데다, 밤에 배에서 균형을 잡으며 사람과 물품을 나르는 게 여간 고역이 아니었다오. 월급이 더 나오는 것도 아닌데, 사서 개고생 할 이는 없었소. 자원자가 없자 김동구가 지목을 했소. 나용주와 송상현 그리고 나 최장학이었다오. 뒤끝 한번 지독하고 긴 작자였소. 늦은 밤까지 조계를 돌아다니며 놀다 온 우릴 짐배에 태울 작정을 처음부터 했던 게요. 이름이 불렸으니 나가지 않을 수 없었소.

그날따라 바람살도 세고 자주 방향을 바꿨다오. 배가 흔들리니 인천으로 오는 동안 멀미로 고생한 생각이 났소. 가슴이 답답하고 신물이 식도를 거슬러 올라오는 것 같았지만 우린 꾹 참았다오. 태어나 처음 먹어 본 그 달디단 양과자가 아까웠던 거요. 하하하. 신참인 탓에 배의 후미 구석에 서 있어야만 했소. 배가 조금만 흔들려도 요동이 엄청났다오. 야비한 김동구가 버릇을 고쳐 주라고 짐배에 오른 고참들에게 미리 일러 두었는지도 모르겠소. 상선에서 선교사 두 명이 우선 내렸소. 험악하게 생긴 청나라 상인들이 뒤이어 짐배로 옮겨 탔다오. 고참들부터 가벼운 짐을 차지했소. 우리 차례가 되었을 땐 짐은 다 사라졌고, 무서워 짐배로 옮겨 타지 못한 승객들을 강제로라도 끌어내는 일만 남았소. 그런데 그게 행운이었다오. 보통은 울음을 그치지 않는 어린애들이 사지를 버둥대며 바닥을 뒹굴기도 했는데, 그 밤엔 아이가 한 명도 없고 기생만 셋이었소. 일본이나 청국에서 직접 인천으로 건너온 말하는 꽃, 해어화(解語花). 둘은 형편없는 박색이었으나 한 명은 탁월한 미색이었소. 우리 셋의 눈이 하나로 모였소. 아니, 그날 그 자리에 있던 모든 사내새끼들이 할 말을 잃고 그미를 쳐다보았소. 묘했다오. 단지 예쁘다는 표현으론 턱없이 부족한 얼굴이었소. 사연을 담은 이마와 슬픔이 비치는 눈에선 창백한 빛이 났소. 가녀린 얼굴선과는 달리 붉은 치파오 안에 가려진 몸매는 육감적이었소. 매끄러운 비단이 터질 것 같은 그미의 가슴과 엉덩이를 겨우 감쌌고 치맛자락 밖으로 내려온 긴 다리는 달빛을 받은 인어의 지느러미 같았소. 상현이 침묵을 깼소.

아이고 어지러워라. 선녀다, 선녀!

우리 셋은 시선을 교환했다오. 양과자점에 이어 다시 내기를 하기로 한 게요. 셋이 동시에 손을 내밀었소. 그미는 창백한 얼굴을 들고 우리 셋을 바라보았소. 우리들을 꼼꼼히 하나하나 과자처럼 뜯어보던 양과자점 일본인 여자 점원과는 달리, 셋을 한꺼번에 담을 만큼 눈동자가 컸다오. 나는 마음속으로 빌고 또 빌었소. 이번만은 내가 승자가 되게 해 달라고. 내 기도를 듣기라도 했을까. 그미는 자신을 향한 세 개의 손, 세 가지 인연 중에서 놀랍게도 내 손을 쥐었소. 한순간에 온기가 느껴졌소. 따뜻했다오. 순간 그미의 등 뒤 검은 하늘에 뿌려 놓은 젖빛 은하수가 내게로 쏟아지는 것 같았소. 아니 그미는 별 그 자체였소. 그 별이 내려와 내 몸에 닿았던 게요. 긴 팔이 내 목덜미와 어깨를 감쌀 땐 심장이 멎는 듯했소. 봉긋한 가슴이 내 가슴에 내려와 닿을 땐 갈비뼈가 녹아내렸고, 달작지근한 입 냄새가 내 코를 파고들 땐 현기증이 났소. 마지막으로 잘록한 허리가 내 손 안에 들어오자 두 다리에 힘이 풀려 버렸소. 주저앉지도 서 있지도 못하고 겨우 버티었소. 찰나였지만 영겁이기도 했다오. 부드러웠지만 날카로웠소. 아주 잠깐 스친 그 몸이 내 몸을 찌르고 들어왔소. 차가운 밤이었지만 불같은 순간이었소. 그미는 바람처럼 지나갔고 나는 그 자리에 그렇게 얼어붙었다오.

어, 이 자식 보게. 야, 정신 차려! 야, 최장학!

멈춰 버린 나만의 시간을 상현이 깨웠소. 그 밤이 어떻게 지나갔는지 기억이 나지 않는다오. 짐배가 다시 바닷가에 닿을 때까지 그 손의 온기가 내 손을 감쌌소. 상현과 용주의 투덜거림은 미인을 얻은 장수를 향한 질투였을 게요.

인천 이 동네가 물이 흐린가, 남자 보는 눈이 왜 이리 다 엉터리지? 진짜 재수 없네.

쟤보단 아까 그 일본애가 낫다. 자그마하니 귀엽고.

좋겠다, 새끼야. 나아서. 퉤! 어? 이 자식 봐라. 야! 최장학! 이놈 완전히 넋이 나가 버렸네. 어허, 참 큰일이다. 부산 촌놈이 이름도 모르는 청나라 기생한테 폭 빠졌구나. 아이고, 이 일을 어쩌나!

한 달이 더 지나갔소. 아직 봄이라 부르기엔 추운 날씨였다오. 아침엔 세면장 앞에 뿌려 놓은 물들이 얼었지만 낮엔 햇살이 제법 따사로웠소. 고참들은 15분 식사 시간도 아꼈소. 5분 만에 밥을 해결하고 나서 10분을 양지바른 벽에 모여 앉아 꾸벅꾸벅 졸기도 했다오. 아직 그 벽을 차지할 경력이 부족한 신참들은 바닷가를 어슬렁거리며 돌아다녔소. 곁으며 상상했다오. 찌르듯 내 몸으로 들어온 여인이여! 내 입술을 그 얇은 입술에 살며시 포개는, 빨간 치파오를 거칠게 벗기는, 가슴골에 코를 박고 깊이깊이 숨을 들이마시는, 구멍이란 구멍엔 침을 바르는, 깨무는, 할퀴는, 뒤집는, 흔드는, 당기는, 쥐는 시간.

처음 한 달은 숙소에서 고참이 누군지도 모른 채 바삐 지냈는데, 두 달쯤 지나니 배를 같이 타고 온 신참은 물론 고참들까지 눈에 들어왔다오. 신참을 괴롭히는 고참 명단부터 공유했소. 괴롭히진 않지만 되도록 피해야 하는 고참 중엔 '김 씨'라고 불리던 김덕배도 있었소. 이마의 깊은 주름과 썩은 나뭇가지같이 시커멓고 튀어나온 손가락 마디로 봐선 족히 쉰 살은 넘겼다는 이들도 있었고, 초년고생에 겉늙어 그렇지 실제 나이는 30대 후반이라는 이들도 있었소. 어떤 날은 고향이 황해도 해주라고 했다가 다음번엔 전남 보성이라고도 했소. 그렇게 종잡을 수 없는 김덕배지만 변함없는 짓을 매일 반복했다오. 신참이든 고참이든 가리지 않고 돈을 빌리러 다녔던 게요. 꼭 갚겠다고 다짐했지만, 그에게서 돈을 돌려받았다는 노동자를 만난 적이 없소. 한 번 붙으면 거머리처럼 떨어지지 않기에 처음부터 부딪히지 않는 것이 상책이라오.

노동자가 옮겨 나르기 가장 힘들어하는 물품이 무엇인지 아시오? 떨어뜨리면 와장창 깨지는 것들이라오. 그릇이나 도자기 그리고 거울 따위. 그중에도 거울이 문제였소. 그릇과 도자기는 나무상자에 짚이나 종이를 잔뜩 깔고 규격에 맞춰 넣어 요령껏 옮기면 되지만, 크기와 모양이 제각각인 거울은 나르기가 무척 힘들었소. 상선에 거울이 실렸단 소식을 접하면 입으론 욕을 하면서 팔다리 근육을 충분히 풀어 주려고 애썼소. 거울을 들고 나르다 쥐라도 나는 날엔 월급이 날아가는 건 물론이고 살갗을 베거나 뼈가 부러질 수도 있다오. 그날도 거울을 옮겨야 했소. 법국 파리에서 들여온 거울이 100개가 넘었다오. 단단히 각오를 했소. 거울이 너무 커서 지게에 지지도 못하고 한 사람 혹은 두 사람이 거울을 들고 조심조심 창고로 옮겼소. 두 개의 대형 거울을 용주와 함께 옮기고, 세 번째는 크기가 작아서 나 혼자 들어 옮기는 중이었다오. 갑자기 김 씨가 비틀거리며 내 옆구리에 바짝 붙는 게요.

돈 좀 빌려 줘.

저리 가요.

곁눈으로 보니 눈은 풀렸고 갈지자걸음이었소. 김 씨는 팔꿈치로 옆구리를 찌르며 다시 청했소.

금방 갚을게. 100전만.

없어요. 가라니까요.

정말 내겐 그만한 돈이 없었소.

50전만.

없다니까. 가, 저리 가라고!

10전이라도.

그때 돌부리에 채여 넘어진 게요. 쨍그랑 소리와 함께 거울은 산산조각 나 버렸고, 내 손에선 피가 줄줄 흘렀소. 거기에 박힌 돌부리를 대인해온 노동자들은 누구나 알고 있었다오. 빼내려 했지만 워낙 크고 깊어, 적어도 한 치는 파 들어가야 해서 차일피일 미뤘던 게요. 김 씨가 치근덕대지만 않았다면 서너 발자국은 삥 돌아갔을 게요. 김 씨는 엎드린 채 끙끙 앓았소. 거울 파편에 다쳤다기보단 아편을 피우지 못한 후유증으로 온몸을 떨고 있었던 게요. 김동구가 소리를 듣고 달려왔소. 김 씨의 멱살을 틀어쥐고 고함을 질러 댔다오.

야, 이 개쌍놈의 아편쟁이 새끼야! 아편 빤 다음 날엔 나오지 말랬지. 확! 버러지 새끼. 불쌍해서 눈감아 줬더니 누굴 엿 먹이려고! 이게 얼만 줄 알아. 네놈 석 달 월급으로도 못 사는 거야. 쓰레기새끼야!

그리고 피를 철철 흘리는 나를 걷어찼소.

너도 새끼야! 일을 이따위로밖에 못해? 오늘 너희 두 놈을 아주 죽여 주마.

김동구는 몽둥이를 집어 들더니 머리 위로 힘껏 추켜 올렸다오. 그 순간 용주가 달려와 나를 감쌌소. 몽둥이가 나 대신 용주의 등을 후려갈겼다오. 김동구는 더욱 화가 나서 날뛰었소.

이 새끼가 어딜 끼어들어. 비켜! 새끼야. 비키라고!

용주가 일어서더니 김동구의 손목을 움켜쥐었소.

그만하소.

이 손 안 놔? 저 거울이 얼마짜린 줄 알아? 새끼야!

용주가 버텼소.

저딴 거울이 뭐라고 사람을 패! 씨발, 물어 주면 될 거 아냐?

뭐, 씨발? 어디서 함부로 주둥아릴 놀려!

김동구가 용주의 배를 걷어찼소. 사납기로는 곰보다 더하고 빠르기로는 표범 저리 가라던 용주를 꼼짝 못하게 만든 건 김동구의 발길질이 아니었소. 김동구가 차고 있던 완장이었다오. 수십 명을 상대로도 눈 하나 깜짝 않던 용주가 숨이 막히는지 저만치 나뒹굴고 있었소.

물어 주긴 뭘 물어 줘? 거지 새끼들이 천지도 분간 못하고 까불어! 너희 같은 새끼들 목숨값보다 비싼 거울이야. 개새끼들이 뭉치니 아주 떼로 겁을 잃어버렸군. 좋아. 네놈까지 저승 맛을 보여 주마.

김동구가 몽둥이를 고쳐 쥐려는데 이번엔 내가 달려들었다오. 처음에 나는 그냥 맞고 넘기려 했소. 아비와 어미가 죽은 후 내게 남은 건 무감각이었소. 나를 향해 날아든 어떤 욕이나 위협도 진짜 나를 욕하거나 위협하진 못했다오. 하지만 내 앞에서 그 사납던 용주가 쓰러지는 건 참을 수 없었소. 나도 모르게 튀어나간 게요. 용주만 신경 쓰던 김동구는 내가 뻗은 주먹에 턱을 맞고 쓰러졌소. 그 배에 올라타곤 주먹을 휘둘렀다오.

그만해! 그만하라고!

입장이 바뀌어 용주가 내 어깨를 끌어당겼소. 상현까지 합류했지만 난 주먹질을 멈추지 않았소. 정말 그 순간 김동구를 때려죽이고 싶었으니까. 피가 흘러 붉은 주먹을 휘두르다 보니, 김동구의 얼굴과 가슴도 온통 피로 얼룩졌다오. 용주와 상현은 힘을 합쳐 강제로 나를 일으켜 세웠소.

됐어. 이제 가. 상처부터 치료하자고.

나는 두 친구에게 이끌려 숙소를 향해 걸음을 뗄 수밖에 없었
소. 그렇게 열 걸음쯤 뗐을까. 퍽 소리와 함께 나는 정신을 잃고 말
았소. 독종 김동구가 다시 몽둥이를 들고 따라와선 휘두른 게요.
쓰러진 뒷목을 자근자근 밟으며 말했다고 하오.

명령을 거역한 새끼가 어찌 되는지 똑똑히 보여 주마.

김동구는 나를 내쫓는 대신 벌방에 일주일을 가두었소. 회사를
그만두는 순간 그놈과 나는 서로를 간섭할 수 없는 남이지만 대일
해운 노동자로 일하는 동안 난 그의 명령을 따라야 하는 일꾼이니
까. 나중에 알게 됐지만 내가 대일해운에서 쫓겨나지 않은, 기막힌
이유가 따로 있었소. 상현과 용주 덕분이었소. 두 친구가 김동구 앞
에 무릎을 꿇었던 게요. 한 번만 봐달라고, 앞으론 절대 덤비는 일
없도록 조심하겠다고. 그리고 내가 벌방에 갇힌 동안 자기들 일당
을 김동구에게 고스란히 바치기로 약조했소. 용주와 상현은 그렇
게 나를 구해 줬소. 뼈가 닳도록 일한 친구 품삯으로 나는 쫓겨나
지 않았던 거요. 나중에 자초지종을 듣고 혼자 많이 울었소. 아비
와 어미가 불에 타 죽은 뒤론 이 세상에 믿을 놈은 오직 나뿐이라
여겼소. 나를 위한답시고 나서는 자들은 사기꾼이거나 날강도로 간
주했다오. 영원히 이렇게 혼자 살다 혼자 죽으리라 여겼소. 그런데
두 녀석이 나를 위한답시고 자존심도 버리고 정성을 다한 게요. 녀
석들의 우정이 군불이 되어 빙벽 같던 내 맘이 천천히 녹기 시작했
다오.

벌방이라고 해 봤자, 숙소 앞마당 빈 개집을 개조한 것이라오. 몸을 잔뜩 구겨야 겨우 들어가 웅크릴 만큼 작고 좁았소. 김동구가 덩치 큰 용주는 내버려 두고 나만 벌방에 가둔 게 그나마 다행이었소. 곧 배가 들어오니 일손이 하나라도 필요했으니까. 손을 다쳐 며칠 쉴 수밖에 없는 나만 일벌백계로 벌방에 가둔 게요. 김동구는 추위와 비좁음과 함께 굶주림과 갈증을 선사했소.

굶어 봐야 돈이 얼마나 귀한 줄 알 거다.

인천으로 오는 배에서 회사 내규에 복종하겠다고 서약했소. 명령 불복종에 의한 벌방행도 내규 중 하나였다오. 물론 그 벌방이 개집이란 조항은 없지만. 하필 일주일 내내 눈이 내렸다오. 그 꼴로 웅크린 채 개집에 갇혀 하늘에서 내리는 눈을 하염없이 쳐다봤소. 난생처음이었소, 그렇게 펑펑 내리는 눈을 본 건. 그 기억이 얼마나 생생한지 당장이라도 이 두 손에 눈송이가 쌓일 것만 같다오. 참으로 곱디고왔소. 하늘을 하얗게 뒤덮으며 내리는 눈이 어릴 적 엄니가 만들어 주시던 백설기 같기도 하고 김이 모락모락 나던 흰쌀밥 같기도 했소. 그제야 내가 갇힌 포구가 따뜻한 부산이 아니라 추운 인천이란 사실이 실감 났다오. 내가 이 꼴을 하고 갇혀 지내려고 부산에서 인천으로 왔는가 싶어 눈물이 절로 나다가, 갑자기 빨간 치파오 여인이 떠오르기도 했소. 시궁창에 빠진 생쥐보다 못한 꼴을 하고 있는 나를 보면 그미가 뭐라 생각할까, 지금 인천의 어디에 있을까, 그미도 이 하얀 눈을 보고 있겠지? 빌어먹을 놈의 눈 때문에 밑도 끝도 없이 이름도 모르는 여인을 향한 그리움이 간절해졌소. 아, 정말 그때처럼 여자의 살을 만지고 싶다는 생각이 든 적도 없었다오. 그 눈 덕분에 갈증은 면했다오. 개집 밖으로 손바닥을 뻗어 눈이 그 위에 앉기를 기다렸다가 핥아먹는 식이었소. 몇 송이의 눈이 나를 구한 게요. 지금도 눈 내리는 날이면 개집이 떠오르고, 그 개집 밖으로 뻗은 내 팔이 떠오르고, 그 손바닥 위에 앉던 눈송이가 떠오르고, 그 손바닥을 짓이겨 밟던 김동구의 웃음소리가 떠오르곤 한다오.

일주일 뒤 벌방에서 나오니 걸음을 떼기조차 어려웠소. 얼어붙은 땅바닥을 뱀처럼 기었소. 굶어서이기도 했지만, 고정된 자세로 일주일을 갇혀 있다 보니 직립보행이 불가능했던 게요. 질질 끌려 숙소 입구에 버려지듯 던져졌다오. 용주와 상현이 재빨리 달려와 나를 부축하여 침대에 뉘었소. 상현이 떠 온 물을 겨우 들이켰소. 용주가 눈물을 훔치며 내게 맹세했소.

돈 번다. 내가 돈 벌어서 꼭 복수해 줄게.

그리고 두 친구는 침대에 숨겨 둔 주먹밥을 꺼내 하나로 합쳤다오. 벌방에선 그럭저럭 버틸 만했는데 밥을 보니 눈이 뒤집혔소. 허겁지겁 배를 채우느라 그 주먹밥이 두 친구가 나를 위해 굶어 가며 남겨 놓은 거란 사실을 잊었소. 용주가 말했소.

많이 먹어. 다음 쉬는 날, 청국 조계 가서 짜장면 사 줄게. 그게 그렇게 맛있다네.

아냐. 지금까지 먹은 음식 중에 이게 젤 맛있다.

상현이 끼어들었소.

이 부산 촌놈이 또 헛소릴 하네. 짜장면이 얼마나 맛있는 줄 모르지? 인마, 네가 짜장면 맛을 보고 나면 이딴 개밥은 쳐다보지도 않을 거다.

　우리 셋은 웃다가 거의 동시에 눈물을 훔쳤다오.

　깊은 잠에 빠져들었소. 벌방에서도 낮밤 없이 잤지만 그건 잔 것이 아니었소. 불편한 자세와 추위 때문에 10분이 멀다 하고 진저리를 쳤으니까. 잠에서 언뜻언뜻 깨면 용주와 상현이 머리맡에서 나를 내려다보고 있었소. 지금까지 살아오면서 그처럼 따듯한 미소를 본 적이 없었소. 이 녀석들과 함께라면 지옥에라도 가겠다는 생각이 그때 처음 들었다오.

　새벽에 겨우 변을 봤소. 벌방에선 먹는 것도 없고, 또 따로 변을 볼 방법도 없어서 그냥 참았던 게요. 창자에 변이 가득 찬 상태로 크고 딱딱하게 굳어 버려, 아무리 힘을 줘도 변은 나오지 않고 똥구멍만 찢어졌다오. 헛구역질에 눈물까지 흘렀소. 상현과 용주가 번갈아 배를 만져 줬다오. 조금만 세게 눌러도 나는 비명을 질렀소. 녀석들은 애기 젖살 만지듯 천천히 아주 천천히, 움직임이 멈춘 창자들을 어루만진 게요. 내가 잠든 후에도 녀석들의 손길은 멈추지 않았소. 덕분에 어둠이 걷히기 시작할 때 방귀가 연이어 나왔다오. 그 소리가 얼마나 우렁찼든지 잠들었던 내가 깨어날 정도였소. 녀석들은 코를 막을 생각도 하지 않고 자기들끼리 얼싸안고 좋아했다오. 방귀가 누군가에게 기쁨을 선사한 것은 그때가 처음이자 마지막이었소. 변을 보고 나니 비로소 살 것 같았소. 상현과 용주는 화장실까지 나를 부축해 데려갔고, 또 밖에서 기다려 줬소. 눈이 다시 내렸소. 숙소로 들어가려다가 내가 하늘을 올려다보며 말했소.

너희들, 사람이 사람답게 살려면 가장 중요한 게 뭔 줄 알아?

상현이 답했소.

나는 밥! 다 먹고살자고 하는 짓이야. 나는 잘 먹고 잘살고 싶다.

용주가 답했소.

나는 돈! 내가 한번 보여 준다. 개처럼 벌어서 정승처럼 쓰는 게 뭔지. 장학이 너는?

내가 답했소.

친구!

상현이 잡고 있던 팔을 슬쩍 놓았소. 하마터면 왼쪽으로 쓰러질 뻔했소. 상현이 다시 잡으며 놀렸소.

우아, 이 새끼, 자기만 멋진 척하네. 네가 그리 말하면 나는 밥벌레, 용주는 돈벌레잖아.

용주가 내 말을 헤아려 줬다오.

가만 생각해 보니 장학이가 최고다. 내가 돈 많이 벌고, 상현이가 잘 먹고 잘살면, 장학이는 아무것도 안 해도 되겠네. 돈도 생기고 밥도 생기잖아. 이 새끼, 역시 똑똑해.

난 용주와 상현을 보며 다짐하듯 말했소.

우리 아무리 힘들어도 서로 믿고 변치 말고 꾹 참고 이기자. 꼭 우리 소원대로 될 거야.

돈 왕창 벌자!

벌자!

용주가 물었소.

돈 벌면 뭐하고 싶어?

내가 먼저 답했소.

학교나 하나 세워 학생들 가르치며 살란다.

정말 돈 많이 벌고 나면, 외국어 학교를 설립하여 학생들을 가르치고 싶었다오. 딴 과목은 몰라도 일어나 중국어는 가르칠 자신이 있기도 했소. 상현이 이어 답했소.

나는 정미소를 크게 하나 해서 배고픈 사람들에게 밥이라도 한끼 공짜로 먹일란다. 용주 넌?

나와 상현의 시선이 용주에게 향했소.

큰 배를 사고 싶어.

배는 왜?

짐이나 싣는 조그만 배 말고, 엄청 큰 배를 몰고 세계 일주나 다닐란다. 너희들 다 태우고.

누가 네 똥배 탄대?

이 새끼가…….

셋이 동시에 웃음을 터뜨렸다오.

봄날, 맛집을 미리 알아본 후 청국 조계로 짜장면을 먹으러 갔소. 탁자가 겨우 세 개뿐인 작고 초라한 식당이었다오. 과연 맛있을까 하는 의심이 들 정도였지만, 반죽을 쭉쭉 늘리며 수타로 면발을 뽑고 뽑고 또 뽑는 주방장 솜씨에 박수가 절로 나왔다오. 청나라 주방장이 길게 늘어뜨린 밀가루 반죽을 탁 하고 나무 도마에 치면,

먼지보다 가볍고 작은 밀가루 알갱이들이 창으로 비쳐 들어오는 봄
햇살을 받으며 떠올랐소. 투명한 햇살이 마술처럼 뿌얘게 바뀌었지.
우리 셋은 넋을 놓고 그 광경을 바라보았소. 게다가 그 맛은 더 신
통방통한 마술 같았소. 별미였지. 손으로 갓 뽑은 탱탱한 면발에 달
콤 짭짤 고소한 양념이 스며들어, 입에 넣기 무섭게 바로 목구멍으
로 넘어가는 맛은 정말 이 세상의 맛이 아니었소. 상현은 눈물을
훔치는 시늉을 하며 이렇게 외쳤다오.

오늘부터 내 인생의 목표는 짜장면이다!

배를 두드리며 거리로 나섰소. 양반 팔자걸음이 절로 나왔다오.
용주도 한마디 했소.

너무 빵빵해. 터질 것 같아.

상현이 입맛을 쩝쩝 다시며 받았소.

짜장면 먹다가 배 터지는 게 소원이야. 그치, 장학아?

그 순간 내 앞으로 인력거가 지나갔기 때문에 나는 맞장구를 못
쳤다오. 상현이 인력거에 탄 여인을 슬쩍 곁눈질한 후 놀라서 말
했소.

어! 개다.

용주가 받았소.

어? 진짜!

숨이 멎는 것 같았소. 달포 전 우연히 만났던, 이름도 모르는 청
국 기녀를 한순간도 잊은 적이 없었다오. 내 손을 잡았던 온기도
한 달 전 그대로였소. 그날 두 번째로 초승달 눈썹과 앵두 입술을

보는 순간 내 심장은 얼어붙어 버렸던 거요.

달리기 시작했소. 용주와 상현도 나를 따라 뛰었다오. 짜장면을 방금 먹고 나온 터라 숨이 곧 차올랐지만 멈추지 않았소. 또 이렇게 보내 버리면 영원히 만나지 못할 것만 같았소. 청국에서 온 기녀들은 청국 조계를 따라 늘어선 주점을 겸한 기방에서 지낼 테니 찾으려고 들면 못 찾을 것도 없었소. 하지만 그렇게 찾는다 해도 무슨 말을 건넬 수 있을까 싶어 피식 웃고 넘긴 날이 적지 않았소. 맞소, 돌이켜 생각해 보면 간절함이 부족했던 게요. 그리워는 했지만 다시 만나 몸과 마음을 나눌 결심은 서지 않았소. 하역 노동자와 청국 기녀는 완전히 다른 세계의 남녀였다오. 짐배로 옮겨 타며 잠깐이나마 손을 잡고 얼굴을 쳐다본 것 자체가 평생 한 번 있을까 말까 한 행운이었소. 맞소, 정말 그렇게 믿었다오. 그런데 눈앞에서 그 눈썹과 입술을 보니 따라 뛰지 않을 수 없었다오. 어디서 어떻게 살며 이름은 무엇이고 나이는 몇인지, 이런 걸 확인하고 싶었소. 아니, 이름이 뭐든 나이가 몇이든 그딴 것들은 궁금하지도 않았소. 그저 한 번 더 자세히, 이렇게 정면에서 얼굴을 쳐다보고 싶었소. 그때 내 나이 만 스물이었다오.

'천락원(天樂園)'까지 갔던 게요. 가게 안팎이 모두 붉은 주점 앞에서 인력거가 멈춰 섰소. 우리가 겨우 도착할 즈음, 그미는 쪽문을 열고 사라졌다오. 상현이 물었소.

어쩔래 이제?

어쩌긴 인마!

용주가 상현의 뒤통수를 퉁 때린 후 주점 문을 열어젖혔소. 사내 하나가 밖으로 나오려다 비틀거리며 용주의 가슴에 이마를 부딪쳤소.

어? 김 씨 아저씨!

대일해운 노동자 누구나 꺼려하는 김덕배였소. 김 씨가 고개를 들고 우릴 보더니 킬킬거렸다오.

이 촌놈들 보게. 여기가 어디라고 와?

주점 아닙니까?

너희들 정말 아무것도 모르는구나. 좋아, 내가 천국을 보여 주지. 따라와.

김 씨를 보는 순간 불쾌했다오. 그가 왜 '천락원'에서 나온 걸까? 늘 아편 살 돈을 빌리러 다니는, 향락의 연기가 너무 좋아 술도 도박도 하지 않는 인간이었소. 혹시……? 기분이 더러워졌소. 하지만 거기서 돌아설 순 없었다오. 달리는 동안 그 여자가 점점 더 미친 듯이 보고 싶었으니까. 그곳이 아편굴 아니라 지옥 굴이었더라도 나는 들어갔을 거요. 주저 없이 주점으로 걸음을 뗐소.

흔한 주점이었소. 일곱 개 탁자 중 다섯은 비었고 두 탁자엔 사내 일곱이 모여 앉아 술잔을 높이 들었다가 내리며 왁자지껄 떠들었다오. 상현이 내게 속삭였소.

벽만 시뻘겋게 칠했다는 거 말곤 그냥 흔한 주점이잖아?

김 씨는 계단 쪽으로 향했소. 계단 앞에 선 사내 둘에게 귓속말을 하자, 사내들이 우릴 노려보았다오. 우리도 지지 않고 눈에 힘을 잔뜩 넣곤 째렸소. 김 씨가 손짓했고 우린 그를 따라 계단을 올라갔소. 2층에 올라서니 책장과 책장 사이에 쪽문이 보였다오. 그 쪽문 앞에서 김 씨가 고개를 반만 돌려 우리에게 말했소.

이왕 온 김에 한 대씩들 빨아 봐. 이게 몸에도 아주 좋아. 피로 회복도 되고 우리같이 힘쓰는 사람들에겐 최고야.

그리고 쪽문을 천천히 열었다오. 우리 셋은 그 안을 조금이라도 먼저 살피기 위해 자라처럼 길게 목을 뽑았소. 두 녀석의 눈은 호기심으로 가득 찼지만, 솔직히 그때 난 주먹을 쥐고 엉덩이는 오히려 살짝 빼기까지 했다오. 불길했소. 내가 그토록 애써 벗어나고자 발버둥 쳤던, 그래서 겨우 탈출한, 다시는 대면하지 않기를 바랐던 풍광이 눈앞에 펼쳐질 것 같았던 게요. 곁에 두 친구가 없었다면, 그리고 이 주점으로 그미가 들어가지 않았다면, 난 쪽문을 들여다보지 않고 그 순간 돌아섰을지도 모르오. 손바닥에선 끈적끈적 땀이 맺히기까지 했소. 그러나 나는 돌아서지 않았다오. 한 번 그 풍경 속에서 처참하게 당했으니 또 그렇듯 끔찍한 처지에 놓이진 않으리라고 스스로를 달래는 마음이 생겼던 건지도 모르겠소. 인생이란 똑같은 실수를 알면서도 반복하는 것이란 농담이 농담만은 아니라오. 처음엔 어두컴컴하여 전체 윤곽이 뚜렷하지 않았소. 서 있는 사람은 거의 없었고 대부분 앉았거나 비스듬히 누웠더군. 시간도 꿈도 즐거움도 외로움도 잔잔히 바닥에 깔려 더디 흘러가는 느낌이 들었다오. 세상에선 맛보지 못한 평온함이 안개처럼 자욱했다오. 말로만 듣던 아편 굴이었소. '전락원'은 흔한 주점이 아니라 아편을 피우는 이들이 은밀히 모여 쾌락을 즐기는 곳이었던 게요.

사실 인천에서 나만큼 아편을 잘 아는 사람도 없었소. 아편을 담배처럼 빨아 대던 아비가 아편에 취해 어미를 목 졸라 죽이고 가게에 불을 질러 한 줌 재가 되었으니, 아편이 얼마나 무서운 건지 모를 리 없지. 내 기억 속 아편은 해 질 녘에 안방 구석 자리까지 길게 늘어진 햇살 속으로 부유하는 연기였소. 동공 풀린 아비의 눈동자와 그 아비의 손에 들린 두 자쯤 되는 대나무 막대기도 또렷이 기억에 남아 있소. 하지만 그날 내가 본 건 아편의 소굴이었소. 그 방엔 동공 풀린 아비 수십 명과 목 졸려 죽은 어미 수십 명이 잘 녹은 엿가락처럼 늘어져 바닥에 들러붙어 있었다오. 지옥을 두 눈으로 확인한 순간 언젠가 부산에서 들었던 이야기 하나가 떠올랐소. 자청방.

오랫동안 중국 대륙의 바다와 강을 오가며 소금과 철, 쌀과 곡식을 팔던 상인들은 도적 떼나 탐관오리에게서 스스로를 보호하기 위해 조직을 만들었다오. 몇 백 년 동안 내려오면서 강성해진 조직은 나라에서도 건드릴 수 없을 정도가 되었소. 그게 바로 자청방이오. 자구책으로 시작된 상인 조직이 세상을 좌지우지하는 실세가 된 거요. 소금과 철을 밀무역하며 엄청난 이익을 챙긴 자청방은 19세기로 접어든 후 거래 물품을 아편으로 바꾸었소. 청나라로부터 엄청난 양의 차(茶)와 비단과 도자기를 사들이던 영국은 점점 심각해지는 무역 불균형을 해소하기 위해 지옥의 이파리를 청나라로 보낸 거요. 영국의 음험한 계획은 맞아떨어졌소. 눈덩이처럼 불어나던 영국의 적자가 줄어들었고, 그만큼 아편에 중독된 청나라 백성이 늘어났다오. 영국의 아편에 청나라의 목줄이 잡힌 꼴이 된 게요. 뒤늦게 청나라 황실은 단속의 칼을 빼 들었지만 이미 늦었지. 영국은 물이 들 대로 들어 버린 청나라 아편쟁이들을 위해 식민지 인도에 어마어마한 규모의 아편 농장을 세웠소. 이파리들을 환약으로 만드는 아편 공장까지 세운 다음 아편을 대량으로 청나라에 직송하기 시작했소. 영국이 이런 식으로 아편의 재배와 생산, 유통을 구슬 꿰듯 연결해 버리자 청나라는 한 방에 넘어갈 위기에 빠졌다오. 이 위기를 기회로 삼아 순풍에 돛 단 듯 바람에 불꽃 일 듯 부흥한 게 바로 자청방 같은 밀무역업자들이었소. 공식적으로 거래가 금지된 엄청난 물량의 아편을 그들이 밀무역으로 유통하여 공급하기 시작한 거요.

그 자청방의 일부가 조선 개항장으로 스며 들어왔소. 당시 조선의 개항장은 인천과 원산 그리고 내가 살았던 부산, 이렇게 세 곳이었소. 그중 청국과 가장 가까울 뿐 아니라 한양에도 하루면 닿는 인천은 세계 모든 나라가 눈독을 들이던 항구였소. 당연히 자청방도 그 인천으로 들어왔던 게요. 우리가 노동자로 인천에 내렸을 무렵 자청방도 인천을 장악하기 시작했소. 지금 생각해 보면, 부산에서 아비에게 아편을 건넨 영국 상인도 그들과 한 패일 가능성이 크오. '천락원' 안팎에 보이던 건장한 청국 사내들은 모두 자청방의 주먹패들이었던 게요. '천락원'이 자청방이 운영하는 가게란 사실을 미리 알았다면 그 소굴로 들어가지 않았을까? 짐배에서 만난 기녀를 따라 단번에 뛰어들진 않았을 게요. 적어도 하루 이틀 고민은 했겠지. 허나 결론은 마찬가지였으리라 싶소. 눈을 부라리며 덤빌 테면 덤벼 보란 식은 아니었겠지만, 그미를 만나려는 마음을 억누르진 못했을 테요. 만날 사람은 만나야 하고, 사랑할 남녀는 사랑해야 하는 것 아니겠소.

상현이 먼저 가고 용주가 따라 들어갔소. 나는 멈춰 섰다오. 생각이 거기까지 미치자 들어가고 싶지 않았소. 마음 같아서는 확 기름이라도 끼얹고 불이라도 질러 버리고 싶었다오. 아편에 취해 사지를 가누지 못하는 아비의 얼굴이 떠올랐소. 그 아비에게 죽임을 당한 여인, 내 어미의 얼굴도 함께. 죽는 날까지 아편 근처에는 얼씬도 하지 않으리라 다짐하고 다짐했는데, 짐배에서 본 청국 기생을 따르다가 아편굴에까지 이른 게요. 나는 알고 있었소, 내 앞의 문은 이승과 저승을 가르는 경계라는 사실을. 그 문을 열고 들어가는 순간 저승을 쏙 빼닮은 사바(娑婆)의 생지옥이 열릴 것이었소. 쪽문 옆에 선 성마른 청국 사내가 째렸소. 서툰 조선말로 물었다오.

들어올 거야? 말 거야?

나는 깊게 심호흡을 한 후 걸음을 뗐소. 그 순간 정말 무서웠소. 눈앞의 이 길은 아비의 길이다. 들어가지 말아야 한다. 하지만 거부할 수 없었소. 나는 그 지옥문을 열고 발을 밀어 넣었소. 청국에서 온 붉은 치파오 여인을, 희고 고운 손과 탄력 넘치는 엉덩이와 봉긋한 가슴과 얇은 입술을 어루만질 생각만 했다오.

   김 씨를 따라 네댓 걸음 들어서던 상현이 목소리를 낮춰 나와 용
주에게 말했소.
   저, 저 새끼.
   상현이 눈짓으로 가리킨 곳엔 우리가 잘 아는 사내가 아편을 피
우며 누워 있었다오. 반장 조계철이었소. 김 씨는 아편쟁이로 워낙
소문이 나서 놀랄 것까진 없었지만, 조계철이 아편쟁이란 건 그때
처음 알았다오. 김 씨가 우리 시선이 향한 곳을 확인한 후 욕을 해
댔소.
   쳐 죽일 새끼! 노동자들 돈 삥땅 쳐서 아주 여기서 산다니까. 에
이 퉤! 자기나 나나 아편 피우는 건 마찬가진데, 매일 나만 아편쟁
이라고 십장들 시켜 두들기고. 저 새끼 언젠가 내가 꼭 한 번은 밟
아 줄 거야.
   조계철을 욕하던 김 씨가 언제 그랬냐는 듯 히죽 누런 이를 드러
내며 웃었소.
   자자, 따라와 봐. 저 안쪽이 진짜라고.
   넓은 홀을 건너 좁다란 복도로 접어들었소. 그 복도 좌우로 여인
네들이 의자에 앉거나 바닥에 비스듬히 누워 있었소. 손엔 하나같
이 아편을 피우는 자루가 들렸다오. 칸칸이 놓인 방엔 남자들이 한
명씩 들어가 있었소. 그들이 부르면 여인네들은 비틀거리며 일어서
선 칸막이 안으로 사라졌소.
   어때? 근사하지?

91

김 씨가 여인들을 쳐다보며 물었소. '천락원'은 주점이자 아편굴이며 또한 매음굴이었던 게요. 나는 빠르게 눈동자를 움직여 그미를 찾았소. 찾아서 뭘 어쩌겠다는 계획 같은 건 없었소. 하나하나 따져 생각할 겨를이 없었던 게요. 한 달 동안 그토록 그립던 그 얼굴이 지금 이 안에 있다. 그 생각밖에 들지 않았소. 복도 왼쪽 끝에 고개를 숙인 채 앉아 있던 여인이 스르르 일어섰고, 긴 머리를 귀 뒤로 넘기며 내 쪽을 흘끔 보았다오. 그미였소, 내가 찾던 청국 기생. 심장이 뛰기 시작했소. 손도 떨리고 발도 떨렸다오. 몸에 자석이라도 돋아난 듯 나도 모르게 다리가 움직였소. 빠른 걸음을 옮기는데, 칸막이가 걷히더니, 돼지처럼 뒤룩뒤룩 살 진 하얀 팔 두 개가 그미를 등 뒤에서 감았소. 덩치가 용주의 두 배는 될 법한 백인 남자였소. 그 순간 미국 놈인지, 구라파 놈인지, 노서아 놈인지 모를 그 백인을 죽이고 싶었소. 사람이 사람에게 빠지면 살인도 저지를 수 있다는 사실을 그때 알았소. 그 백인을 때려눕히고 여자를 빼앗아야겠다고 결심하는 순간, 내 맘을 비웃기라도 하듯, 그미가 고개를 살짝 든 채 코로 웃었다오. 아편 연기가 그 작은 코에서 꽤 많이 흘러나왔소. 그리고 곧 연기만 남긴 채 칸막이 안으로 사라졌소. 그렇게 금방 내 앞에서 사라지다니, 믿기지 않았다오. 상현과 용주가 내 허탈한 표정을 살핀 뒤 김 씨에게 물었소.

방금 저 계집은 누굽니까?

누구긴. 몸 파는 계집 중 하나지.

그걸 누가 몰라서 물어요? 이름이나 뭐 그런 거, 아느냐고요?

이름은 알아서 뭘 해. 아편 빨다가 아무 년이나 붙잡고 뒹구는 게 여기 일인데. 돼지를 얼굴 보고 잡나?

순간 나는 눈이 확 뒤집혔다오. 김 씨의 멱살을 잡아 올렸소.

뚫린 주둥이라고 함부로 나불대지 마!

돌았어? 여기서 싸움판을 벌여 뭘 어떻게 하려고?

상현이 주위를 살피며 나를 뜯어말렸소. 김 씨가 캑캑거리며 아는 것들을 털어놓았다오.

아까 그년은…… 빙빙이야. 얼굴도 곱상하고 인천에 온 지도 얼마 되지 않아 제일 인기가 많지. 그만큼 비싸다 이 말이지. 너희들 두 달 월급을 다 내도 모자랄 거야. 꿈 깨.

나는 그 이름을 처음으로 혀끝에 살짝 올린 다음, 입술을 머금었다가 꽃봉오리 펼치듯 터뜨렸다오.

빙빙(氷氷)!

두 달 월급에 깨질 꿈이 아니었소. 두 시간을 아편 연기 자욱한 곳에서 기다렸지만 참을 만했다면 믿겠소? 용주와 상현도 각각 계집을 정했다오. 빙빙에 비하면 반의 반값 정도였소. 용주가 내 옆구리를 찌르며 물었다오.

정말 그 돈 다 낼 거야?

응.

짐배에서 손 한 번 잡더니, 완전 돌아 버렸구나.

상현이 뒷짐을 진 채 끼어들었다오.

다시 잘 생각해. 걔랑 한 번 할 돈이면 딴 계집이랑 네 번은 하고도 남아. 어차피 몸 파는 기생들인데, 나 같으면 절대로 걔랑 안 잔다.

93

상현의 실례발이 틀리진 않았소. 그 돈이 어떻게 번 돈인네 두 달치 월급을 하룻밤에 날리느냔 말이오. 제정신인 친구들이 보기엔 내가 제정신이 아니었던 거지. 하지만 그땐 녀석들 말이 한마디도 귀에 들어오지 않았소. 두 달이 아니라 2년치 월급이라고 했어도 같은 길을 택했을 거요. 왜? 왜냐고? 이봐 형사 양반! 당신 여자를 진심으로 사랑해 본 적 없지? 큭큭. 그러니까 그런 지질한 질문을 하는 거야. 왜 사랑하느냐는 질문에 이유를 델 수 있는 건 사랑이 아냐. 이래서 사랑하고 저래서 사랑한다는 건 사랑이 아니라고. 사랑은 이유를 단 하나도 모르거나 이유가 너무 많아 말하지 못하거나 둘 중 하나야. 그러니까 결국 사랑엔 이유가 없어. 그냥 좋은 거야. 사랑을 하는 건 말이야, 미치는 거야. 처음엔 좋아서 미치고 좀 지나면 보고 싶어 미치고 나중엔 아파서 미치고. 나도 그때 미쳐 있었어. 내가 끝까지 돌부처처럼 꼼짝 않고 있으니 드디어 상현이 진지해졌소.

너 혹시…… 진짜 걔가 마음에 들기라도 한 거야? 사모하는 거냐고?

대답을 못했소.

맞네. 얼굴이 벌개졌어. 용주야, 이 새끼 어떡하냐? 장학이 이 촌놈이 청국 기생에게 넘어갔네, 넘어갔어. 이리 쉽게 넘어가는 놈도 있긴 있네. 한심한지고.

붉은 호롱불이 아늑한 방이었소. 침대만 하나 덩그러니 놓였을 뿐 가구가 없었다오. 김 씨가 여러 번 권했지만 나는 아편을 빨지 않았소. 용주와 상현도 그 지옥문으로 들어가지 못하게 내가 말렸다오. 아편에 손을 대면 친구건 뭐건 다 죽여 버릴 거라고, 인생 거기서 끝장나고, 세상도 종말이라고 말했소. 내가 그렇게 난리를 치니 지레 질려 버리기도 했겠지만, 솔직히 그놈들도 기녀 사는 값에 아편 피우는 값까지 치르긴 부담스러웠다오. 쿵! 쿵! 쿵! 쿵! 흐릿하고 나른한 적막을 뚫고 심장 박동이 혈관을 타고 올라와 귀를 울렸소. 기다리는 동안, 이제 곧 빙빙을 만날 수 있다, 이제 곧 빙빙을 만질 수 있다, 나는 내가 번 돈으로 빙빙을 샀다, 이 시간 동안 빙빙은 내 것이다, 아니 내가 산 내 시간은 빙빙의 것이다. 빙빙에게 나의 시간을 바치리라. 그런 생각과 다짐을 하고 있는데 이윽고 문이 열렸소. 빙빙이 들어왔소. 붉은색에서 짙은 초록색으로 옷이 바뀌어 있었지만 어떤 색이든 빙빙의 매혹적인 몸매를 가리진 못했소. 빙빙은 세상에 존재하는 어떤 색보다 돋보이는 여자였소. 빙빙은 그대로 서서, 나무 침대 모서리에 엉덩이만 걸치고 앉은 나를 잠시 내려다봤소. 나 역시 그 시선을 피하지 않았다오. 나를 기억할까 기억하지 못할까 기억할까 기억하지 못할까, 궁금했소. 빙빙은 살짝 비틀거리며 다가서더니 청나라말로, 짧게 뱉었다오.

옷 벗어요.

역시 기억에서 지워진 게요. 나는 못 알아듣는 척 가만히 있었소. 침묵이 흘렀소. 나도 빙빙도 멈춘 채 서로를 바라보았소. 먼저 침묵을 깬 건 빙빙이었소. 물끄러미 나를 보기만 하다가 소리 없이 다가왔소. 그러고는 그날 밤 짐배에서 했던 것처럼 손을 내밀었소. 침대에 앉아 있던 나도, 마치 약속이라도 한 것처럼, 자주 만나는 연인들의 익숙한 습관이기라도 한 것처럼, 그날 밤 짐배에서처럼 손을 잡았소. 그대로였소. 손의 온기도, 희미하게 짓던 미소도, 앵두 입술과 초승달 눈썹도 모두 그대로였소. 나를 알아본 게요.

나, 너, 알아요.

서툰 조선말을 듣는 순간 시간이 멈춘 것 같았소. 지금도 그 시간과 공간, 그리고 희미한 호롱불을 감싸던 빙빙의 몸 냄새가 정지된 듯 또렷이 기억나오. 빙빙은 이어서 청나라말로 천천히 말했소.

당신은 내가 조선에서 만난 첫 남자예요. 그날도 내 손을 이렇게 잡아 줬잖아요, 당신. 잊지 않았어요.

그미는 내가 청나라말을 모르는 줄 알고 편한 마음으로 마음을 드러내었소. 내가 입을 열었소. 서툴지만 부산에서 배운 청나라말이었소.

보고 싶었어. 당신 생각만 했어.

그 순간 놀란 눈동자를 지금도 똑똑히 기억한다오. 어찌 내가 그 표정을 잊겠소.

그날의 섹스는, 멋졌다고 말하고 싶지만 안타깝게도 별로였소. 힘들었다오. 나는 여자를 처음 품었고, 빙빙은 아편을 너무 많이 피운 게 문제였소. 얼음 빙 자(字) 두 개를 겹쳐 쓴다고 차가운 계집이라 짐작하진 마시오. 오히려 그 반대라오. 폭발하는 화산처럼 뜨거운 여자이기에, 그 화기(火氣)를 누르기 위해 얼음을 두 개나 이름에 겹쳐 놓았던 게요. 내가 알몸으로 그 뜨거운 얼음을 안고 젖가슴에 입술을 대자, 빙빙이 풋 웃음을 터뜨렸다오. 목덜미를 만질 때도, 등을 쓸어내릴 때도, 지나치게 많이 웃었소. 난 어리둥절했지만 곧 그 이유를 깨닫고 씁쓸했다오. 내 서툰 사랑의 몸짓 탓이 아니라 망할 놈의 아편 때문이었소. 빙빙은 내가 아닌 자신만의 상상 속으로 자꾸 넘어갔던 게요. 결국 나는 포기하고 돌아누웠다오. 가슴 저 밑바닥에서 불덩이가 치미는 듯했소. 화가 났소. 이따위 웃음소리나 듣자고 빙빙을 따라온 게 아니었소. 사람이 아편을 빠는 것이 아니라, 아편이 사람을 빨아들인다는 말이 무엇인지 비로소 납득이 되었다오. 살과 살, 뼈와 뼈를 맞대고 비비고 뒤섞더라도, 이 만족과 기쁨의 주인은 아편인 게요. 빙빙이 뒤에서 나를 꼬옥 안으며 말했소.

미안해요. 자꾸 웃어서…… 나도 당신한텐 이러고 싶지 않은데…….

웃기만 하던 빙빙이 갑자기 눈물을 흘렸소. 아편에 취한 감정은 풍랑 위 조각배처럼 이리저리 흔들렸다오. 내가 돌아누웠소. 빙빙의 눈물을 닦았소. 무슨 사연이 이 가녀린 여인을 여기까지 이끌었을까. 어린 나이에 낯선 땅에 와서 낯선 사내와 나란히 누워 눈물짓고 있는 여인이 가여웠소. 낯선 이국의 여인과 나란히 누워 있는 나 또한 가여웠소. 호롱불 가득한 매음굴 낯선 방이 가여웠고 온갖 사내의 땀이 밴 더러운 침대가 가여웠소. 우리는 두 마리 아기 고라니 같았소. 깊은 숲을 헤매다 어미를 잃고 무리에서 떨어져 나와버린 고라니. 애틋하고 소중했소. 벌거벗은 우리는 외로운 고라니가 되어 그날 밤을 뒹굴었다오.

여자랑 많이 밤을 보내 봤소? 어디까지 가 봤소? 아편을 빤 계집과 몸을 섞은 적은 혹시? 있어도 있다곤 말 못할 입장이란 건 아오. 그 밤 빙빙이 고라니처럼 순수했단 건 틀림없는 사실이지만, 그게 다는 아니었소. 몸과 몸이 엉키기 시작하자, 빙빙이 모든 것을 주도했다오. 단지 성기를 성기에 넣는 다채로움만 뜻하는 게 아니라오. 빙빙은 달랐소. 온몸이 빨판인 외계인 같다고나 할까. 몸의 모든 부위로 나를 빨아당겼다오. 피가 몰려 부황을 뜬 자국처럼 벌겋게 흔적을 남길 정도였지. 그건 내 몸뿐 아니라 빙빙의 몸도 마찬가지였소. 천 개의 입술이 천 개의 입술을 빨고 물고 뜯고 핥는 기분을 상상할 수 있겠소? 나는 그 입술들이 어떤 순서로 얼마나 세게 혹은 부드럽게 혹은 날카롭게 빠는지 짐작조차 못한 채 몸을 맡겼다오. 그 모두를 결정하는 이가 빙빙이었소. 입술만이 아니었다오. 빙빙의 몸엔 천 개의 뇌가 있어 내 몸의 반응을 순식간에 간파하고 종합하며 그다음 움직임을 결정했소. 내 몸이 만들어 내는 미세한 떨림 하나도 놓치지 않고, 그 떨림을 머리의 뇌로 옮기지도 않고, 그 부위에서 가장 어울리는 움직임을 선보였던 게요. 나는 빙빙 엄지발가락이, 무릎이, 유두가, 귓불이 동시에 생각한다고 믿었다오. 천 개의 입술이 천 개의 뇌를 가져 천 개의 다른 쾌락을 동시에 안겼으니, 나는 경험이 너무나도 부족한 신병처럼, 곧 사정(射精)하고 사정하고 사정했소. 웅크려 낙담하는 나를 빙빙은 천 개의 입술로 다시 일으키고 일으키고 일으켰다오. 몸을 섞다가 죽을 수도 있겠단 생각을 그 밤 처음 했고, 빙빙과 함께라면 그렇게 죽어도 좋겠단 생각까지 했소. 물론 내가 가진 단 하나의 뇌가 하는 생각 따윈 빙빙이 휘두르는 천 개의 뇌에 곧 휘감겨 흔적도 없이 녹아 버렸다오.

밤 벚꽃은 더욱 희고 고왔소. 용주와 상현 그리고 나는 횡으로 나란히 서선 어깨를 으쓱이며 걸었다오. 두 녀석은 여자 경험이 많다며 자랑하곤 했는데, 과연 그랬는지 아직도 모르겠소. 그 또래 사내들이 여자에 대해 하는 이야긴 열에 아홉이 거짓이거나 허풍이라오. 상현과 용주의 대화가 정겹긴 했소.

와, 너희들이 봤어야 하는데. 내가 얼마나 위에서 난리를 쳤으면 얘가 숨이 껄떡껄떡 넘어갔다니까. 오죽했으면 인공호흡을 했겠어.

지랄을 하세요, 아주.

그래! 지랄 발광을 했다니까 걔가! 야! 장학이 넌 어땠어? 별로였지? 얼굴 반반한 애치고 그 짓 잘하는 앨 본 적이 없어요 내가! 아이고, 돈 아까워라. 너 이제 어떡하냐? 그 피 같은 돈을……

시끄러! 맨날 입만 살아 가지고…….

상현이 내 말을 잘랐소.

저기, 덕배 아저씨 아냐? 아까 갔는데.

김 씨였소. 우리가 아편을 빨 뜻이 없자 투덜대며 먼저 '천락원'을 나갔더랬소. 숙소에 도착하고도 남을 시간인데, 골목에서 얻어맞고 있었던 게요. 나는 두 녀석의 손목을 잡아끌었소. 일이 커질 게 뻔했으니까. 게다가 그들이 내 짐작대로 청나라 장사꾼들이 만든 조직에 속한다면, 더더욱 피해야 했소.

가자!

가자고?

용수가 멈춰 서선 물었소.

자청방일지도 몰라.

그게 뭔데?

청나라 아편 밀수 조직.

상현이 놀란 얼굴로 끼어들었소.

자, 자청방? 진짜? 일 났네. 근데 아저씬 왜 저 험한 새끼들한테…….

상현의 말이 끝나기도 전에 용주가 고함을 쳐 버렸다오.

야! 멈춰. 씨발 놈들아.

김 씨를 두들겨 패던 사내들이 고개를 돌렸소. 그중 몽둥이를 든 사내가 청나라말로 소리를 질러 댔소. 나만 알아들을 수 있었소. 걸쭉한 쌍욕이었다오. 용주는 평소 그리 친하지도 않던 김 씨를 구하기 위해 나섰소. 상현이 벌벌 떨며 용주를 말렸소.

용주야. 너, 저 새끼들 건드리면 진짜 큰일 나. 자청방일지도 모른다고.

자청방이고 자똥방이고 사람은 살려야지.

무식한 놈이 용감하다고 했던가. 용주는 자청방이 뭔지 전혀 몰랐던 게요. 사내들을 향해 혼자 성큼성큼 걸어가던 용주의 모습은 마치 불속으로 짚단 한 아름을 안고 들어가는 듯했소.

이 조선 강아지들이 돌았나!

용주는 몽둥이를 피하며 주먹을 내뻗었소. 주먹을 맞은 사내의 얼굴이 한 방에 돌아갔다오. 내 옆에 섰던 상현도 주먹을 쥐었소.

용주, 저 새끼 땜에 내가 제 명에 못 죽지 싶다.

상현이 달려 나갔고, 나 역시 두 친구 뒤를 따랐소. 용주의 손놀

림이 생각보다 훨씬 빨랐고, 자청방 사내들도 고작 셋이었기 때문에 어찌어찌 엉켜 붙으면 이길 법도 했소. 결론적으로, 상현과 나는 별로 할 일이 없었다오. 몽둥이 몇 대를 맞긴 했지만, 용주는 묵직한 주먹으로 세 녀석을 곧 제압했소. 얻어터진 김 씨는 엉금엉금 기어 바닥에 떨어진 가방을 품에 안았다오. 용주는 그 가방을 김 씨의 손에서 빼앗으려 했소.

뭔데 그래요?

김 씨는 빼앗기지 않으려 발악을 했다오. 그렇게 버티다가 가방이 찢어져 버렸소. 길바닥에 아편 환약들이 쏟아졌소. 용주와 상현과 나는 깜짝 놀랐다오. 상현이 따져 물었소.

이게 뭡니까? 저 새끼들한테서 훔친 겁니까?

김 씨는 아무 말 하지 않고 아편 환약에 코를 처박으며 덜덜덜 떨기 시작했소. 얻어맞아서가 아니라 금단 현상 때문이었소. 상현이 용주를 돌아보며 말했소.

잘못 건드린 거 같아. 큰일 났어.

용주는 별일 아니라는 듯 김 씨를 업었소.

그렇게 당하는 사람을 보고도 그냥 가? 아저씨! 이런 거 이제 그만해요. ……언제 돈 모아서 고향 가려고.

김 씨가 버둥거리며 몸을 뒤틀었소.

이거 놔! 저게 얼마친 줄 알아? 저것만 팔아도 우린 팔자 고치는 거야! 놔, 새끼야!

아편이 비쌌던 건 사실이라오. 우리에게 시간 여유가 있었다면, 그때 길바닥에 흩어진 아편을 챙겼을지도 모르오. 하지만 우당탕탕

씨우는 소릴 듣고 달려오는 청국 사내들이 저 멀리 보였소. 달아나는 게 상책이었소. 그 사고를 쳐 놓고도 봄밤의 벚꽃 향기가 나를 따라오는 듯했다오. 그 향기는 또한 재회한 빙빙의 몸에서 맡은 내음이었소.

아편과의 악연을 어찌 늘어놓아야 하는지, 솔직히 나도 가늠이 되지 않소. 확실한 사실은 그 당시 조선에서, 인천만큼 아편과 가까운 도시는 없었단 게요. 나중엔 한양까지 아편이 들어오지만, 그때만 해도 청국에서 배를 타면 곧장 닿던 인천이 조선에서 아편을 제대로 피울 거의 유일한 고을이었소. 부산에 비하면 열 배 혹은 백배! 켁! 퉤! 으아아 ……잠시 쉬어야겠소. 빌어먹을. 빌어먹을 놈의 첫사랑 타령을 했더니 마음이 참 좆같소. 시간이 이리 많이 흘렀는데도 잊히질 않아. 그 살결, 그 냄새가 아직도 그대로야. 뇌가 아편에 절고 골수가 다 썩었는데도 그 밤의 현기증은 그대로라고. 어쩌면 말이오. 히히히. 이루지 못한 첫사랑이 아편보다 더 독한지도 모르겠소. 아편은 몸에 박히는 거지만 사랑은 이 가슴 안에, 마음속에, 조각칼로 새기는 거니까. 그래서 개 호로 좆같고 아파. 아, 씨바, 추워, 춥다고! 이불이란 이불은 다 가져와. 빨리! 시작됐어. 또 지옥이 시작됐다고. 아비와 김 씨가 이 꼴로 학질 걸린 개새끼마냥 사지를 벌벌 떨며 침을 질질 흘리면서 방구석에 처박힐 땐 확 밟아 버리고 싶었는데, 이제 내가 그 꼴이네. 돌고 도는 이 물레방아 짓이 인생이라 둘러대면 변명일까. 변명이든 뭐든 서둘러. 이불이 없으면 살갗을 인두로 지지기라도 해. 추워, 빙하 속에 들어왔다고. 빌어먹을!

3부
어떤 배신

이야긴 아직 시작도 않은 게요. 서론이 긴 게 항상 문제지. 하지만 충분히 밑밥을 깔지 않으면 대어를 낚기 힘든 법이라오. 이제 그 시절 인천이 충분히 머리에 그려지리라 믿소. 인생의 소용돌이에 빨려 들어가 본 적 있소? 갑자기 옆구리에 생각지도 않은 비수가 날아와 꽂힌 것처럼, 모든 계획이 한 번에 끊긴 적은? 나 같은 아편쟁이들을 한심한 눈으로 쳐다보는 건 이해하오. 그러나 태어날 때부터 아편쟁이가 되려고 한 이는 없다오. 인생이 무엇이라 생각하오? 안간힘을 다해 올라가려 하지만 결국 무너지고 또 무너지는 게 인생이라오. 평생 성공 가도를 달린다 해도, 그자의 삶을 자세히 들여다보면 마누라에게도 숨긴 좌절의 순간이 속속 나올 게요. 누구라도 말이오. 좌절을 겪는다고 모두 아편쟁이가 되는 건 아니라는 비난은 감수하겠소. 옳소, 무너지더라도 사람마다 차이가 있지. 어떤 이는 맨바닥에 떨어지는 정도겠고 어떤 이는 기어서라도 나올 수 있는 흙구덩이겠지만, 어떤 이는 다신 빛을 보지 못하는 깊은 바다

밑까지 내려간다오. 그 심해에, 아편이 있소. 빛의 사람들은 절대 맛보지 못하는 즐거움! 어찌하여 내 인생이 꼬이면서 무너지기 시작했는지 털어놓겠소.

하역 노동자라고 우습게 여기지 마시오. 인천의 그 노동자들이 조선 최초의 노동자라는 걸 아시오? 조금 어렵게 들릴지도 모르겠지만, 회사에 소속되어 정식으로 임금을 받고 노동력을 제공한 최초의 사례라오. 물론 그때 우린 우리가 최초인지 아닌지 그딴 건 관심이 없었소. 하지만 수천 년 동안 이어 온 농부의 방식이 아니란 건 몸으로 느꼈다오. 제 맘대로 팔고 사는 장사꾼의 하루도 아니었소. 조석 간만의 차에 따라, 들어오는 배에 따라, 노동자의 숙련도에 따라 노동 조건과 일당이 정해졌으니까. 조선에선 처음 있는 일이었소. 우리가 최초의 노동자라는 것은 대부분의 일들을 처음 겪었다는 뜻이기도 하오, 좋은 쪽이든 나쁜 쪽이든. 지금부터 내가 하는 얘기도 처음 듣는 걸 게요. 세상엔 처음과 그 나머지가 있다오. 나머지는 시간이 흐를수록 낡지만 처음은 언제나 처음의 신선함을 지니지. 그 시절 내가 만난 인천의 노동자들이 바로 그러하다오. 생각할수록 새롭고 더 새로운.

하역 노동이 제법 몸에 붙어 일할 맛이 날 때쯤이었소. 중고참 정도 됐으니 일당도 꽤 올라 돈도 제법 모였고 우리 셋의 우정도 그만큼 깊어졌소. 물론 빙빙과 나 사이에도 시간이 쌓였소. 그날 밤 자청방 패거리와 사단이 난 후 청국 조계를 드나들 수는 없었지만 빙빙이 한 달에 하루씩 휴가를 얻어 조계 밖으로 나왔다오. 짧고 불안한 만남이었지만 그래서 더 애틋했다오. 물론 더욱더 뜨거웠고. 노동의 고생스러움이 줄어든 건 아니었지만 조금만 더 견디면 한밑천 모아 고향에 작은 점포라도 하나씩 열 만했소. 용주는 작은 고깃배를 사서 부모님께 효도하며 살 거라 했고 상현은 그 돈으로 고향에서 기다리고 있던 장순남이랑 혼인할 거라 했소. 부모도 형제자매도 없는 나는 인천에 자리를 잡아 정미소를 하나 열고 싶었소. 빙빙과 함께 정미소를 하면서 쌀이며 보리며 갈아 번 돈으로 알콩달콩 사는 꿈을 꾸고 있었소. 그렇게 우리의 꿈이 영글어 가던 어느 날 방이 붙었소. 언문과 일본어를 병기하여, 식당 벽에 간략히 나붙었다오. 상현이 나를 데리러 왔소. 글을 읽거나 뭔가 따져 볼 일이 생기면 내가 나서서 설명을 해야만 했소. 그게 배운 자들의 팔자이기도 하오. 글자를 아예 몰랐다면 제일 뒤에 서서 있는 듯 없는 듯 지냈겠지만, 배에서 계약서를 읽어 준 뒤론 까막눈인 체할 수도 없었소. 그 방을 읽고 너무 놀라, 두 번이나 더 한 글자 한 글자 읽었다오.

이번 달부터…… 일당을 반으로 깎겠답니다.

김 씨처럼 돈이 늘 부족한 노동자들부터 불만을 터뜨렸다오.

뭔 개소리야? 우리한테 말 한마디 없이.

절반으로 후려치는 법이 어디 있어? 물건값도 그리 뚝딱 자르진 않아.

언제 뭐 우리한테 물어보고 했남? 뭐든 자기들 맘대로지. 더러운 놈들!

용주가 그들을 진정시켰소.

들어나 봅시다, 이유가 뭔지.

나는 설명을 이었소.

하역 회사가 두 개 더 생겼답니다. 인천으로 오는 배는 정해져 있는데 회사가 더 생겼다는 건 우리 같은 하역 노동자들이 늘어났단 소립니다. 그러니 회사 입장에선 수입이 줄어들 테고, 일당을 깎을 수밖에 없다고 합니다.

상현이 짜증을 부렸다오.

인천을 오가는 배가 늘어난 것도 아닌데 하역 회사가 둘씩이나 왜 더 필요해?

다른 이들도 동조했소.

일당을 반으로 깎으면 정말 남는 게 없어. 바닷가에서 뼈 빠지게 짐이나 나르다 골병 들어 죽으란 소리지.

그렇게 뒈져도 장사 치를 돈도 없겠네. 죽어서 인천 앞바다 귀신이 되고 말겠구먼.

용주가 참지 못하고 튀어나갔소.

내 이 새끼들을 그냥……

다른 노동자들도 뒤따랐다오. 우리가 향한 곳은 창고 옆 회사 건물이었소. 푸른 기와를 인 2층 목조 건물로, 1층은 사무실이고 2층은 사장실이었소. 사장실에선 통창으로 바다가 한눈에 내려다보였다오. 바닷가로 나가지 않더라도 짐배가 나고 드는 현황과 노동자들이 물품을 나르는 모습을 편히 볼 수 있었소. 검은 양복 차림의 사내들이 건물을 삥 둘러서 있었다오. 노동자들이 그 기세에 눌려

차츰 걸음이 느려졌소. 그리고 멈췄다오. 상현이 귓속말로 물었소.

저것들은 뭐지?

보면 몰라. 어깨들이지. 우릴 막으라고 회사가 고용한 건달들.

건달? 좋네. 싸우자는 거지?

달려 나가려는 용주를 내가 붙잡았소.

참아. 우리가 덤벼들길 기다리는 놈들이라고. 저길 봐.

건물 벽 앞에 높다랗게 쌓여 있던 짚단을 가리켰소. 몽둥이의 손잡이가 삐죽 튀어나와 있었다오.

우리가 달려들자마자 저기서 흉기를 꺼내 들고 반격해 올 거야. 저 새끼들은 싸움으로 밥 벌어 먹고 사는 놈들이야. 우리가 당해내긴 어려워.

어렵긴! 그래 봤자 쪽바리 새끼들이야. 이대로 물러서잔 소린 아니지?

용주야! 잠깐만! 생각 좀 해 보자.

그 저녁에 회의를 했소. 각 숙소를 대표하여 열 명쯤 모였던 것 같소. 내가 낸 작전은 이것이었소.

지금 불리한 건 우리가 아니라 저들입니다. 당장 내일 일본 상선이 들어올 텐데, 우리가 움직이지 않으면, 승객도 짐도 꼼짝 못하고 바다에 떠 있어야 하니까요. 그러니까 저 놈들과 싸우지 말고 버팁시다.

회사의 임금 인하 결정에 기습 파업으로 맞서자는 것이었다오. 싸우지 않고 그냥 하역을 하지 않는 방식으로. 노동자들은 모두 동의했소. 나는 다시 한 번 강조했다오.

연좌하여 기다리는 것으로 족합니다. 시비를 걸더라도 맞붙어 싸워선 안 됩니다. 기다리면 우리가 이깁니다.

다음 날 아침 10시 일본 배가 밀물을 타고 조계 가까이 들어왔소. 노동자들이 하역을 위해 바닷가에 줄을 지어 대기하고 있었다오. 짐배 열 척이 나란히 묶여 흔들렸소. 김동구가 익숙하게 노동자들을 향해 명령했소.

자, 모두 승선! 오늘은 특히 짐이 많으니까 서둘러!

노동자들은 움직이지 않았소. 맨 앞줄의 용주가 자리에 털썩 주저앉았다오. 상현과 나, 그리고 바닷가에 결집한 노동자들 모두 그 자리에 앉아 연좌 농성을 시작한 게요. 김동구는 당황한 얼굴로 고함을 질러 댔소.

이, 이게 뭐 하는 짓들이야? 어서 일어나지 못해?

용주가 받았다오.

스즈키 사장을 불러 주슈!

뭐? 이 새끼가 돌았나? 사장님이 그렇게 한가한 분이신 줄 알아? 어서 일어나! 당장 배에 오르라고!

내가 상현에게 눈짓을 보냈소. 목청이 좋아 노래도 곧잘 하는 상현이 선창을 했소.

일당 인하 어림없다! 사장이 책임져라!

노동자들이 상현을 따라 목청껏 소리를 질렀소.

일당 인하 어림없다! 사장이 책임져라!

처음 보는 광경에 눈이 휘둥그레진 김동구가 몽둥이를 들고 상현을 향해 걸어왔소.

이 새끼가 죽으려고 환장을 했나.

용주가 일어나선 그의 팔목을 붙들어 쥐었소.

놔, 이거!

노동자 네댓 명이 용주를 따라서 일어섰소. 용주가 김동구를 째리며 말했소.

사장 데리고 와! 여기서 뒈지기 싫으면.

용주가 팔목을 꺾자 몽둥이가 땅에 떨어졌다오. 허리를 숙이며 몸을 비틀던 김동구가 서너 발자국 물러났소. 그리고 황급히 회사 건물로 뛰어갔다오. 우린 그때 처음 알았소. 뭉치면 강해진다는 사실을 말이오. 노동자 하나하나는 회사에 목줄이 잡혀 사는 신세지만, 우리가 뭉치면 회사와 맞설 수도 있겠다는 사실을, 고양이 앞에 쥐새끼처럼 꼬랑지 내리고 돌아서는 김동구를 보고 깨달았다오. 나머지 십장들도 김동구를 따라 모습을 감췄소. 우린 일제히 고함을 질렀소. 그동안 당한 분풀이였소. 돈 몇 푼에 할 말 못하고 먹을 거 못 먹으면서 몸뚱이 하나로 일한 자들의 살풀이였소. 얼마나 억울한 것이 많았으면 고함을 지르며 눈물을 줄줄 흘리는 자도 있었다오. 정말 속이 다 시원했다오.

사고는 엉뚱한 곳에서 터졌소. 노동자들 사이로 묘한 흥분의 기류가 흐르고 있었고 동시에 김동구를 비롯한 십장들이 사라지자 긴장이 풀어졌던 게요. 그때 조계철이 나타났소. 그는 윽박지르는 김동구와는 달리 공책과 펜을 들고 다니며 조용조용 말했다오. 물론 가끔 신경질을 부릴 때면 미친개가 되긴 했지만. 인천으로 오는 배에도 동승한 인연이 있어, 신참들도 그에 대한 경계를 별로 하지 않았소. 상현이 내게 속삭였소.

이상하지 않아? 너무 비틀거려. 저 새끼 아편 빤 거 아냐?

아직도 모르겠소. 왜 조계철이 그날 아편에 취한 채 바닷가로 나왔는지. 회사 쪽에서 일부러 내보냈다는 추측도 있고, 숙직실에서 아편을 피우다가 답답함을 느껴 스스로 기어 나왔다는 말도 있소. 어느 쪽이든 조계철은 바닷가로 나왔고, 연좌해 있는 노동자들을 향해 걸어왔던 게요. 아편쟁이는 아편쟁이를 알아보는 것일까. 김 씨가 슬그머니 일어서더니 조계철 곁으로 붙었소.

이게 뭔 꼴입니까? 저쪽으로 가세요. 제가 부축하겠습니다.

조계철이 슬쩍 김 씨의 얼굴을 쳐다보았다오. 그리고 환하게 웃으며 김 씨를 얼싸안더군. 그리고 어깨동무한 채 바닷가로 계속 가려 했소. 김 씨가 앞을 막으며 돌아서려 하자 조계철이 어깨동무를 풀었소. 다시 밝게 웃은 뒤, 김 씨의 뺨을 톡톡 때리기 시작했다오. 처음엔 장난 같았기에 김 씨도 웃으며 고개를 과장되게 흔들었소. 그런데 조계철이 때리는 따귀가 점점 강해졌소. 김 씨의 턱이 획획 돌아갈 만큼. 참다 못한 상현이 조계철 앞으로 나섰다오.

그만하십시오!

조계철이 이번엔 상현을 향해 팔을 휘두르려고 했소. 그러나 상현이 가볍게 허리를 숙이며 조계철의 팔을 허공으로 흐르게 했다오. 조계철이 중심을 잃고 엉덩방아를 찧었소. 양손을 버둥거리며 자빠졌기에 그 꼴을 보며 노동자들이 웃음을 터뜨렸다오. 상현이 다가가 조계철을 부축하여 일으키려 했소. 그때 조계철의 오른손에서 번뜩인 것은 단검이었소. 그 검이 상현의 뺨을 그었다오. 상현은 비명을 지르며 쓰러졌고, 나는 몸을 날려 조계철의 옆구리를 파고들었소. 그냥 뒀다간 상현을 향해 다시 칼을 휘두를 것 같아서였소. 조계철과 나는 동시에 나뒹굴었다오. 그 칼로 나를 찌르려 했기 때문에, 나는 조계철의 콧잔등을 주먹으로 힘껏 한 대 쳤소. 그리고 뒤이어 용주가 조계철의 배를 밟았던 것 같소. 그다음은 다른 노동자가 조계철의 머리를, 가슴을, 다리와 팔을 밟아 댔다오. 순식간에 벌어진 일이었소.

정말 개 씹 같은 짓이었소. 내가 그날 조계철을 때리지 않았더라면, 조계철이 맥없이 쓰러지지 않았더라면, 지금 이런 곳에서 당신을 만나지도 않았을 게요. 똥바가지를 뒤집어 써 버린 꼴이오. 아무리 씻어도 악취가 사라지지 않는, 영원히 내 삶에 박힌 흉측한 낙인이 될 줄은 정말 몰랐다오. 그렇듯 허탈하게, 유리처럼 와장창 깨어지리라곤……

그 밤에 조계철이 죽은 게요. 약을 쓰기도 전에 이미 숨이 끊겼다고 하오. 노동자들은 한 달 뒤까지 그 사실을 몰랐소. 크게 다쳐 고향으로 돌아갔다는 소식만 들었을 뿐이라오. 회사에서 두둑하게 위로금을 얹어 줬다는 소문도 돌았소. 오직 나 최장학만 조계철이 죽고 24시간이 채 지나기 전에, 이 아편쟁이 작업반장이 더 이상 이 세상 사람이 아니런 이야기를 들었소.

　다음 날에도 우리는 파업을 이어 갔다오. 일본에서 온 상선은 오도 가도 못하고 널찍하게 펼쳐진 개펄 너머 바다에 둥둥 떠 있었소. 내려야 할 사람들은 애타는 눈으로 우릴 바라보며 갑판에서 발을 동동 굴렀고, 내려야 할 짐들은 아무짝에도 쓸모없는 쓰레기 더미가 되어 쌓여 있었소. 우리가 일손을 놓으면 짜 맞춘 기계처럼 돌아가던 바닷가도 하루아침에 쓸쓸한 풍광에 불과하다는 사실을 우리 눈으로 확인하는 순간이었소. 비록 조계철이 끼는 바람에 주먹과 발을 쓰기는 했지만 그래도 그 정도 불상사가 생겼다고 계획을 바꿀 순 없었소. 건물을 지키던 일본 건달들이 들이닥치리란 각오까지 했다오. 그런데 그들은 전혀 보이지 않고, 저녁 해가 뉘엿뉘엿 질 때 김동구가 털레털레 왔소.
　여기, 대표가 누구야?
　사람들이 수군거리기 시작했소.
　거 봐, 세게 나갈 땐 세게 나가야 되는 거라고!
　우리가 이러고 있음 지들이 어쩔 거야. 꼼짝 못하는 거지.
　먼저 제 발로 찾아왔으니 어찌 되든 해결이 되겠구먼.
　대표가 누구냐고? 빨리 나와!
　김동구가 재촉하자 사람들이 약속이나 한 듯이 나를 쳐다봤소. 내가 외면하자 사람들이 다시 수군거리기 시작했소.
　하자고 한 사람이 나서야지.
　뭔 생각이 있었으니 시작한 거 아냐?

안 일어나고 뭐해!

비겁했소. 한날한시에 죽기로 작정한 도원결의처럼 허세를 떨던 사람들이, 회사에서 대표를 찾자 내 등을 떠민 뒤 자기들은 뒤로 빠지려는 게요. 전장에서 먼저 죽을 사람을 골라 최선봉에 총알받이로 세우는 것처럼 말이오. 나는 그렇게 밀려서 노동자 대표가 됐소. 아무 준비도 없이 일어섰소. 떠밀려 일어서긴 했지만 그래도 글을 아는 사람이 나밖에 없으니 어쩔 수 없다는 생각도 들었다오.

따라와. 사장님이 찾으신다.

그때였소. 용주와 상현이 약속이라도 한 것처럼 동시에 일어섰소.

우리도 같이 가겠습니다.

앉아! 무식한 새끼들이 거기가 어디라고! 최장학, 너만 따라와!

함께 갈 수 없게 됐지만 용주와 상현이 너무도 고맙고 든든했소. 이게 친구란 거구나. 내가 무섭거나 힘들거나 외로울 때 함께해 주는 것. 너희는 진정한 내 친구구나. 나는 용주와 상현과 눈을 맞춘 후 김동구를 따라나섰소. 천으로 왼뺨을 칭칭 감은 상현이 내 뒤통수를 향해 외쳤다오.

항복을 받아 와. 내가 흘린 핏값이 얼마나 되는지 알아오라고.

건물 2층 스즈키 사장실은 생각보다 작았다오. 책상 하나에 네 명이 둘러앉는 소파가 하나, 그게 전부였소. 2층의 절반을 귀중품 보관을 위한 개인 창고로 쓴다는 걸 그땐 몰랐다오. 소파에 마주 앉은 뒤 그가 일본어로 천천히 물었소.

자네 이름이?

최장학입니다.

글을 제법 한다고 들었네. 외국어도⋯⋯. 내 말 알아듣겠나?

일본어로 답했소.

네. 말씀하십시오.

어디서 익혔나?

부산에서 장사를 도왔습니다. 거기서 일어와 청국어와 영어를 조금씩⋯⋯. 잘하지는 못합니다.

스즈키가 고개를 들고 문 옆에 대기 중이던 직원들을 턱짓으로 내보냈다오. 그와 나, 둘만 남은 게요.

짐이나 나르긴 아깝군.

나는 노동자 대표로 본론을 바로 꺼내고자 했소. 우리에게 유리한 국면이니, 많은 말이 필요하지 않다 여겼다오.

말 한마디 없이 노동자들의 임금을 절반으로 깎는 것은⋯⋯.

스즈키가 오른팔을 어깨 높이만큼 들었소. 말을 멈추란 뜻이라오.

한가하군. 원래 성격이 그런 건가 아니면 아직 주제 파악이 안된 건가?

네?

스즈키가 뱉은 말의 맥락을 몰랐소.

조 반장 소식이 궁금하지도 않아?

다친 건 유감입니다. 하지만 아편에 취해 비틀거리며 다가와선 먼저 시비를 붙였습니다. 칼부림까지 했습니다. 노동자 하나가 얼굴이 찢어지는 부상을 입었습니다. 칼부림을 말리려다 분란이 생긴 겁니다.

죽었어.

예?

조 반장이 죽었다고.

충격이었소. 피를 흘리며 업혀 나가긴 했지만 죽었으리라곤 상상
도 못했다오.

네가 조 반장 쓰러뜨리는 걸 본 증인이 여럿이야.

말씀드리지 않았습니까? 칼부림을 말리려다가…….

스즈키가 책상을 내리치며 목소리를 높였소.

그따위 변명이 통할 것 같은가? 이건 살인이야, 살인!

살인! 살인이라는 말이 그의 입에서 튀어나왔소. 온몸이 부들부
들 떨렸소. 숨이 멎을 것 같았소. 그 순간 두 사람의 얼굴이 떠올랐
소. 어미를 죽이고 불에 타 죽은 내 아비의 얼굴. 그리고 빙빙의 얼
굴. 그리고 스즈키의 노림수를 비로소 알아차렸다오. 조계철이 죽
은 뒤 나를 협박하기로 이미 작전을 짠 게요. 바로 나 최장학이 파
업 중인 노동자들의 가장 약한 부분이 된 꼴이오. 옛날이나 지금이
나 사장들은 이런 약점을 귀신같이 알아차린다오. 단번에 판을 바
꿀 묘수를 찾은 듯, 스즈키가 내 겁먹은 표정을 보고 소파에 천천
히 등을 기댔소.

이제 좀 낫군. 진작 그런 얼굴을 보였어야지. 살인자는 극형으로
다스리는 법. 교수형이든 총살형이든, 최후는 같아. 조 반장이 죽었
으니 회사 입장에서도 누군가 책임을 져야 해.

제, 제가 죽이지 않았습니다. 저랑 함께 뒹군 것뿐입니다. 다른

사람들이 밟고 때리고 짓이겼습니다.

몰매를 맞았다더군. 하지만 처음으로 조 반장을 때려 넘어뜨린 사람은 너야.

스즈키가 시가를 꺼내 물고 불을 붙였소.

…….

이미 조사가 끝난 게요. 스즈키는 노동자 대표로 내가 올 줄 알고 있었소. 조계철이라는 덫을 깔아 놓고 기다렸던 게지. 돌이켜 생각해 보면, 조계철이 정말 노동자들에게 몰매를 맞아 죽었는지 아니면 다친 조계철을 그들이 사태 수습을 위해 때려 죽였는지, 그것도 아니면 아편에 찌든 조계철에게 돈 몇 푼 쥐어 주고 타지로 떠나보냈는지 알 수 없었소. 분명한 사실은, 내가 마지막으로 조계철을 봤을 때, 다쳐서 피를 많이 흘리긴 했지만 그는 살아 있었소. 하지만 그딴 건 아무 의미도 없어지고 말았다오. 그들이 죽었다 하니 죽은 거였소. 은밀히 놓은 덫을 빠져 나갈 방법은 없었다오. 내가 아무리 부인해도, 천애 고아에 빈털터리인 내 말을 누가 믿겠소. 나는 고개를 숙인 채 터져 나오려는 울음을 겨우 참았소. 눈두덩이 뜨거워졌소. 독 안에 갇힌 게요. 내 인생은 끝장났소. ……헌데 갑자기 궁금한 게 하나 생겼다오. 나를 살인자로 지목했다면 체포하여 인천 감리서 감옥에 가둘 일이오. 사장실로 불러들일 까닭이 없는 게요. 나만 이곳으로 불러들인 건 내게 할 말이 있단 소리 아니겠소. 눈물 한 자락이 뺨을 타고 흘러내렸소. 나는 손등으로 눈물을 훔치며 기다렸소. 나는 입이 100개라도 할 말이 없었다오. 이윽고 시가 연기를 뿜은 뒤 스즈키가 말했소.

한 달만 끌어 줬으면 해.

한 달이라고요?

파업이나 하는 새끼들한테 하역을 계속 맡길 순 없어. 한 달이면 새로 노동자들을 모을 수 있네. 그때까지 자네가 시일을 끌어 주면, 그땐 살인자란 오명을 쓰지 않도록 해 주겠네. 그뿐만이 아니야. 한 달 뒤 새 노동자들이 오면 저 새끼들이 자넬 죽이려 들 테니까, 자네도 인천을 떠나야 하겠지? 다른 곳에 가서 자리 잡을 만한 돈을 주겠네. 괜찮은 일자리도 소개해 줄 수 있어. 어때? 이 정도면 전화위복 아니겠나?

왜 제게 이런 제안을 하는 겁니까?

그럼 누가 있어? 저 무식한 새끼들한테 이런 말을 하면 제대로 알아듣기나 할까? 그래도 자네나 되니까 제안을 하는 거야. 저것들을 위한답시고 고생해 봤자 저 새끼들이 자네한테 고맙다고 할 것 같아? 착각하지 마! 제 목구멍 채울 생각 말곤 없는 새끼들이니까. 쉽게 생각해. 간단하잖아.

스즈키의 제안을 듣는 순간 용주와 상현의 얼굴이 떠올랐다오. 딴 노동자들은 어찌 되든 상관없지만, 그래도 두 친구만은 배신하기 싫었소. 단 한 번도 생각 못한 일이 내 앞에 벌어지고 있었던 게요. 기분이 참으로 더러웠소. 두 친구와 때론 즐겁게 때론 힘겹게 인천에서 보낸 나날이 한꺼번에 떠올랐다오. 인천에 내린 뒤로 우리 셋은 비밀이 없었소. 태어나서 지금까지 살아오며 가슴속 깊이 혼자만 묻어 둔 인생의 오점들까지 다 털어놓았다오. 그런데 스즈키의 제안을 받아들이면, 내겐 오직 나만 죽을 때까지 간직해야 하는 추한 비밀이 생기는 게요. 그들과 쌓은 우정은 회복되지 않을 것이라오. 오히려 두 친구가 배신감에 떨며 앞장서서 나를 씹어 삼키려 들지도 모르오. 피하고 싶었소. 정말 스즈키의 제안은 따르기 싫었다오. 하지만 내겐 다른 길이 없었소. 내가 즉시 답하지 않자, 스즈키의 입술이 실룩였다오. 짜증을 누르며 마지막 경고를 내게 던졌소.

인생에서 한몫 챙길 기회가 쉽게 오는 건 아니지. 연고도 없는 인천 감옥에서 살인범으로 처형당할 텐가 아니면 두둑한 수고비까지 챙겨 인천을 뜨겠나?

뭐? 그래서 어떻게 했냐고? 뭘 어떻게 해! 한심한 형사 새끼! 그걸 말이라고 해? 너 같으면 어찌 했겠어? 말해 봐! 지금까지 내 말을 발가락의 때로 들은 거야? 난 그 반장 놈을 죽이지 않았어. 파업에 참가한 노동자들이 분풀이로 밟아 죽인 거라고. 거기 있던 새끼들 전부가 살인자야. 아니지 아니지. 조계철이 왜 죽었는지 따윈 아무 상관없어. 그 반장 새끼가 맞아 죽었든 굶어 죽었든 아편에 절어 죽었든, 그딴 건 중요한 게 아냐! 나랑 뒹굴다 죽었다는 게 문제인 게지. 씨발! 왜! 왜, 스무 살 겨우 넘은 내가, 아무것도 모르는 내가, 아비가 진 빚 다 갚고 이제 겨우 사람답게 살아 보려는 내가, 왜 사람 죽인 죄를 혼자 뒤집어써! 그게 말이 돼? 말해 봐! 너 같으면 어찌하겠어! 나를 대표로 지목하고 자기들은 뒤로 쏙 빠지는 비겁한 노동자들 대신, 범행을 거짓으로 자백한 뒤 감옥에라도 갈까? 거 봐, 말 못하겠지? 큭큭큭. 너라도, 아니 누구라도 나처럼 할 수밖에 없어. 어느 누가 배신자가 되고 싶겠어? 끔찍한 노릇이지만 그것도 해야만 하는 상황에 빠지는 게 인간이야. 나만 그런 게 아니라 인간이 원래 그런 거라고. 니미럴! 스즈키란 새끼는 양자택일의 형식을 취했지만 내겐 선택의 자유 따윈 없었어. 그건 선택의 문제가 아니었어. 그건, 그냥 내 운명이었다고. 큭큭큭. 그토록 아편을 피해 다녔건만, 조계철 그 새끼가 아편에 취해 내 인생을 망칠 줄은 몰랐어. 나는 아편이라는 운명의 굴레에 칭칭 감긴 거야. 그토록 증오했던 아비의 운명이 내 코앞에 다가와 어른거렸어. 비명에 죽은 어미가, 아편에 취해 죽은 아비가 지옥에서 나를 부르는 것 같았지. 나는 내 영혼이라도 팔아서 그 잔혹한 운명을 거부하고 싶었다고. 살인범으로 평생을 감옥에서 지낼 순 없었어. 처형은 더더욱 두려웠고. 상현이를, 내 친구 상현이를 구하려고 그랬던 것뿐인데…… 콧잔등을 한 대 후려갈겼을 뿐인데……. 그깟 주먹질로 내 인생을 망칠 순 없었어. 그렇다고 내가 꿈꾸었던 인생이 무슨 대단한 것도 아니라오. 평범하게 밥 걱정 없이 사는 게 전부였는데, 이제 겨우 지옥에서 빠져나와 걷기 시작했는데……. 후, 외길이었소. 대일해운이 그 길로 나를 몰아서 처넣은 게요.

사장실을 나와 연좌 농성 중인 노동자들에게 갔소. 상현이 달려와선 나와 같이 걸으며 물었다오.
핏값은?
나는 녀석의 어깨를 감싸 쥐며 빙긋 웃어 보였소. 노동자들 앞에 나섰소. 김동구가 멀리 창고 입구에 서선 박수를 보내는 시늉을 했다오. 스즈키가 원하는 이야기를 내가 시작하리란 걸 이미 알았던 게요. 기분은 더러웠지만 나는 이미 약속을 했소, 충실히 내 역할을 하기로. 기왕 마음먹은 거 제대로 해야지. 안 그래? 씨발.

일당은 한 푼도 깎이지 않습니다. 한 달 후에 예전 월급 그대로 지급될 겁니다. 스즈키 사장이 약속했습니다.

노동자들이 모두 기뻐 소리를 지르며 일어섰다오. 나를 삥 에워싸곤 박수를 쳤소. 용주는 나를 꽉 끌어안기까지 했소. 기분이 더 더러워졌소. 형사 양반! 살인죄를 면하기 위해 거짓말 정돈 할 수도 있지 않소? 그때 인천 바닷가에 누군가는 반드시 그 짓을 했어야 했소. 재수가 없어서 최장학이란 어리바리한 인간이 걸린 것뿐이지. 나중에 깨달은 거지만, 자본가는 노동자를 기계 부속보다 못하게 여긴다오. 인천의 하역 노동자는 기계 부속보다 못한 존재였소. 아무리 그래도 용주와 상현이 기뻐하는 모습을 보니 맘이 쓰렸다오.

김동구를 비롯한 십장들이 어느새 노동자들 곁으로 내려왔소. 김동구가 큰 소리로 외쳤다오.

어서, 짐배에 다들 올라타. 가서 승객부터 내려. 서둘러야 한다고.

용주가 따라 외쳤소.

갑시다. 우리가 이겼으니 이제 할 일들 합시다.

맘이 복잡했소. 피치 못할 일이라고 스스로를 타일렀지만 그래도 한 달이나 비밀을 유지할 자신이 없었다오. 노동자들은 순진했소. 아니, 바보였지. 그들은 문서 한 장 보지도 않은 채 내 말만 믿고 들떠 있었소. 나와 스즈키 사장을 칭찬하는 목소리가 자자했소. 그들은 승리의 경험을 나누며 더 부지런히 일했소. 가끔씩 내게 다가와 담배를 권하거나 양과자를 건넸다오. 그런 감사의 인사가 더욱 내 가슴을 짓눌러 왔소. 계속 악몽을 꿨다오. 혹시 내가 스즈키의 제안을 받아들인 것이 탄로 나지나 않을까 두려웠소. 내겐 편히 숨 쉴 곳이 필요했소. 빙빙, 그미가 하루에도 몇 번씩 보고 싶었다오.

'천락원'으로 갈 순 없었소. 우리가 자청방 조직원들을 두들겨 팼으니, 청국 조계로 들어가는 것 자체가 목숨이 위태로운 일이었다오. 빙빙을 보고 싶은 마음이 더욱 커졌소. 상현과 용주가 어두운 내 표정을 보며 넘겨짚었소.

빙빙 때문이지?

아냐.

얼굴에 다 써 있는데? 빙빙이랑 빙빙 돌며 하고 싶다고.

아니래도.

빙빙을 만날 방법이 있는데, 가르쳐 줄까 말까?

방법? 무슨 방법?

한 달에 겨우 한 번뿐인 빙빙의 휴가가 돌아오기까진 보름이나 남아 있었소.

빙빙 때문이 아니라며?

말해 봐. 어서.

알고 나면 간단했소. 빙빙은 가끔 '천락원'을 벗어나 청국 조계나 각국 조계로 출장을 갔다오. 아편굴에 직접 오기 어려운 이들을 위해 기녀가 인력거를 타고 조용히 움직이는 게요. 우리가 청국 조계에서 빙빙을 발견한 날도 출장을 다녀오던 참이었소. 빙빙을 만나기 위해 두 가지 사전 작업을 했다오. 우선 빙빙을 주로 싣고 다니는 인력거꾼에게 몇 푼 쥐어 주었소. 30분에서 한 시간 남짓 귀가가 늦더라도 묵인해 주기로 한 게요. 또 각국 조계의 경계, 그중에서도 각국 공원 서쪽 아래에 있던 덕국인 구역에 방을 하나 구했소. 그곳은 빙빙이 있던 청국 조계나 내가 있던 일본 조계에서도 가까웠다오. 지리적으로나 심정적으로나 우리가 사랑을 나누기엔 아주 그만이었지. 김 씨에게 말을 넣었더니, 아편쟁이들 중에서 방을 빌려주고 급전이라도 구하려는 덕국인이 쉽게 나왔다오. 내가 빙빙과 밀회를 즐기는 동안, 용주와 상현은 만약의 상황을 대비하여 각국 조계 이발소에서 기다리기로 했소.

빙빙과의 정사는 격렬했다오. 모든 것을 잊고 싶었소. 스즈키와의 밀약과 나의 배신과 이 더러운 현실을 빙빙 안에서 다 잊고 싶었소. 나는 쉬지 않고 달려들었소. 나의 불안한 몸짓을 예민한 빙빙이 알아채고 물었소.

당신, 오늘 달라요.

뭐가?

무슨 일 있어요?

없어, 아무 일도.

빙빙에게 털어놓을 순 없었소. 동료들을 배신한 대가로 돈과 자유를 얻게 됐다고.

빙빙은 턱을 들고 천천히 웃으며 내 벗은 가슴과 등을 어루만졌다오. 그렇게 몸과 마음을 푼 다음에야 나는 빙빙에게 몇 마디 건 넸소.

조선에 왜 온 거야?

그러는 당신은 인천에 왜 온 거예요?

나? 나는 당신 만나러.

아비와 어미가 죽고 혈혈단신 돈 벌러 왔단 소린 나오지 않았소. 어두운 기억은 나 혼자만으로도 족했소. 그런데 빙빙이 먼저 과거를 털어놓았소.

저장성〔浙江省〕에서도 가장 동쪽 끝 섬마을에서 살았어요. 아침마다 바다를 뚫고 올라오는 붉은 해가 근사했죠. 표현할 단어를 고르기 힘들 정도로 아름다운 곳이랍니다. 어부인 아비는 부지런하고 자상했어요. 우리 가족은 가난했지만 정말 행복했지요. 그런데 푸퉈〔普陀〕라는 우리 동네에도 어느 날인가부터 아편이 들어왔어요. 아비와 어미는 동네 이웃들과 함께 아편에 물들었고, 아편의 노예가 됐고, 아편값을 대기 위해 두 살 어린 남동생과 네 살 어린 여동생을 부잣집 종으로 팔았어요. 나는 스스로 자청방에 찾아갔답니다. 내가 자청방의 기생이 되는 대가로 동생들을 종살이에서 구해 냈죠. 항저우〔杭州〕에서 꽤 오래 머물렀습니다. 아편엔 자연스럽게 중독되었고요. 아편굴에서 손님을 맞는 기녀에게 아편은 끼니와 같은 거였어요. 그러다 어느 날 손님과 다투게 되었습니다. 처음부터 내가 싸운 건 아니었어요. 옆방의 수향〔秀香〕이란 기녀가 비명을 질러 댔어요. 내 방 손님만 정성껏 모시면 그뿐이고, 옆방에선 누가 죽어 나가더라도 간섭하지 않는 게 아편굴의 원칙이었죠. 하지만 수향이란 여자아인 그날 처음 아편굴로 들어왔고, 닮은 구석은 없는데 묘하게 고향에 두고 온 여동생 생각이 나더라고요. 그래서 옆방으로 갔더니, 아편에 취한 손님이 수향의 벗은 가슴과 등에 뜨거운 촛농을 떨어뜨리며 낄낄대고 있었습니다. 겁에 질린 수향은 비명을 지르면서도 손님의 행동을 제지하진 못했어요. 내가 얼른 이불로 수향의 몸을 감싼 뒤 손님을 막아섰죠. 그러자 손님이 촛농을 내 뺨에 떨어뜨리려 들었습니다. 화가 나서 손님의 뺨을 손톱으로 할퀴었어요. 그리고 닷새 후 자청방 사내들이 와서 나를 배에 태웠습니다. 그 손님이 항저우에서 첫손가락에 꼽히는 거상의 외아들이었다나 봐요. 배가 출발한 후 두려움에 벌벌 떨었답니다. 문제를 일으킨 기녀들 여럿이 쥐도 새도 모르게 사라졌거든요. 들리는 소문으론 배를 타고 나가서, 다리에 돌을 묶어 던져 버린다고 했어요. 아무것도 못 먹고 계속 토했답니다. 파도가 높아 배가 심하게 흔들린 탓도 있지만, 선원들 발걸음 소리만 들려도 내가 오늘 죽는구나 하는 생각이 들었기 때문이죠. 그래도 죽이진 않았으니, 고맙다고 해야 하나? 나중엔 탈진해서 누워 지냈답니다. 그렇게 죽을 고생을 다한 끝에 바다 건너 닿은 곳이 인천이었고요. 짐배로 옮겨 탈 때 장학, 당신의 손을 이렇게 꼬옥 쥔 거예요. 그래도 다행이에요. 딴 사내가 아닌 장학, 당신의 손을 쥐어서…….

말을 이으려던 빙빙의 입술을 내 입술로 덮었소. 입에서 단내가 났소. 차마 더 들을 수 없었소. 빙빙의 불행이 내 불행과 다르지 않아 슬펐고 빙빙의 아픔이 내 아픔과 비슷해 화가 났고 빙빙의 운명이 내 운명과 닮아 절망했소. 멋진 여인을 만나 내 운명을 바꿔 보리란 생각 같은 건 하지도 않았지만 그렇다고 나와 닮은 운명의 여인을 만나 사랑에 빠지는 것도 원하지 않았다오. 하지만 어쩌겠소. 나는 이미 빙빙을 사랑하고 있었는데. 다시 다시 또다시 빙빙을 안았소. 벌써 한 시간이 가까웠고 가야 할 시간이 다가왔지만, 한 번 더 사랑하지 않고는 보낼 수 없었소. 빙빙의 과거를 더 오래 들어주지 못해 미안했고 나의 과거를 털어놓지 못해 미안했소. 그저 이 불쌍한 여인을 안아 주는 수밖에 없었다오. 그렇게라도 하지 않으면 다시 빙빙을 만날 때까지 우리 둘 다 불행의 늪에 잠길 듯했소. 난 정말 빙빙이 지닌 천 개의 입술 천 개의 뇌 속에서, 내게 닥친 이 망할 현실을 잊고 싶었다오. 빙빙에게 몸을 밀어 넣으며 말했소.

널 아편굴에서 빼내겠어. 꼭 그렇게 할 거야.

집착은 문제를 낳는 법이오. 그날 두 번만 하고 빠져나왔다면 빙빙은 무사히 '천락원'에 닿고, 우리도 숙소로 편히 돌아왔을 게요. 그러나 한 번 더 사랑을 나눈 뒤 길을 나서니 마음이 급해 주변을 살피지 못했소. 인력거가 늘 있던 자리에 이르렀을 때도 이상한 낌새를 알아차리지 못했소. 인력거꾼이 보이지 않았다오. 간혹 담배를 피우느라 자리를 잠깐 비우기도 하였기에, 또 어디 바람 들지 않는 담벼락에 기대었겠거니 여겼소. 인력거꾼은 그렇다고 해도, 인력거의 기울기를 살폈어야 했소. 인력거에 누군가가 앉아 있다면 아무래도 인력거가 약간 뒤로 들린 듯한 느낌을 준다오. 빙빙과 난 인력거 손잡이를 쥐고서야 비로소 인력거에 누가 있다는 걸 알아차렸소. 사내와 눈이 마주쳤소. 그자였소, 김 씨를 두들겨 팼던 자청방의 조직원.

　가요!

　빙빙이 내 등을 힘껏 밀었소. 하지만 나는 손을 힘껏 잡아당겼다오.

　같이 가!

　나는 손을 꼭 잡고 달렸소. 빙빙을 놔두고 가면 영영 볼 수 없을 것만 같았소. 아니, 그 사내들이 빙빙을 그냥 놔둘 리가 없었소. 잠복했던 사내 하나가 앞을 가로막았지만 정강이를 걷어차곤 냅다 뛰었다오. 놈들은 고함을 질러 대며 쫓아왔소. 열 명이 훨씬 넘었다오.

　이발소 앞에서 결국 붙들렸소. 각국 조계 골목들이 낯설었던 탓이오. 아니, 아니, 내 탓이오. 이리저리 꺾인 골목을 돌고 돌다 빙빙의 손을 놓치고 말았소. 그때까지 잘 따라와 주던 빙빙이 발목을 삐었소. 지치고 다쳐 일어서지도 못하는 그미의 손목을 잡아당기며 소리쳤소.

　일어나, 어서! 일어나라고!

　내 목소리를 들은 자청방 사내들이 골목 사방에서 튀어나왔소. 사내 하나가 빙빙의 뺨을 후려쳤소. 썩은 짚단처럼 그대로 주저앉은 빙빙을 보며 내가 할 수 있는 건 아무것도 없었소. 사내 둘이 빙빙을 끌고 갔소. 소리도 지르지 못하고 그저 눈물만 흘리며 끌려갔다오. 사내들에게 끌려가며 나를 바라보던 눈동자를 난, 지금도 잊지 못하오. 그 눈빛은 원망도, 두려움도, 분노도 아니었소. 슬픔의 눈동자였소. 덫에 걸린 고라니 새끼의 체념이었소. 거부하거나 도피할 수 없는 운명의 아픔이었소. 나는 결심했소. 어떤 대가를 치르더라도 빙빙을 구하겠다!

그들은 나를 앞장세우곤 이발소 문을 확 열어젖혔다오. 의자에 나란히 앉아 머리를 깎던 용주와 상현이 늦게 온 내게 타박을 하려다가 자청방 패거리를 보곤 주춤거렸다오. 자청방 사내가 손가락질하며 말했소.

간 큰 새끼들. 그 짓을 해 놓고 계집까지 빼돌려? 죽여 주마!

나는 그 사내를 끌어안으며 소리쳤다오.

야, 튀어!

용주는 달아나는 대신 자리에서 벌떡 일어섰소. 뚜벅뚜벅 내 쪽으로 걸어오며 말했다오.

튀긴 뭘 튀어? 우리가 무슨 토끼야? 그 손 놔!

곧장 뛰어들어 이단 옆차기를 날렸소. 용주가 사내들과 치고받는 사이 상현은 나를 데리고 이발소 밖으로 나왔소. 머리를 깎으려고 어깨에 두른 하얀색 천을 벗어 던지지도 못하였다오. 뒤이어 용주도 합류한 뒤 우리는 미친 듯이 달렸소. 덕국인 구역에서 응봉산 정상을 향해 오르다가 오른쪽으로 꺾어 여남은 골목으로 들어갔소. 10여 명의 사내들이 우릴 따라 왔다오. 한낮의 추격전인 셈이지. 골목이 끝나는 곳에 응봉산 자락을 따라 일본과 청국 조계를 가르며 바닷가까지 일직선으로 내리뻗은 돌계단이 있는데, 거기까지만 가면 되는 거였소. 죽어라 뛰는 우리를 죽어라 따라왔지만 자청방은 우릴 잡지 못했소. 서너 계단씩 풀쩍 뛰며 내려오다가 방향을 수직으로 틀이 일본 조계로 들어갔다오. 제아무리 자칭빙이라도 일본 조계에서 난리를 피울 순 없었지. 대불호텔 주변엔 그곳을 지키는 일본 건달들이 항상 어슬렁거렸으니까. 그날도 마찬가지였소. 자칭 빙 사내들은 계단 위에 서서 걸음을 멈췄다오. 우릴 잡고 싶었지만 그렇다고 일본 건달들과 전면전을 벌일 순 없었소. 추격전이 끝나 자, 용주와 상현은 목 끝까지 차오른 숨을 침에 섞어 내뱉으며 낄낄 거렸소. 하지만 난 웃지 않았다오. 저들에게 붙들린 빙빙 걱정뿐이 었소. 살아만 있어라. 내가 구하러 간다. 한 달만 기다려라.

숙소 입구에 도착하고서야 용주가 물었다오.

그 여자가 그렇게 좋아?

상현이 한심하다는 듯 용주를 보며 혀를 찼소.

보면 모르겠냐? 좋지 않으면 이딴 짓을 벌이겠어?

상현은 내 어두운 낯빛을 읽었는지 이렇게 말을 이었소.

잊어. 이젠 어쩔 수 없어. 우리도 위험해진다고.

그래. 천지에 널린 게 여자다. 어차피 빙빙은 아편굴에서 몸 파는 여자일 뿐이잖아.

입 닫아. 새끼야. 뒈지고 싶어?

용주는 용주의 방식으로 위로한 것이지만 나는 견딜 수 없었소. 빙빙을 그렇게 말해선 안 되는 거였소. 그 슬픈 눈동자를 봤다면 용주도 아마 그리 말하진 못했을 거요. 한 번 더 결심했소. 어떤 대 가를 치르더라도 빙빙을 구하겠다. 마음이 더욱 급해졌소.

그날 밤 나는 김동구에게 선을 대어 스즈키를 한 번 더 만났소. 그 길 외에 다른 길은 남지 않았다오.

자네를 또 볼 일이 남았나?

부탁이 있습니다.

충분히 배려했다고 생각하는데.

스즈키로선 이미 동료들을 배신한, 돌아올 수 없는 강을 건너 버린 내 소원을 들어 줄 어떤 이유도 없었소. 비열하고 노회한 스즈키를 움직일 방법은 하나밖에 없었소.

당장 이 방에서 나가 당신과 나 사이의 밀약을 낱낱이 밝히겠소. 파업이 다시 일어날 것이고, 당신은 무사하지 못할 거요.

스즈키가 즉답을 않고 시가를 찾아 물었소. 눈을 반쯤 감고 멀리 풍경을 쳐다보듯 내 얼굴을 봤다오. 고요하다고 해야 할까 황량하다고 해야 할까. 시가 연기까지 피어올랐소. 생각을 읽기 힘든 표정이었소. 불과 1분 정도의 침묵이었지만, 내겐 한 시간 아니 하루를 기다린 것처럼 길게 느껴졌다오. 이윽고 스즈키의 입귀가 천천히 올라가더니, 비웃음으로부터 이야길 시작했소.

자폭하겠다? 나를 무너뜨리려고 스스로 제 심장에 비수를 꽂겠다고? ……마음에 들어. 그 정도 배짱은 있어야 같이 일을 하지. 하하하. 어디 들어나 보세, 그 부탁.

나는 스즈키 사장에게 빙빙 이야기를 했소. 첫째, 최대한 빨리 손을 써서 빙빙이 이번 일로 다치거나 갇혀 지내지 않도록 조치할 것. 둘째, 한 달 뒤 몸값을 치르면 즉시 빙빙이 '천락원'에서 나오도록 할 것. 셋째, 일본제1은행에 내 계좌를 만들어 약조한 정착금을 예금해 둘 것. 내 부탁을 들은 스즈키는 바다가 내려다보이는 창가로 가서 섰다오. 아직 배가 들어오지 않았는지, 바닷가엔 노동자들이 없었소. 스즈키가 고개를 돌리지 않고 물었소.

자네 몇 살이라고 했지?

스물하납니다.

스물하나라! 빙빙과 함께 인천을 떠나도록 자청방에 협조를 구해 달라? 저 바다에서 함께 피땀 흘린 동료들을 배신한 값으로 받은 돈을 청나라 기녀를 위해 던지겠다고? 내게도 자네와 동갑인 아들이 있지. 기무라라고. 그 녀석도 자네처럼 사랑에 전부를 걸까 궁금하군. 어리석지만 순수한 그 부탁……. 후후후! 좋아, 들어주겠네.

맞소, 이거요! 형사 양반. 글자가 번져 흐릿하지만 빙빙의 필체가 분명하오. 내 영혼을 판 증표지. 당신 눈엔 잘 안 보일지 모르겠지만 내 눈엔 선명하게, 40년 전 그대로 남아 있소. 사흘 뒤 스즈키는 김동구 편에 이 쪽지와 함께 내 이름으로 된 통장 하나를 전해 줬소. 빙빙이 직접 쓴 글자들이 작고 하얀 종이에 적혀 있었소.

— 谢谢你, 我会念着你, 等着你 — 氷氷

(고맙습니다. 항상 당신을 간직하고 있습니다. 기다리겠습니다.— 빙빙)

스즈키가 자청방과 의논을 마친 뒤 빙빙에게도 귀띔을 해 준 게요. 이 세 문장이 빙빙이 내게 보낸 마음이었다오. 나는 빙빙의 쪽지를 한 달 동안 보고 또 봤소. 그리움이 그토록 고통스러운 감정이란 사실을 그때 알았소. 통장에는 최장학의 이름 아래 100원이 담겨 있었소. 100원. 친구를 배신하고 동료들을 배신한 대가였소. 동시에 빙빙을 구할 돈이었지. 그날 밤 나는 빙빙의 쪽지와 통장을 붙잡고 밤새 울었소. 100원 옆에 적힌 내 이름이 불쌍해서, 내 옆에서 잠든 나의 친구 나용주와 송상현에게 미안해서, 나의 가난이 싫어서, 밤이 새도록 울었다오.

한 달이 거의 지났소. 예정된 날이 다가올수록 점점 불안해졌다오. 속았다는 사실을 알면 노동자들이 가만 있을 리 없었소. 스즈키는 나를 다시 불러 자신이 짠 계획을 들려줬다오. 악랄하기 그지없었지만, 나는 따를 수밖에 없었소.

점심을 먹은 노동자들이 벽에 기대선 채 바다를 바라보았소. 일본 상선 하나가 섬처럼 떠 있었다오. 오후엔 날라야 하는 짐이 많았소. 농담을 하든 멍하니 하늘을 쳐다보든 담배를 피우든 똑같은 생각을 하였다오. 오늘만 지나면 월급을 받는다. 하역은 힘들겠지만 그들의 마음은 한결 가벼웠소. 나는 용주와 상현 사이에 앉아 담배를 피웠소. 평소엔 거의 담배를 피우지 않는데, 그날은 참기 힘들었다오. 낯선 배를 발견한 이는 상현이었소.

어, 저게 뭔 배야? 상선은 아닌데.

잠시 노려보던 용주가 되물었소.

우리가 인천 올 때 타고 왔던 그 배 아냐?

때마침 식당에서 김동구가 나왔다오. 용주가 다가가선 팔을 들어 배를 가리키며 물었소.

저거 뭡니까?

김동구가 용주의 손끝을 따라 바다를 쳐다봤소.

어? 벌써 왔네. 작업 다 끝날 때나 온다더니.

뭐냐고?

용주가 다시 물었소. 김동구가 느긋하게 답했다오.

시끄러, 새끼야. 어디서 지랄이야. 기다려. 저절로 알게 될 테니까!

김동구는 슬쩍 나를 보며 눈짓을 했소. 능구렁이의 눈이 저와 같을까.

노동자들이 바닷가로 집결했소. 배는 멈춘 채 대기하는 중이었다오. 김동구를 비롯한 십장들이 앞에 나와 섰소. 회사에서 고용한 일본 건달들이 바닷가를 부채꼴 모양으로 멀찍이 에워쌌다오. 상현이 귓속말로 물었소.

아무래도 뭔 수작을 한 모양이야. 한 달 동안 잠잠한 게 이상했어. 안 그래?

수작이라니?

나는 시치미를 뗐소.

그렇지 않으면 저렇게 한판 붙을 준비까지 했겠어?

수작이든 뭐든 허튼짓하면 박살 내자고.

용주는 언제나 자신감이 넘쳤다오. 김동구가 이윽고 그 배가 인천으로 들어온 이유를 간명하게 설명했소.

자자, 주목! 오늘부로 너희들은 모두, 싹, 다 해고다. 해고! 다들 자기 짐 챙겨서 꺼져!

노동자들은 모두 놀라 웅성거렸소. 상현이 손을 들고 따져 물었다오.

갑자기 무슨 소립니까? 해고라니요?

해고란 말뜻 몰라? 너희들 전부 자른다고!

그게 무슨 개 같은 소리냐고?

용주가 소리치자, 김동구가 핑계를 댔다.

내가 뭘 알겠어? 위에서 시키는 대로 전달한 거야. 자자, 숙소로 가서 어서들 짐 싸.

용주가 내게 물었소.

어찌 된 거야? 해고라니?

나는 주먹을 쥔 채 부들부들 떨며 화를 내는 척했소.

망할 새끼, 스즈키가 우릴 속였어.

우리는 숙소 앞에서 버티기로 했소. 신참이 오면 우리가 쓰던 침대를 이어받을 것이기 때문이오. 바닷가에서 연좌하자는 의견도 있었으나 여러 가지로 조건이 나빴소. 사방이 뚫린 데다 태양은 뜨겁고, 파도 소리에 말도 잘 들리지 않으며, 조계에서 너무 멀어 우리들만의 발악이 되기 십상이었다오. 숙소 건물 앞에서 뭉치면 우선 등 쪽은 걱정하지 않아도 되고, 고함만 살짝 질러도 일본 조계와 청국 조계를 뒤흔들 수 있었소. 상황이 더욱 불리해지면 숙소로 들어가 문을 잠가 버릴 작정도 했다오. 김동구가 앞장서고, 그를 따라 방금 전 인천에 도착한 사내들이 비틀비틀 올라왔소. 뱃멀미로 고생한 탓인지 전부 얼굴이 누렇게 떴다오. 상현이 이런 농담까지 할 정도였소.

나 혼자서도 열 놈은 넘어뜨리겠어.

김동구가 멈춰 섰소. 그리고 돌아섰다오. 평소와는 어울리지 않게, 조계철처럼 그들에게 높임말을 썼소.

먼 길 오느라 고생들 많았습니다. 근데 문제가 좀 생겼습니다. 당장 여러분들이 숙소에 짐을 풀고 일을 시작해야 하는데, 해고 노동자들이 저렇게 불법으로 길을 막았으니, 참 회사로선 난감하기 이를 데 없습니다. 그렇다고 여러분들을 다시 돌아가라 할 수도 없는 노릇이고.

신참들의 불만이 터져 나왔소.

돌아가다니! 어떻게 오자마자 돌아가, 그것도 빈손으로. 죽으면 죽었지 우린 못 가.

형씨들은 이때껏 일 많이 해먹었잖아. 우리도 같이 좀 먹고삽시다.

상현이 받아쳤소.

너희들이 뭘 알아? 이런 식으로 우릴 몰아내면 너희도 머지않아 우리처럼 쫓겨난다고, 등신들아.

신참도 지지 않았소.

장래 일은 우리가 알아서 할 테니 걱정 끄쇼. 빨랑 비켜! 여기 온다고 낸 돈이 얼만데 그냥 돌아가진 못하지!

김동구가 끼어들었소.

회사는 노동자들끼리의 다툼에 참견하고 싶지 않습니다. 서로 잘 의논해 해결을 보도록 하세요.

예정된 일이었고 준비된 계획이었지만 막상 눈앞에 벌어진 상황은 생각보다 훨씬 참혹했소. 돈을 가진 자는 못 가진 자를 이렇게 이용했소. 자본가가 짜 놓은 사각의 링에서, 가난한 노동자들은 목숨을 내놓고 서로 치고받는 게요. 그거 아시오? 싸움에도 종류가 있소. 물러설 자리가 있는 싸움이 있고 물러서는 순간 죽는 싸움이 있소. 그날 스즈키가, 아니 우리가 판을 짠 싸움은 물러서면 지옥행인 싸움이었소. 굶어 죽으나 싸우다 죽으나 마찬가지라면, 당신은 어쩌겠소? 그렇지! 싸우는 거요. 목숨을 걸고. 그날의 싸움이 딱 그랬다오.

용주가 주먹을 굳게 쥐는 것이 보였소. 달려 나가 김동구의 뒤통수를 후려갈길 기세였지. 용주보다 내가 먼저 뛰어들었소. 김동구의 목을 팔로 감아 끌어당겨 쓰러뜨린 뒤 발로 밟았다오. 그걸 시작으로 양쪽 노동자들이 뒤엉켰소. 싸움이 시작된 게요. 지금에서야 고백하자면, 내가 김동구를 짓밟는 건 미리 약속된 행동이었소.

싸움은 비등비등했소. 안간힘을 다해 버텼으니까. 하지만 시간은 우리들 편이었소. 신참들은 아직 인천 조계 언덕에 익숙하지 않았다오. 용주를 비롯한 해고 노동자들은 이 길의 넓이와 기울기, 군데군데 박힌 돌부리의 크기와 위치까지 알았다오. 하역하며 단련된 근육들이 또한 빛을 발했소. 해고되어 쫓겨나면 더 이상 일을 못한다는 절박함이 그들의 주먹질과 발길질에 얹혔다오. 그러나 이대로 싸움이 끝나기를 회사는 바라지 않았소. 처음 15분을 보고만 있던 일본 건달들이 몽둥이를 하나씩 들고 달려들었던 게요. 그들의 이마에 둘러진 흰 천에는 붉은 글자가 또렷했소. 구사대(求社隊). 그들은 숙소 뒤로 돌아가서 비탈을 내려오며 몽둥이를 휘둘렀다오. 신참들과 건달들의 협공을 당하자 전세는 곧 뒤바뀌었소.

용주와 상현 그리고 나는 숙소 앞에서 점점 바닷가로 몰리기 시작했소. 부딪쳐 싸우기 힘든 상황이었기에 후퇴하며 피해를 줄였던 게요. 물러나고 물러났지만 그마저도 끝이 보였소. 발목까지 바닷물이 닿았던 게요. 용주가 외쳤소.

짐배에 탑시다. 여긴 틀렸고, 가서 상선을 차지합시다. 저길 빼앗으면 오래 버틸 수 있어요. 하역을 못하니 회사도 큰 손해일 테고.

용주를 따라 노동자들이 짐배에 올랐다오. 상현도 배에 오른 뒤 고개를 돌렸소. 나는 주저했소. 노동자들이 바다로 뛰어드는 건 우리, 그러니까 스즈키 사장과 내 계획에는 없었소. 우린 그저 숙소 앞에서 혹은 바닷가에서 상황이 종료되리라 예상했던 게요. 그러면 나는 빙빙을 찾아 인천을 뜰 생각이었소. 그런데 밀리다 보니, 어느새 짐배 앞까지 온 게요.

장학아! 위험해.

돌아서는 순간 몽둥이가 내 어깨를 쳤소. 나는 피를 흘리며 그 자리에 쓰러졌소. 바닥에 드러누우니 생지옥이 펼쳐졌다오. 사내들의 몸에서 쏟아져 나온 피와 땀과 침이 파아란 하늘을 배경으로 사방으로 튀었소. 왜 싸우는지, 누구를 위해 싸우는지, 싸움의 끝에는 무엇이 있는지 몰랐소. 그저 싸웠소. 죽이려고 싸우는 것이 아니라 죽지 않기 위해 싸웠소. 그 순간이오. 두 자가 넘는 일본도가 내 심장을 향해 내리꽂히기 시작한 것이. 금속에 튕겨 나온 태양빛이 눈을 찔렀고 허공을 베는 쇳소리가 귀를 스쳤지만 나는 아무것도 할 수 없었소. 그 죽음의 찰나에 용주가 나를 살렸소. 아비규환의 싸움터로 나를 찾아온 죽음의 여신을 발견한 거요. 칼의 주인은 용주의 발길질에 목이 꺾여 피를 토하며 쓰러졌고, 일본도는 내 귓불을 찢으며 모래에 깊이 박혔다오. 오줌을 지리며 먹은 것을 죄다 토했소. 몽땅 다 싸지를 때 연기에 휘감긴 웃음이 들려왔다오. 후후후! 그것은 통창을 바라보며 섰던 스즈키가 내 부탁을 들어주겠다고 한 후 흘린 웃음이었소. 어리석지만 순수하다 했는데, 그 웃음은 말의 순서를 바꿨다오. 순수하지만 어리석은 놈이로군! 여기서 순수하단 건 멍청하단 뜻이었소. 상황이 그 지경에 이르러서야 비로소 나는 깨달았소. 멍청하고 어리석은 놈이 바로 나였던 게요. 스즈키가 일부러 일본 건달들에게 내 존재를 알리지 않았을 수도 있음을. 어쩌면 일본 건달들에게 나를 꼭 죽이라는 명령을 내렸을 수도 있음을! 스즈키에게 나는 비밀을 나눈 불편한 버러지였다오. 내가 죽으면 약조했던 돈을 줄 필요도 없으니까. 모든 것이 명확해졌소. 그 판에서 나는 꼭두각시였던 거요. 하지만 돌이키기엔 이미 늦었소.

살아야겠단 생각이 들었소. 어떻게든 살아서 빙빙을 구하고 스즈키에게 복수하고 싶었소. 나를 철저하게 이용하여 친구들을 배신하게 만든 인간, 나를 파멸시킨 인간, 그 인간에게 복수하겠다고 다짐했소. 젖 먹던 힘을 다해 주먹을 휘두르고 발길질을 피하며 사람들에 휩쓸려 배에 올라탔다오. 마침 만조였소. 인천항 턱밑까지 물이 차올라 있었소. 우리를 태운 짐배는 한순간에 바다로 떠올랐고 거센 파도를 타고 바다로 나아갔소. 건달들은 닭 쫓던 개가 되어 우리를 더 이상 따라오지 못했소. 상현이 감자를 먹이며 소리를 질러 댔다오.

새끼들아! 따라와, 따라와 보라고.

짐배 두 척이 상선으로 접근했소. 노동자들이 상선에 매달린 그물 사다리에 올라탔소. 그대로 갑판에 이르면 쉽게 배를 점령할 듯 싶었다오. 갑자기 배 위에서 선원들이 막대기와 갈고리를 휘두르며 밀어 대기 시작했소. 역습을 당한 노동자들이 바다로 툭툭 떨어졌소.

뭐야 저놈들은?

상현이 날다람쥐처럼 그물 사다리에 매달렸소. 재빠르게 타고 오르기 시작했다오. 막대기를 이리저리 피하며 거의 꼭대기까지 오른 순간 갈고리 하나가 튀어나와 목을 찍었소. 상현이 바람 섞인 쇳소리를 내며 목을 움켜잡았소. 목에서 피가 터져 나왔소. 그 피는 손아귀를 비집고 나와 온몸으로 흘렀고 파란 바다로 뚝뚝 떨어졌소. 바닷물에 떨어진 상현의 붉은 피는 잠깐 떠가다가 금방 사라졌소. 용주가 외쳤소.

상현아! 상현아!

상현이 용주를 쳐다봤소. 그러나 한 마디 말도 못한 채 그대로 바다로 떨어지고 말았다오.

헉, 헉, 상현이가, 내 친구 상현이가, 그만, 그렇게, 처참하게, 상현아 미안하다. 상현아 미안해…… 내가 미쳐서, 나 때문에, 상현아, 상현아, 송상현…….

⁂

사람은 누구나 태어나면 살다가 죽는 법이라오. 오래오래 천수를 누리는 자보다 병들거나 사고로 죽는 이들이 더 많소. 그래도 죽음은 익숙해지질 않는다오. 갑작스러운 죽음은 충격을 안기는 법이지. 하늘이 무너져도 살아날 것 같다는 느낌을 주는 이들이 가끔 있소. 넉살 좋고 수완 뛰어난. 내겐 상현이 그랬소. 그런 녀석이 갑자기 죽어 버린 게요. 내 눈 앞에서 벌어진 일이지만 믿기지 않았소. 한 편의 악몽을 꾸는 기분이었다오. 운명이란 걸 믿소? 만약에 상현이 나를 만나지 않았다면 어찌 되었을까? 인천으로 오던 증기선에서 내가 일본어를 안다고 나서지 않았다면 상현은 죽지 않았을까? 그게 아니라면 이 모든 것이 정해진 과정일까? 최장학이란 인간이 지나갈 인생의 시간표에 상현과 용주를 만나고 이토록 끔찍하게 이별하도록 적힌 걸까? 되돌리고 싶지만 되돌릴 수 없고 피하고 싶지만 피할 수 없는 것, 그것을 운명이라 한다면, 맞소, 이것이 우리 운명인 거요. 그렇게 내 친구 송상현은 더러운 운명 안에서, 내가 스즈키와 짜고 만든 싸움판에서 뒈졌소. 가슴이 무너지는 것 같았다오. 팔 하나가 잘려 나가듯 아팠소. 그 후로도 많은 죽음을 목도했지만 상현의 죽음은 늘 다시 떠올랐다오. 내가 죽인 게요. 수많은 변명을 만들어 붙여도 결론은 하나였다오. 내가 친구를 죽음으로 내몰았소. 그리고…… 메아리가 돌아오듯 내 꼴을 살피게 되었소. 언젠가 나도 저렇듯 단번에 사라질 수도 있구나. 인생이란 게 한없이 단단하면서도 또 너무나도 연약한 물건인 게요.

상선이 움직이기 시작했고, 상선에 붙어 있던 짐배 두 척이 심하게 흔들리더니 맞부딪힌 후 뒤집혀 버렸소. 사태는 점점 더 급박하게 돌아갔소. 송상현 말고도 짐배에 탔던 사람들 여럿이 죽었소. 헤엄칠 줄 모르는 사람은 물에 빠져 죽었고 헤엄칠 줄 아는 사람은 배에 깔려 죽었소. 용주도 나도 죽음의 바다에 빠지고 만 게요. 기운이 세고 날랜 용주는 파도와 시체와 배의 파편들과 상선에서 던진 쓰레기 더미를 헤치고 수면으로 올라갔소. 커다란 짐짝에 팔을 걸친 용주가 주위를 돌아보며 외쳤다오.

장학아! 장학아, 어딨어? 장학아!

상현을 잃은 용주의 눈은 분주하게 움직였소. 울음 섞인 그 목소리엔 친구 최장학마저 잃어선 안 된다는 절박함이 묻어났소. 나를 찾는 용주의 뜨거운 체온이 전해지는 것 같았소.

하지만 나는 용주에게 가지 않았소. 정확히 말하면 갈 수 없었소. 나로 인해 빚어진 이 모든 비극을 안고 용주 앞에 설 자신이 없었소. 대신 훗날을 기약했소. 억울하게 죽은 상현의 복수를 하고 싶었다오. 내 친구 용주의 슬픈 꿈을 이루어 주고 싶었소. 더럽고 비열한 세상이 죄라면 그 죄의 꼭대기에 올라서고 싶었소. 우리를 이렇게 만든 스즈키도, 스즈키의 나라인 일본도, 가난하고 힘이 없어 제 나라 백성을 이 꼴로 만든 조선도, 다, 모조리, 활활 불태워 없애 버리고 싶었소. 나는 오히려 더 깊이 잠수하여 상선의 반대편으로 나아갔다오. 그리고 반대쪽 그물 사다리에 붙어 잠시 숨을 골랐소. 짐배를 탄 일본 건달들이 상선으로 나아오는 것이 보였소. 그들은 바다에 빠진 용주를 비롯한 노동자들을 두들겨 팬 뒤 건져 올렸소. 용주의 머리에서 피가 터지는 게 보였소. 나는 그 모두를 또릿또릿 지켜보았소. 처참한 광경 하나하나를 모조리 가슴에 새겨 넣었소. 주위가 조용해지기를 기다렸다가 다시 깊이 잠수하여 상선을 떠났소. 영국 영사관이 있는 청국 조계 뒤쪽까지 헤엄쳤다오. 오랜만에 하는 바다 수영이라 힘들었지만, 부산에서부터 줄곧 수영을 즐겼기에 빠져 죽을 정도는 아니었소. 바닷물을 좀 먹긴 했지. 냉수 한 잔만 더 가져다주오. 그때의 갈증이 몸 안에서 밀려 나오는 것 같군. 최장학의 배신담을 알파부터 오메가까지 한꺼번에 쏟아내고 나니 속이 허하군. 그렇게 긴 하루가 끝나 가고 있었소. 뒤로 영국 영사관이 보였고 눈앞에는 서해안의 핏빛 낙조가 진회색 개펄에 부딪혀 기괴한 장관을 이루고 있었소. 상현의 목을 타고 흐르던 선홍빛의 피가 떠올랐소. 내 이름을 부르며 절규하던 용주가 떠올랐소. 하나의 세계가 닫히는 순간이라 느꼈지만 새로운 세계가 어찌 펼쳐질까 걱정할 여유가 없었소. 기진맥진한 하루였소. 그날 이후론 다신 바다 수영을 하지 않소. 짐배에 타는 게 아니었는데, 용주랑 상현일 말렸어야 했는데…….

4부
이 계단의 끝엔 무엇이 있나?

고맙소. 한숨 자고 나니 상쾌해졌다오. 시간을 알려 줄 필요는 없소. 어제나 오늘이나 내일의 구분이 내게 의미를 잃은 지 오래되었다오. 끼니를 챙겨 먹는 것도 아니니, 아침이나 점심이나 저녁도 마찬가지요. 이러다가 어느 순간 삶과 죽음도 구별하지 않을 날이 올 게요.

대일해운이 아직도 건재하오? 스즈키 회장은 죽었지만 외동아들 기무라가 가업을 이어받았다 하였소? 하하하. 당연히 그랬겠지. 그렇게 악독하게 모은 재산을 제 자식 아니면 누구에게 주겠어? 기무라란 놈이 물려받은 대일해운은 단순한 회사가 아니라오. 조선인 노동자들의 핏값으로 키웠소. 목숨의 대가란 말이오. 헌신한 노동자들은 사라지고 바뀌지만 회사 주인은 아버지에서 아들로 아들에서 손자로 이어지는 것, 그게 또 자본주의인 게요. 하지만, 이것 하나만은 잊으면 안 돼. 그 회사가 어떤 회사든, 그 안에는 노동자들의 피와 땀이 스며들어 있다는 사실 말이오. 기무라든 뭐든 어떤 새끼가 물려받더라도 대일해운은 대표만의 회사가 아니오. 뭐요? 1891년 집단 해고와 파업에 관한 기록이 전혀 없다고 하였소? 크하하하. 그렇지. 내가 스즈키라도 그랬을 게요. 역사는 늘 그따위로 구멍이 뻥뻥 뚫리는 법이니까. 우리가 흔히 역사라고 부르는 두꺼운 책은 이긴 자의 기록이라오. 맞소, 그날 우리는 패배했고 스즈키는 승리했소. 그러니 이름 없는 노동자들의 개죽음 따위를 누가 적어 두겠소. 내 친구 상현이 선혈을 흘리며 죽어 간 그 바다로 아무일 없었다는 듯이 배가 들어오고 나가는 것만이 중요했을 테니 말이오. 그건 스즈키 개인뿐 아니라 일본이나 조선 모두에게 마찬가지라오. 스즈키는 기록부터 챙겨 없앴을 게요. 집단 해고와 건달을 동원한 폭행은 불법이니까. 불법을 순순히 인정하는 회사는 이 세상 어디에도 없다오. 하지만 조금만 공을 들인다면, 그때 해고를 당하고 파업에 참가한 노동자들을, 지금은 늙은이들이 되었겠지만, 찾아내긴 어렵지 않을 게요. 그 늙은 노동자 중에서 글깨나 하던 최장학이란 사내를 아느냐고 물어보오. 내 이름이 가물거린다고 하면, 앞장서서 주먹을 날리던 나용주를 아느냐고 물어보오. 나용주를 모르는 이는 없을 게요.

1891년부터 1904년까지, 13년의 이야기를 해 볼까 하오. 한 인간에게 13년은 짧지 않은 시간이오. 더구나 가장 왕성하게 삶을 개척할 20대와 30대의 13년은 무척 특별한 게요. 또한 그 13년은 그냥 13년이 아니오. 조선이 믿기 힘들 정도로 망하고 일본이 믿기 힘들

정도로 성하는 시기였소. 나라는 하루아침에 망하지 않소. 오랜 시간을 두고 천천히 수많은 생명이 사라지는 거요. 헤아릴 수 없이 많은 개별의 억울함과 개별의 원통함과 개별의 분노가 뒤섞여 망하지. 그 폐허의 자리에 다른 나라가 들어선다오. 그 13년이 그랬다오. 전국 팔도에서 동학이 일어났고 그 전쟁에 나섰던 죄 없는 백성들이 일본군의 총에 죽었소. 누군가의 아비고 어미며, 아들이고 딸이며, 남편이고 아내인 개별의 백성 수만 명이 일본군과 조선 관군의 손에 죽은 거요. 온 나라가 피로 강을 이루었소. 참혹한 죽음의 정점은 을미년 가을밤에 일어났소. 일본 깡패들이 조선 궁궐로 난입하여 국모(國母)를 죽였소. 조선의 국모는 500년 역사를 견뎌 온 조선의 궁궐에서 그 궁궐의 주인답지 않게 비명에 갔소. 아주 비참하게…… . 뭐? 그만하라고? 캭! 퉤! 그래. 그만합시다. 나라고 뭐 참혹하고 더럽고 수치스러운 얘길 하고 싶겠소. 다만, 다만 말이오, 그 밤의 일도 이어진 파란만장에 비하면 아무것도 아니란 것만 알아 둡시다. 이 역사란 건 아무리 더럽고 좆 같아도 지울 수 없소. 지우고 싶은 역사일수록 길이길이 남겨 곱씹어야 한단 말이지. 휴, 아무튼 파란만장하게 새로운 나날이 펼쳐졌소. 내 인생의 데코보코(でこぼこ)도 오죽했겠소. 파란만장 조선의 세월보다 더했으면 더했지 덜하진 않을게요. 가만 있자, 내가 어디까지 얘기했더라? 아, 그렇지. 그 밤, 상현이 죽고 나 혼자 인천항을 탈출한 그 밤 말이오.

그 밤에 나는 '천락원'으로 갔소. 일본제1은행에서 찾은 돈과 내가 모아 둔 돈을 들고 빙빙을 빼내기 위해! 마음이 급했소. 빨리 빙빙과 함께 인천을 떠나고 싶었다오. '천락원'은 변함없이 흥청거렸소. 여느 밤과 마찬가지로 술 마시러 온 손님들과 아편 빨러 온 손님들이 들락거렸고 몸 파는 기생들이 사내들 팔짱을 끼고 들고 났소. 인력거들이 부지런히 돈 많은 사내들을 실어 날랐고 그 모든 풍광을 자청방의 사내들이 험악한 얼굴로 지켜보았소. 그들 가운데 낯익은 자청방 조직원이 보였소. 빙빙과 내가 쫓길 때 패거리를 이끌던 사내였소. 나중에 그 녀석 이름이 헤이싱이란 걸 들었다오. 나는 그 사내에게로 곧장 다가갔소. 헤이싱이 내 얼굴을 보더니 놀라더군.

아주 간뎅이가 부었구먼. 정말 올 줄은 몰랐는데.

돈이 든 주머니를 내밀었다오.

절반이야. 나머진 빙빙을 넘겨받을 때 주겠다. 데려와.

아편에 찌든 년이 뭐가 좋다고. 한심한 놈.

데려오래도!

기다려! 우리도 빙빙과 정리할 게 있고, 그년도 널 따라나서려면 뭐라도 챙겨야 할 거 아냐. 각국 공원에 가 있어. 두 시간 뒤 테니스 치는 곳에서 봐.

각국 공원에서 빙빙을 기다리는 동안 망연자실했소. 그제야 그 엄청난 하루의 시간들이 하나하나 떠올랐소. 죽고 죽이는 싸움으로 내몰린 노동자들의 얼굴과 그 악다구니에서 처참하게 죽은 상현의 얼굴과 소리쳐 나를 찾던 용주의 절박한 얼굴과 아편에 취한 빙빙의 짙은 얼굴이 마구 겹쳐졌소. 고독했소. 무서웠소. 길고도 긴 하루의 끝에서 뭔지 모를 안도감이 밀려왔소. 그래서인지 허기가 졌다오. 장사를 마치고 돌아서는 노점상 노파에게 사정해서 파전을 시켰소. 막걸리도 두어 통 들이켰소. 죽은 상현을 위해 한 잔, 두 번 다시 만나지 못하게 된 용주를 위해 한 잔, 한꺼번에 두 친구를 잃고 또다시 방랑객이 된 나를 위해 한 잔. 술잔마다 핑계를 붙이니 쓰디쓴 술이 술술 넘어갔소. 그중 최고는 빙빙을 생각하며 마시는 술이었소. 달콤했다오. 하하하! 피곤한 몸에 술이 들어가니 금방 취기가 올라왔소. 나는 그렇게 술에 취해 앞으로 내게 펼쳐질 새 운명에 대해 생각했소. 그래, 새 운명. 상상하지도 못했던 운명이, 질기고 더러운 새 운명이 시작된 거요. 하하하. 빙빙은 오지 않았소. 대신 헤이싱이 열 명도 넘는 조직원을 거느리고 와선 나를 두들겨 팼다오. 돈? 물론 다 빼앗겼소. 나는 정말 나쁜 놈이오. 그 놈들에게 맞으면서 내가 무슨 생각을 했는지 아시오? 용주 생각이 났소. 내 친구 용주가 있었다면 이렇게 당하지 않을 텐데, 내가 팔아먹은 친구 용주가 있었다면, 그 순진하고 착한 녀석이 빙빙을 구하고, 나를 구해 지긋지긋한 이 인천 바닥을 뜨고 말 텐데, 그런 생각을 했소. 하지만 나는 혼자였소. 때마침 외국인 네 사람이 테니스 라켓을 휘돌리며 캄캄한 테니스 코트로 오지 않았다면, 나는 그들에게 맞아 죽었을지도 모르오. 인천에선 달빛 아래 테니스 치는 맛이 남다르다는 농담 아닌 진담을 훗날 인천에 머물렀던 선교사들에게 전해 듣긴 했었소. 그들이 남녀 쌍쌍이었던 것으로 보면, 테니스 시합을 핑계로 으슥한 곳에서 사랑을 나누려 했을지도 모르오. 어쨌든 얻어맞는 나를 보며 여자 둘이 나 대신 비명을 질렀고, 남자들도 그 여자들을 보호한답시고 용기를 내서 고함을 쳤다오. 헤이싱이 짜증을 내며 부하들을 먼저 내려가게 한 후 마지막으로 내 턱을 발끝에 올려놓곤 경고했소.

인천으로 다신 올 생각 마라. 우린 받을 돈 받은 거야. 네놈들이 김덕배를 도와 훔쳐 간 아편값엔 턱없이 부족하다고. 이 정도로 끝내는 걸 고맙게 생각해.

*

한양으로 갔소. 지금이야 경인선을 타면 인천에서 한양까지 두 시간도 안 걸리지만 그땐 우마차를 타도 열 시간이 넘게 걸릴 때였소. 인천으로 왔다가 한양으로 돌아가는 포목상의 우마차를 얻어 탔소. 그렇게 나는 인천을 떠났소. 황소가 끄는 달구지 바닥에 엎드려 비를 맞으며 다짐했소. 다시는 인천으로 돌아가지 않겠노라고. 부산을 떠날 때도 비슷한 결심을 했었소. 다시는 부산으로 돌아가지 않겠노라고. 아, 정말 한심한 노릇일세! 인생이란 이렇게 돌아가지 않을 땅을 하나씩 늘려 나가는 것인지도 모르겠소. 정붙이고 살았던 곳엔 뭐가 남는지 아시오? 미련 덩어리, 회한 덩어리, 애증 덩어리가 기억이라는 이름으로 남고, 미운 놈, 고운 놈, 죽일 놈, 살릴 놈들이 인연이라는 이름으로 엮이는 법.

용주를 비롯한 노동자들은 인천 감리서로 붙잡혀 갔다오. 대일해운의 하역 노동자는 신참들로 이미 채워졌소. 부산에서 인천으로 올 때처럼, 나는 다시 바닥이었소. 내 품엔 스즈키가 건네준 소개장 하나뿐이었다오. 나를 이용하고 죽이려 했던 욕심쟁이가 내민 동아줄이니 그 또한 나를 죽음으로 몰 썩은 동아줄인지도 몰랐지만, 나는 겁부터 먹어 스스로 그 동아줄을 버리진 않기로 했소. 어차피 다 잃었으니까. 다시 한 번 속는다 해도 더 내려갈 곳이 없었다오. 인천을 떠나면서 깨달은 것이 있소. 인생에도 급행열차가 필요하다는 사실 말이오. 인천에서 한양으로 가는 방법은 많고도 많소. 부두의 하역 노동자는 평생을 노동자로 살아야 하오. 죽자고 일하면 죽는 날까지 가진 자의 노예가 되는 거라오. 나는 인천에서 그 밑바닥의 진실을 보았소. 그래서 나는 나를 죽이려 한 자가 내민 동아줄을 잡기로 한 거요. 타고 올라가다 떨어져 날카로운 수숫대에 찔려 죽는 한이 있더라도 말이오. 땅바닥을 기는 지렁이로 평생을 사는 것보단 차라리 그 편이 낫다는 것도 깨달았소.

그의 이름은…… 백창교(白昌敎)라고 해 뒀으면 하오. 어쨌든 그는 나의 은인이니, 아편쟁이의 자백서에 그 이름 석 자가 적히는 것을 원치 않소. 그는 변화하는 세계에 관심이 많고, 조선에 들어오는 외교관들과 두루 친한 관원이었다오. 일어에 능했고 노서아어도 책을 읽을 정도였소. 무엇보다도 사람의 겉모습보다 실력을 우선으로 쳤소. 내겐 행운이었다오. 스즈키의 소개장을 대충 훑어본 후 그가 물었소.
영어, 청국어, 일어까지 한단 말이지?
그렇습니다.

이 정돈 역관 중에도 드무네.

정식으로 배운 건 아닙니다. 부산 조계에서 주워들었습니다.

그러니 더 대단하지. 귀가 밝다는 증거일세. 자네 같은 인재가 대일해운에서 하역이나 하고 있었다니 아깝군. 진작 알았으면 요긴하게 쓸 데가 많았을 거야. 지나간 건 어쩔 수 없고, 이제부터라도 날 도와주게나.

너무 쉽게 풀린다 싶었기에, 나는 멈칫했다오. 그가 건넨 달콤한 말들은 나를 대수로이 여기지 않는다는 뜻이기도 했소. 그의 주변을 날아다니는 수많은 쇠파리 중 한 마리로 여겼다고나 할까. 나도 내가 쥔 동아줄이 어떤 동아줄인지 확인해야 했소. 진검을 던졌소.

믿으십니까?

무슨 말이냐?

스즈키란 인간을 믿으십니까?

사람 좋은 웃음을 짓던 그의 표정이 바뀌었다오.

비열한 자입니다. 저는 스즈키 씨를 믿지 않습니다.

그럼 이 소개장은 뭔가? 자네도 믿지 않는 이의 소개장을 나보고 믿으라고 내민 건가?

이 소개장은 저를 죽일 동아줄일지도 모릅니다. 대감께 날개를 달아 드릴 동아줄이 될 수도 있습니다.

하하하. 날개라. 건방지구나. 외국말 몇 개 할 줄 아는 것이 재주가 될 성싶으냐?

나는 시커멓게 무뎌진 식칼 한 자루를 꺼냈소.

저를 써 주시면 목숨을 바치겠습니다.

149

오랜 침묵이 흘렀소. 그는 나를 보지도 않았소. 물고 있던 파이프 담배 한 움큼이 다 탔을 때쯤 그가 침묵을 깼소.

목욕부터 하게. 악취가 장난이 아니로군. 길에서 얼마나 지낸 건가?

한 달쯤 됩니다.

그는 내게 다른 사연은 묻지 않았소. 왜 거지 행색을 하고 당신 앞에 나타났는지, 왜 스즈키를 비열하다 말했는지, 어디서 태어나 어떻게 살았는지, 아무것도.

그 욕실을 잊을 수 없소. 마음 편히 온몸을 욕조에 담근, 한 달만의 목욕이기 때문만은 아니라오. 정말 다시 시작하고 싶었소. 부산에서도, 인천에서도 나는 계단을 오르는 데 실패했소. 여러 가지 변명을 댈 순 있겠지만 결론은 마찬가지라오. 손이면 손, 발이면 발, 하나를 떼어 주더라도 이번엔 끝까지 갈 결심을 굳혔소.

중요한 일들이 다음 날부터 일어났다고 착각하진 마시오. 가장 중요한 건 옛날이나 지금이나 일상이라오. 매일 반복되는 일들 속에서 백에 한 번 천에 한 번 특별한 사건이 닥치는 법이라오. 관청으로 출근하던 첫날이 기억나긴 하오. 안뜰이 제법 깊었소. 마루로 올라서니 양이복을 단정하게 입은 여직원이 물었다오.

못 보던 분이시네요?

오늘, 첫 출근입니다.

아, 성함이……?

백, 준, 기입니다.

맞소, 내가 백준기(白俊基)요. 장학이란 이름은 물론 최씨 성까지 바꾸기로 맘을 굳힌 게요. 성은 백창교 대감을 따라 백씨로 정했소. 그리고 이름을 준기로 한 거라오. 어허 사람 참. 이 긴 이야기를 듣고도 그런 말을 하시오? 왜 처음부터 말을 안 했냐고? 내가 백준기라는 사실은 중요하지 않아. 중요한 건 왜, 도대체 왜, 경주 최씨 충렬공파 최장학이 수원 백씨 문경공파 백준기가 되었는가 하는 거라오! 아시겠소? 그 이유를 알아야 지금부터 내가 할 이야기의 본질을 쥘 수 있다오.

알겠소. 채근하지 마시오. 안 그래도 목이 타 들어가고 머리가 멍한데, 그렇게 탁자를 주먹으로 내리치면 어찌 제대로 이야기를 풀 수 있겠소. 착각하지 마시오. 이건 어디까지나 내 이야기란 말이오. 자꾸 이런 식으로 끼어들고 방해하면 난 더 이상 이야기를 하지 않겠소. 말을 하든 안 하든 내가 달라질 게 뭐 있어? 이 쓰잘머리 없는 이야기를 아무리 잘 해도 내게 주어진 형벌이 줄어들거나 없어지지 않을 거 아냐. 그러니! 잔소리 말고, 입 닥치고, 내 얘기나 잘 들으시오. 난 내가 말하고 싶은 걸, 내 방식으로, 말하고 싶을 때까지, 말하겠소. 이 원칙 외엔 아무것도 받아들이지 않겠소.

백창교가 처음부터 나를 믿었던 건 아니오. 이렇게 저렇게 소개장을 들고 찾아오는 사내가 어디 한둘이겠소. 그때마다 백창교는 세 둥지로 찾아든 이들을 품긴 하되, 적당히 거릴 두고 오랫동안 살폈다오. 솔직히 나는 그가 나를 지켜보는지도 몰랐소. 백준기, 그 이름으로 새 삶을 꾸리기에도 바빴으니까.

그렇게 4년이 지나갔소. 처음에는 백창교 대감의 집에서 허드렛일을 했소. 계집종이나 머슴들은 할 수 없는 일을 했소. 대감이 필요로 하는 문서를 만들고, 문서를 전하고, 문서를 관리했소. 뭐 그 딴 것도 일이라고 한다면 말이오. 물론 대부분은 주는 대로 밥 먹고 대감의 책을 얻어 읽고 잠을 자기만 했지. 그러다 가끔 외국의 영사나 공사가 대감의 집에 찾아오면 양이복을 입고 그들 사이에 앉아 통역을 했소. 영국이나 미국, 덕국, 법국 등 구라파에서 온 손님 앞에서는 영어를 했고, 청국에서 온 손님 앞에서는 청국어를, 일본 영사 앞에서는 일본어를 했소. 내 앞에 앉은 사람들의 국적이 바뀔 때마다 내가 제법 주목을 받긴 했다오. 처음으로 아편쟁이 아비가 고맙다는 생각을 했소. 어릴 때부터 외국 여러 나라 말을 배우게 해 준 덕에 처음으로 사람 구실을 하는 것 같아 뿌듯했소. 하지만 통역은 그야말로 등에 진땀나는 일이라오. 내가 제대로 알아듣지 못하거나 잘못 전달하면 오해가 생기고 그 오해가 나랏일에까지 영향을 미칠 수도 있었으니 그럴 수밖에. 때론 고성이 오가고 대감의 얼굴이 구겨지기도 했고 때론 목적 없는 말들이 사람들 사이를 빙빙 돌기도 했소. 그럴 땐 내가 조절을 해야 했다오. 분위기가 험악해지면 말을 더욱 삼가고 가려 했고 말이 헛돌 땐 분위기를 띄워야 했소. 일이 쉽지 않았지만 많은 것을 배웠소. 사람과 사람,

나라와 나라 사이에 벌어지는 이성과 감정의 줄다리기를 배웠고 돈과 권력의 흐름을 배웠으며 세계의 조류를 읽었소. 그때 그 자리에서 내가 행한 수많은 통역이 곧 나라의 운명을 좌지우지하는 일이었다는 사실을 알았더라면 그렇게 담담히 해내진 못했을 거요. 나는 그저 내게 주어진 그날그날의 업무를 목숨 바쳐서 했소. 백창교 대감에게 칼을 꺼내 놓고 했던 무지렁이의 약속을 지키고 싶기도 했지만, 그곳이 내가 회생할 마지막 자리였기 때문이오. 나는 더 이상 물러날 곳이 없었다오. 그러다 백창교 대감의 소개로 관청에 들어가게 됐소. 조선의 모든 외무 행정을 관장하던 외무아문이었소. 나는 통상국의 주사가 되었소. 아편쟁이 살인자 아들이, 거지가 되어 인천에서 쫓겨난 하역 노동자가 나라의 녹을 먹는 관리가 된 거요. 양이복을 입은 내 모습이 자랑스러웠소. 그토록 꿈꾸던 삶의 계단을 오르고 있다 여겼소. 복수의 순간도 조금씩 가까워진다 생각했소.

힘없는 나라의 외무란 치욕의 연속이었소. 이빨 빠진 호랑이가 할 수 있는 일은 없었다오. 오라면 오고, 가라면 가고, 그러다 썩은 고기라도 던져 주면 먹어야 했소. 열강들은 먹을 것 없는 조선을 먹기 위해 으르렁거렸고 조정 대신들은 그들에게 바칠 고기를 만들기 위해 백성의 기름을 짜냈소. 임금은 무능했고 대신은 비루했고 백성은 가여웠소. 나는 그 더러운 시궁창을 기며 일했소. 망해 가는 나라의 대신들은 임금에게 거짓말하고 백성에게 거짓말하고 서로에게 거짓말했소. 그 나라를 위해 내가 할 일은 없었소. 내가 복무할

나라는 이미 죽었소. 그래서 나는 오로지 나를 위해 일했다오.

백창교는 1년마다 다른 자리로 나를 보냈다오. 그렇다고 승진은 아니었소. 성격이 전혀 다른 업무들을 맡는 바람에 고생하긴 했지만, 난 묵묵히 배우며 익혀 나갔다오. 그 사이에 많은 일들이 일어났소. 갑오년에 청국과 일본 사이에 전쟁이 터져 아산과 인천으로 양국의 군함과 군인들이 모여들었고, 동학농민군 수천 명이 우금치에서 몰살을 당했소. 흉흉했소. 인간이 인간으로서 겪을 수 있는 모든 핍박이 조선에서 벌어졌소. 가난과 살육이 이 작은 땅에서 매일같이 일어났소. 그러던 어느 가을이었소. 1895년 11월도 끝나 갈 무렵일 게요. 백창교가 나를 집으로 불러들였소.

자네가 내 집에 처음 왔던 날이 기억나는군. 굶어 죽기 직전의 늑대 꼴이었지. 성실하게 근무를 선다는 보고는 받았네. 너무 일을 많이 해서 문제라더군. 만나는 여잔 있나?

그 말을 듣는 순간 오장육부를 송곳에 찔린 것 같았소. 애써 지우고 사는 얼굴이지만 끝끝내 지워지지 않는 그 여인의 얼굴이 떠올랐던 게요. 빙빙.

없습니다.

가슴이 뚫리듯 아파 왔지만, 인천의 인연을 다시 이을 생각은 없었다오.

친구는?

백창교는 내 모든 걸 아는 듯 급소만 골라 푹푹 쑤셨소. 하지만 나는 이미 냉혈동물이었소. 그 정도로 낯빛 하나 바뀔 내가 아니었소.

없습니다.

우정도 싫고 연애도 싫다? 젊음은 한때야. 그리 살면 후회한다네.

이생에서 후회는 다 했습니다.

뒤돌아보지 않겠다? 후후, 그 자세는 맘에 드는군. 이름까지 바꼈으니 완전히 새사람이 되었단 말인가?

그렇습니다.

한동안 말없이 나를 지켜보던 백창교가 앉은뱅이책상 밑에서 뭔가를 꺼냈소. 서책 위에 올라온 것은 내가 그를 처음 만났던 날 그의 면전에 꺼내 들었던 그 칼이었소. 무뎌질 대로 무뎌진 식칼. 세월의 더께가 내려앉은 그 칼 위로 또다시 침묵이 흘렀소. 내 삶에 큰 변화가 생길 거란 느낌이 들었소.

기억하나, 이 칼?

어찌 잊겠습니까.

나를 위해 목숨을 걸겠다는 생각엔 변함이 없고?

말씀하시지요.

전하를 지켜 주게.

귀를 의심했소. 지금까지 내가 머문 관청들은 궁궐 밖 육조 거리에 속해 있었다오. 궁궐을 출입한 적도 없었소. 그런데 백창교는 단번에 나를 비서원(秘書院) 랑(郎)으로 승차시켜 앉혔다오. 그렇소. 비서원의 일은 지근거리에서 전하의 일기수일투족을 보좌하는 것이오. 그러니까 나는 지금 우리가 고종이라 부르는 왕의 곁에서 업무를 보게 된 거요. 내게 맡겨진 업무 중 가장 중요한 것은, 물론 기미 상궁과 내관들의 일이기도 하지만, 전하께 가는 음식을 일일이 확인하는 것이라오. 중전께서 일본 낭인들에 의해 비명에 돌아가시고 얼마 지나지 않은 뒤였기에, 그 책무는 더욱 막중했소. 왜놈들이 전하를 독살할 것이란 풍문이 한양에 가득 퍼졌다오. 밤에 월담할 지도 모른단 소문까지 겹쳐, 전하는 밤마다 처소를 달리하여 주무셔야 했소. 매일 밤 잠자리가 달라지니 숙면을 취하기 힘드셨다오. 그런 전하의 곁에 내가 머물게 된 것이오.

저를 믿기로 하신 겁니까?

그렇지 않네.

그럼 어찌…….

난 사람을 믿어 본 적이 없어. 다만 자네의 시간을 믿네. 내 밑에 들어온 뒤 자네가 살아온 방식과 자네가 바친 시간을 믿어 보기로 했네.

그래도 제게 어울리는 일이 아닙니다.

어울리지 않기에 시키는 걸세.

네?

자네에게 애인이 있고 또 친구들이 있다면 이 일을 맡기지 않았을 걸세. 그들 중엔 일본과 가까운 이도 있고 러시아와 가까운 이도 있고 청나라와 가까운 이도 있을 것이기 때문이지. 자넨 오직 고독하고만 가까우니 이 일의 적임자일세. 고독과 벗하는 자만이 전하를 지킬 수 있다네.

하오나 단지 그런 이유만으로…….

더 말하지 말게. 이건 명령이야.

알겠습니다.

자네가 할 일이 하나 더 있네.

말씀하십시오.

전하께서 내리시는 어명들을 모두 내게 알려 주게.

어명은 공식적인 경로를 통하여 각 관청에 내려가지 않습니까?

공식적인 명령 말고, 전하의 어심을 살필 수 있는 명들을 챙겨 달란 뜻일세. 가령 어떤 서책을 가져오라 하시는지, 어떤 나라의 풍광을 찍은 사진을 보겠다고 하시는지, 후원의 나무들 중에서 어떤 나무를 더 심고 어떤 나무를 베라 하시는지. 내 말뜻 알겠는가?

백창교는 어심의 흐름을 미리 읽고 싶어 했소. 그것만으로도 정치에 큰 도움이 되기 때문이라오. 형사 양반도 출세란 걸 하고 싶다면 무슨 수를 쓰더라도 지금 몸담고 있는 조직의 대가리에게 줄을 대시오. 그 대가리가 무슨 생각을 하는지, 그 대가리의 마음이 기쁜지 슬픈지 급한지 느긋한지 알면 다음 행보가 훨씬 수월해진다오. 하물며 군왕의 마음을 안다면 어떻겠소. 하하하. 나는 백창교에게 그 줄이었소. 군왕으로 이어지는 단 하나의 줄.

전하의 어심을 전해 줄 자, 그 비밀을 발설하지 않을 자, 만약에 일이 잘못되어도 누구와도 엮여 있지 않아 쉽게 제거할 수 있는 자. 그게 나였소. 생각이 거기에 미치자 나 또한 아무도 믿지 않기로 했소. 분명한 건 내가, 최장학이, 아니 백준기가 전하의 지근거리로 간다는 것이었소.

망해 가는 조선이라도 왕은 왕이다. 내가 이제 그 왕의 곁으로 간다.

그날 밤 나는 한숨도 잘 수 없었소. 지나간 시간이 주마등처럼 지나갔다오. 이제 또 어떤 운명이 내게 펼쳐질 것인가. 내 운명의 시간표는 누구를 태우고 어디로 가게 될 것인가.

외국어에 능하다고?

부끄럽사옵니다.

어디서 익혔느냐?

부산과 인천, 두 조계에 잠깐씩 있었사옵니다. 그때 귀동냥을 했사옵니다.

너는 누구 편이냐?

전하는 조정 신하들을 아무도 믿지 않으셨다오. 백창교와 내가 누구도 믿지 않듯이 말이오. 조정 신하들은 충성을 맹세했지만 중전이 시해되는 것을 막지 못했다오. 왕인 자신이 살해당하는 상황이 와도 신하들이 외면하지 않을까 경계하셨소. 그래서 첫날 내게도 그리 물었던 게요. 어느 편이냐고. 임금도, 신하도, 나도 어느 편에 서야 할지 참으로 알 수 없는 날들이었소. 시절이 그랬소.

신은 어느 편도 아니옵니다.

백창교, 너를 천거한 그이는 어느 편이냐?

모르옵니다.

모른다.

나 역시 백창교가 조선을 탐내는 여러 나라 중에서 누구와 손을 잡으려 하는지 궁금했소. 나름대로 살펴보았지만 단정 짓기 어려운 구석이 많았소.

그는 두루두루 친하옵니다.

두루두루 친하다?

각국 외교관들과의 만남이 잦사옵니다만, 특별히 어느 한 나라에 기울진 않는다는 뜻이옵니다.

꾀를 부리는 게지. 결정적인 순간 한쪽으로 기울기 편하게 마음을 숨기는 것이기도 하고.

나 역시 비슷한 생각을 했소. 청나라와의 전쟁에서 승리하였을 뿐 아니라 중전을 시해한 일본이 세력을 넓혔다고 여겼겠지만, 국제 관계가 그리 간단치 않았다오. 어느 한 나라가 강해지면 다른 나라들이 힘을 합쳐 그 위세를 누르려 했소. 동상이몽이었던 게요.

전하께 종종 개항장 풍광을 말씀드린 건 맞소. 궁금해하셨소. 한 나라의 군왕은 가고 싶은 곳이 있어도 함부로 가지 못하고 보고 싶은 것이 있어도 함부로 보지 못하오. 처음엔 조계로 들어오는 상선들과 그 배에 실린 물품들에 대한 이야기였소. 그 물품 중 일부는 궁궐까지 닿기 때문에, 전하는 내 이야기를 들으시다가 맞장구를 치기도 하셨고 손을 들어 방 여기저기에 놓인 물품들을 가리키기도 하셨소.

그건 저기 있구나.

그럴 때면 용안에 살짝 화기가 도셨다오. 청나라와 일본을 비롯한 각국 음식들에도 관심이 크셨소. 고급 요리는 궁중에서도 드물게 드시지만, 짜장면처럼 노동자들이 즐기는 요리는 처음 듣는다며 신기해하셨소.

인천에 관해 이야기하는 것이 썩 즐겁지는 않았소. 오히려 되도록 피하고 싶었다오. 용주의 성난 눈동자도 떠오르고, 죽은 상현의 짙은 눈썹도 생각나고, 빙빙의 가느다란 허리도 눈앞에 어른거렸소. 다 잊고 지내고픈 것들이었소. 그러나 전하를 가까이에서 모시는 신하나 궁인 중 조계의 나날을 경험한 이는 나뿐이었소.

어느 날은 인천 조계 지도를 펼쳐 놓고 나를 부르기도 하셨소. 나무토막을 깎아 만든, 크고 작은 집 모형들이 지도 옆에 수북하게 쌓여 있었다오.

인천 조계를 기억하느냐?

완벽하진 않지만, 기억하옵니다.

하나하나 짚으며 설명해 보거라. 그 집과 거리에 대하여, 은행과 창고와 양과자점에 대하여, 최대한 상세히.

귀로 듣는 것만으론 부족하셨던가 보오. 나는 첫 모형을 들어 지도 위에 놓으며 말했다오.

이 3층 석조 건물이 대불호텔이옵니다. 일본 조계에서 가장 큰 숙박 시설이옵니다. 일본인뿐 아니라 각국 상인들이 머무르옵니다. 주인은 호리 히사타로라는 일본인이온데, 처음엔 2층으로 지었다가 한 층을 더 올렸사옵니다. 청동으로 장식된 3층 홀은 외국 어느 왕궁에 온 듯 화려하옵니다. 호텔 보이는 일어를 능숙하게 하며 간단한 영어도 하옵니다.

용주, 상현과 함께 걷던 대불호텔 앞길이 떠올랐소. 첫 급여를 받고 찾아갔던 양과자점과 용주를 선택했던 양과자점 여인과 도깨비 문양의 작은 접시 세 개가 생각났소. 목소리가 떨리기 시작했소. 그리고 설명들을 이어 갔소.

이곳은 영국 영사관이옵니다. 바닷가에 접해 있어서 파도 소리가 낮밤 없이 들리옵니다. 벽이 두껍고 천장이 높으며, 긴 복도에는 좌우로 영국의 역대 왕과 장군들의 초상화가 걸려 있사옵니다. 방 하나엔 각종 지도가 서책과 함께 꽂혔사온데, 영국인들이 세계를 누비며 작성한 지도와 여행기이옵니다.

상현이 죽었던 그 바다를 헤엄쳐 몰래 숨어들었던 영국 영사관 앞 개펄이 눈앞에 펼쳐졌소. 핏빛 낙조와 잿빛 개펄이 어우러진 그 기괴한 장관도 말이오. 손이 떨렸소.

이곳은 각국 공원이옵니다. 새벽부터 밤까지 조계의 외국인은 물론 인천 백성들이 올라와 운동도 하고 인천 풍광을 내려다보기도 하옵니다. 직사각형을 반으로 갈라 허리까지 오는 망을 세운 뒤, 마주 보곤 큰 주걱만 한 라켓이란 도구로 작은 공을 주고받사옵니다. 각종 축제일이 되면 쇠로 만든 악기, 나무로 만든 악기를 총동원하여 연주하고, 그 연주에 맞춰 남녀가 짝을 지어 춤을 추웁니다. 그렇게 놀다 지치거나 목이 마르면, 일본을 통해 들여온 와인이란 술을 물처럼 벌컥벌컥 마시옵니다.

그날 밤, 어두운 각국 공원에 앉아 빙빙을 기다리던 최장학이 보였소. 자청방 패거리에게 얻어터지면서도 빙빙을 데려오라 소리치던 그 목소리가 들렸소. 심장이 뛰어 더 이상 말을 이을 수가 없었소.

왜 그러느냐? 어디가 아픈 것이냐?

아니옵니다.

인천 조계를 설명하면서 네 목소리가 떨리고 몸이 떨리고 안색마저 허옇게 변하였다. 무슨 일이냐?

망극하옵니다, 전하. 좋지 않은 기억이 떠올라 그만…….

좋지 않은 기억이라…… 여인이냐?

망극하옵니다.

괜한 말을 했다 싶었소. 용안이 딱딱하게 굳었을 뿐만 아니라, 한동안 말씀이 없으셨다오. 누군가를 떠올리시는 듯했소. 비명에 돌아가신 중전마마. 내가 빙빙의 얼굴이 떠올라 괴로워했던 것처럼 전하도 전하의 여인을 떠올리신 게요. 후회했소. 괜한 말씀을 드렸다. 다른 말로 둘러댔어야 했는데.

누구에게나 있지, 잊히지 않는 기억이.

죽여 주시옵소서.

계속하라.

이곳은 인천 감리서이옵니다. 개항의 모든 업무를 총괄하옵니다. 외교관들을 상대하고, 각종 행정 사무를 주관하옵니다. 크고 작은 사건을 조사하고 범죄자를 체포하는 것 역시 인천 감리서의 주요 업무이옵니다. 잡아들인 범죄자들은 여기, 감리서 감옥에 가두옵니다.

이곳은 대일해운이옵니다. 전국에서 모여든 젊은이들이 하역 노동자로 일하고 있사옵니다. 그 노동자들이 없으면 승객도 짐도 배에서 내리거나 다시 배에 올릴 수 없사옵니다. 그 노동자들 덕분에 조계의 피가 원활히 도는 것이옵니다.

피곤하고 남루한 노동자들의 행색이 떠올랐소. 피둥피둥 살찐 스즈키의 삼중 턱! 잊으려 했는데, 잊었다 생각했는데, 인천은 내게 잊히지 않는 기억이었소.

하루 만에 설명이 끝나진 않았소. 전하께서 이런저런 하문을 던지시면, 이야기가 끝도 없이 이어졌다오. 이 일로 작은 즐거움을 삼으시는 듯도 하였소. 보름쯤 지나자 굵직굵직한 건물에 대한 설명은 대충 끝났소. 그날은 전하께서 먼저 질문을 꺼내셨소. 처음 있는 일이었다오.

아편굴에도 가 보았느냐?

전하!

나는 첫날부터 지도에서 '천락원' 자리를 봐 두었소. 그리고 그 자리엔, 놓게 되더라도 가장 나중에 모형을 두리라 생각하였다오. 천, 락, 원 이란 세 글자를 혀끝에 올리지 않고 지나가길 바랐소. 그러나 전하께서 곧장 하문하시니 피하기 어려웠다오. 인천에 아편이 퍼지기 시작했다는 풍문을 어디선가 들으셨던 게요.

아편굴에 가 보았느냐고 물었느니라. 너와 둘이 나누는 대화는 그 누구도 모를 것이며, 이로 인해 너를 벌하는 일도 없을 것이다. 답하거라. 아편굴을 아느냐?

아옵니다.

어디냐?

나는 모형을 집어 청국 조계 외진 구석 자리에 놓았다오.

여깁니다.

이름이 있느냐?

'천락원'이옵니다.

천락원! 하늘의 즐거움을 누리는 곳이더냐?

그러하옵니다. 인천의 '천락원'은 주점이자 아편굴이자 또한 매음굴이옵니다.

아편이 그렇게 널리 퍼져 있느냐?

'천락원'을 중심으로 청국 조계 안에는 만연해 있사옵니다. 그 외 일본 조계나 각국 조계 그리고 조계 밖에도 일부 아편을 피우는 자들이 있다고 사료되옵니다.

청국 조계에서 유난히 아편을 피우는 자들이 많은 이유는 무엇이냐?

1840년부터 청국과 영국 사이에 일어난 전쟁은 아시지요? 그 전쟁에서 영국이 승리한 후 아편을 피우거나 거래하는 것은 청국 내에서 적법한 일이 되었사옵니다. 그로 인해 청국 전체가 해안에서부터 내륙 깊숙이까지 급증하는 아편 환자로 썩어 들어갔사옵니다. 또한 도자기나 비단, 차를 팔아 산더미처럼 쌓였던 은(銀)이 아편을 사느라 모두 영국으로 유출되었사옵니다. 아편으로 인해 청국 황실은 거지꼴이 되었사옵니다. 지금 청국 조계의 청국인 중 일부는 중독된 상태로 인천으로 건너와 아편을 계속 피워 왔사옵니다. 피우는 자가 있으면 파는 자가 있는 법이옵니다. 파는 자들 입장에선 청국인뿐 아니라 조계의 여러 외국인과 또 조선인들을 새로운 손님으로 받으면 더 많은 이득을 볼 것이옵니다. 그리하여 인천에 아편 중독자들이 나날이 늘어나는 것이옵니다.

청국인들은 그렇다치고, 조선인들이 아편에 손을 대는 이유가 무엇이라고 보느냐?

죽은 아비의 얼굴이 스쳤소. 아편에 취한 빙빙도 다시 떠올랐소. 나는 정말 이런 이야기를 잇고 싶지 않았다오. 하지만 전하의 진지한 시선을 받고, 석낭히 덜버부리신 어려웠나오.

세 가지 이유가 있사옵니다.

세 가지? 말해 보거라.

첫째는 무지이옵니다. 병든 자들 중 아편이 만병치료약이란 풍문을 듣고 피우는 경우가 적지 않사옵니다. 특히 두통이나 치통으로 단 한 순간도 고통에서 빠져나오지 못하는 이들이 아편에 손을 대고, 그러다가 영영 중독자가 되옵니다. 둘째는 절망이옵니다.

절망이라?

조선인 중 상당수는 인천에 가서 거금을 벌겠다는 꿈을 갖사옵니다. 저처럼 가진 것 없는 자들은 노동자로 짐이나 나르지만, 조금이라도 돈 있는 자들은 딴맘을 품지요. 양이들의 물품을 사들여 비싼 값으로 되판다거나 아예 은행에서 거금을 빌려 장사를 시작하는 이들도 적지 않사옵니다. 그러다가 장사가 시원치 않거나 사기를 당하거나 하면 순식간에 알거지가 되옵니다. 그 나락의 끝자락에 빠져드는 것이 바로 아편이옵니다.

마지막 하나는 무엇이냐?

앞의 두 가지와는 차원이 다른 경우라 하겠사옵니다. 세 번째는 지루함이옵니다.

지루함? 무엇에 대한 지루함인가?

인생에 대한 지루함이옵니다. 어느 정도 돈은 벌어 뒀고 더 하고 싶은 일은 없고, 나이가 들어 늙어 가는 자들 가운데는 아편을 피우며 지난날을 회고하는 것으로 여생을 보내는 이들이 있사옵니다. 그들은 매일 정해진 시간에 아편을 피우며 과거로 미래를 지운다 들었사옵니다.

너는 셋 중 어디였느냐?

신은 아편을 태어나서 지금까지 단 한 모금도 피운 적이 없사옵니다.

아편굴엔 간 적이 있고, 또 아편에 중독되는 이유를 이렇듯 자세히 알지만 아편을 피우진 않았다? 그걸 믿으란 게냐?

사실이옵니다. 또한 신은 죽을 때까지 아편을 입에 대지 않을 것이옵니다.

다른 이유가 있느냐?

차마 아비 때문이라고, 빙빙 때문이라고 말씀드릴 수 없었소. 하지만 아편을 해서는 안 되는 이유만은 조목조목 짚어 드리고 싶었다오. 이미 조선도 아편에 물들기 시작했으니 전하께서도 그 사태의 심각성을 알아야 한다고 생각했소. 또한 전하께 아편을 말씀드리기에 나만 한 사람도 없다고 여겼소.

없사옵니다. 아편으로 인해 몸도 마음도 썩어 들어가는 이들을 인천 조계에서 많이 보았사옵니다. 즐거움은 잠깐이고 고통과 슬픔의 시간은 그보다 몇 십 배 몇 백 배에 이르옵니다. 다시 즐거움을 찾기 위해선 평생 모은 재물을 바치고, 가족 친척은 물론 안면 있는 자들의 재물까지 빌려다 바치고, 그다음엔 모르는 자들의 재물까지 훔쳐 바쳐야 하옵니다. 그렇게 죽어 가고 있거나 죽은 자들이 인천엔 드물지 않사옵니다. 아편은 곧 지옥이옵니다. 신은 그처럼 삶을 파괴하고 싶지 않사옵니다.

전하께서는 내 얼굴을 잠시 쳐다보셨다오. 그리고 그날의 마지막 질문을 던지셨소.

그 아편이 인천을 넘어 한양까지, 아니 조선 팔도로 스며들 수 있다고 보는가?

시간 문제이옵니다.

짧은 침묵이 지나갔소. 확신에 찬 대답에 전하께서 당황하셨던 게요. 그러나 이 일은 될 수도 있고 아니 될 수도 있는 것이 아니었다오. 강력한 제재가 없다면, 높은 산에서 시작한 물줄기가 강을 이뤄 바다로 흘러 내려가듯, 아편도 이 나라에 두루 퍼질 것이라오.

왜 그리 보는가?

아편은 큰 돈벌이이옵니다. 돈을 더 벌어들이기 위해선 더 많은 중독자들이 필요하옵니다. 지금은 인천에 머무르고 있지만 머지않아 한양까지 올라올 것이옵니다.

그날의 장담은 절반은 맞고 절반은 틀렸소. 우선 아편이 한양을 비롯한 내륙으로 스며들 것이라는 주장은 옳았다오. 지금 한양을 보시오. 나 같은 아편쟁이들이 몇 만 명은 될 게고, 또 이 쾌락의 선물을 피워 내는 아편굴이 몇 십 군데는 될 게요. 하지만 다행히도, 아니 희한하게도 그 아편이 빠른 시일 내에 조선 팔도를 덮칠 거란 예상은 완전히 빗나갔소. 아편은 그때 내 생각과는 달리 한양은 물론이고 조선을 완전히 물들이진 못했소. 거대한 청나라 대륙을 무서운 속도로 무너뜨린 그 아편이 그보다 훨씬 작은, 그것도 이미 망해 가던 조선을 잡아먹지 못했단 말이오. 이상하지 않소? 당시 조선은 아편에 물들 수 있는 최적의 조건을 모두 갖추고 있었는데 말이오. 우선 조선은 청나라와 가장 가까운 나라였고, 국가의 기강이 이미 무너져 있었으며, 세계열강들이 탐욕스러운 본색을 드러내며 국토를 유린하고 있었소. 망조가 든 나라의 관료들은 자기 살 길을 찾기에 바빴고, 가진 자는 그 틈바구니에서 돈이 될 만한 거라면 뭐든지 사고팔았소. 아편 아니라 영혼이라도 말이오. 그 아수라장에 아편이 들어왔으니 누가 막을 수 있었겠소. 한데 말이오. 그 최적의 땅에서 아편이 기를 못 펴고 사라져 버렸단 말이오. 자! 형사 양반. 이제부터 내가 하는 말을 잘 들으시오. 지금까지 한 말은 지금부터 할 말을 위한 전주곡이었소. 다시 말해, 이제 진짜배기가 시작된다 이거지. 이유를 말해 주겠소. 아편이 조선을 점령하지 못한 그 이유를 말이오.

백창교에게 꼬박꼬박 보고서를 올렸소. 지금까지도 나는 조선이라는 나라와 전하에 대한 그의 충성을 의심하지 않소. 별다른 반응은 나오지 않았다오. 내 보고서를 보고 그와 연관된 명령들이 내려왔다면, 어쩌면 나는 부담을 느꼈을지도 모르오. 하지만 그는 침묵했소. 지난 4년 묵묵히 나를 지켜보던 나날처럼.

해를 넘겨 1896년이 되었소. 백창교가 전하께 은밀한 만남을 청했고, 그 자리에 나를 배석시켰다오. 처음 있는 일이었기에 무척 긴장했소. 백창교는 내관과 궁녀들이 건물 밖 멀리 물러난 것을 거듭 확인한 뒤에 목소리를 낮춰 아뢰었소.

조짐이 좋지 않사옵니다.

대궐을 침범할 것 같은가?

전하의 목소리가 떨렸소. 한 번 담을 넘어와 중전을 죽인 자들이니 두 번 넘어와 왕을 죽이지 못할까.

물증은 아직 없사옵니다.

준비를 하라.

알겠사옵니다. 이제부터 이 일은 여기 비서원 랑과만 의논하시옵소서.

그리하겠다.

자리를 옮겨, 백창교가 왕과 약속한 준비의 내용을 꺼내 놨을 때 깜짝 놀랐다오. 대궐을 버리고 정동 러시아 공사관으로 피신하겠다는 것이었소.

치욕입니다.

물론 치욕이지. 하지만 전하를 잃는 것보단 낫네.

대궐을 지키는 병력을 충원하시지요.

그게 더 역효과를 낳을 걸세. 일본이 가만 있지 않을 거야. 저들은 우리의 일거수일투족을 들여다보고 있네. 그리고 무장한 장졸들이 겹겹이 에워싼 대궐을 상상해 보게. 조선 왕실과 조정이 겁을 잔뜩 집어먹었다며 온 세상이 손가락질할 걸세. 이왕 손가락질 받을

169

거라면 불안한 대궐보다는 노서아 공사관이 낫네.

끝까지 관망하며 외교관들과 두루두루 어울린 백창교. 누구도 믿지 않고 어느 편에도 서지 않았던 백창교가 이제 노서아 편에 선 것인가. 결국 이것인가. 나는 의심했소. 과연 이것이 전하와 조선을 위한 일인가. 아니면 백창교 개인을 위한 것인가. 단도직입.

왜 하필 노서아입니까?

지금으로선 노서아뿐일세. 청국은 패전 후 너무 나약해져 버렸네. 영국이나 미국은 눈치만 보고 있고. 노서아는 대국인 데다가 아직 일본에 전혀 밀리지 않아.

혹 떼려다 혹 붙이는 꼴이 되지 않을까요?

백창교가 나를 째렸소. 그처럼 날카로운 눈빛은 처음이었다오.

풀어 보게.

노서아든 일본이든 미국이든 영국이든, 저들은 조선의 이권을 차지하려고 혈안이 되어 있습니다. 기회가 되면 아예 조선을 집어삼키려 들지도 모르지요. 전하께서 노서아 공사관으로 들어간다는 건 노서아로선 큰 기회입니다. 동시에 다른 모든 나라를 한순간에 적으로 돌릴 짓이지요. 지금 같은 형국에선 한쪽으로 발을 딛지 말고 가운데 서서 우리를 쳐다보는 자들과 팽팽하게 눈싸움을 하는 편이 나을 겁니다. 눈앞의 화를 피하려다 더 큰 화를 부를 수 있습니다.

자네 말이 틀리지 않네. 지금까진 나도 그리해 왔어.

하오시면?

엎드린 지 너무 오래됐어. 지금 우리가 움직이지 않으면, 일본이 선수를 칠 거야. 낭인들이 다시 한양으로 모이고 있단 첩보일세.

나 같은 백면서생도 알 만한 일을 노회하고 영민한 백창교가 모를 리 없었소. 그는 그 모든 것까지 계산에 넣고 있었던 거요.

약조를 받았네.

그랬을 것이오. 백창교가 함부로 움직이는 인물이 아니니까. 하지만 노서아가 백창교와 맺은 약속을 끝까지 지킬지는 누구도 장담할 수 없었소. 강한 쪽은 개인이든 국가든 약속을 어겨 왔소. 이런저런 변명을 갖다 대면서, 때론 일언의 변명조차 없이 말이오. 전하와 백창교와 나, 그리고 노서아 사이에 존재하는 간극이 아득했소. 믿느냐 믿지 않느냐의 극단은 노력으론 줄어들지 않는 간극이고 아득함이었소. 하지만 이미 돌이키기엔 늦었음을 직감했소. 내가 전하와 백창교가 만나는 자리에 배석한 것은 이미 정해진 일을 무사히 완수하도록 힘을 쏟으라는 뜻이었소.

알겠습니다. 제가 할 일은 무엇입니까?

날짜를 알려 주겠네. 대궐에서 노서아 공사관까지 자넨 전하 옆에 딱 붙어 있어야 하네. 한순간도 전하를 혼자 계시게 하면 안 돼. 알겠는가, 내 말?

명심하겠습니다.

백창교는 노서아 공사관으로 옮길 날을 정했다오. 이틀 뒤였소. 그날 밤 전하께서 나를 찾으셨소.

내일 새벽 나가야겠다.

모레 나가기로 정하였사옵니다.

너는 백 대신을 믿느냐?

즉답을 할 수 없었소. 전하는 백창교조차 의심하고 계셨던 게요.

충신이옵니다.

신하들 중에선 제일 낫지. 그건 인정한다. 하지만 백 대신의 계획대로 모레 궁을 빠져나가 공사관으로 향하다 일본 낭인들의 급습이라도 당한다면?

저, 전하!

한 사람만 마음을 달리 먹으면 충분히 가능한 일이다.

그는 충신이옵니다.

지금은 한 사람의 충신도 믿지 못하겠구나. 충신이 만든 계획 대신 아무도 계획하지 않은, 아니 오직 나만 계획한 시간에 나가야겠다. 네가 도와다오.

제가 감당하기에는 너무 중요한 일이옵니다. 그 날짜가 마음에 들지 않으시면 지금이라도 백 대신을 불러…….

못 알아듣는 게냐? 알아듣지 못하는 척하는 게냐?

전하!

네가 보기에 믿음이 가는 궁인들로 열 명만 꾸려라. 그리고 내일 새벽에 나가는 거다. 백 대신에겐 알려선 안 돼.

알겠사옵니다.

다시 갈림길에 선 거요. 과거 스즈키와 친구들 사이에 섰던 것처럼 조선의 군주와 충신 백창교의 사이에 말이오. 절망의 구렁텅이 앞에 홀로 선 군주와 나를 절망의 구렁텅이에서 건져 낸 백창교, 그 둘 중 하나를 선택해야 했소. 이 또한 선택의 형식을 띤 나의 운명이었소. 지난 운명이 내 개인의 생사 문제였다면 이 운명은 내 개인은 물론이고 나라의 생사가 걸린 운명이었소. 이쪽과 저쪽, 군주와 충신 사이의 그 간극이 얼마나 큰지, 어떤 길이 살 길이고 어떤 길이 죽을 길인지 알 수 없었소. 다만 절박한 한 사내의 명령, 아니부탁을 들어주고 싶었소. 어명을 받들었소. 신중에 신중을 더해 내신 여덟과 궁녀 둘을 골랐다오. 그중 내신 둘과 궁녀 하나는 세자저하를 모시기 위해 동궁으로 보냈소. 바삐 움직이면서도 마음이편치 않았다오. 백창교는 전하의 어명을 남김없이 알려 달라고 했소. 지금까지 내가 전한 어명들보다 그 밤에 전하께서 내린 명령이훨씬 중요하였다오. 결과는 정해져 있었소. 내일 아침이면 만천하에드러날 일이었으니 말이오. 백창교는 틀림없이 나를 배은망덕한 놈이라며 내칠 것이오. 어쩌면 지금까지 쌓은 모든 것이 다시 물거품이 될 수도 있었소. 아니 분명히 그렇게 될 일이었소. 고민하고 고민하다, 백창교에게 알리지 않았소. 만에 하나 전하의 의심이 옳다면,군왕의 목숨을 위태롭게 하는 짓을 내가 저지르는 셈이오. 생명의은인 백창교와 갈라서는 한이 있더라도, 아니 모든 것이 사라진다해도 전하를 지키기로 했소. 최선이었소.

배신. 그렇소, 또 한 번의 배신이라오. 군왕을 위한 길이라고 변명하더라도, 나는 다시 배신의 길에 들어선 게요. 용주와 상현을 배신한 뒤, 그 일로 상현이 목숨을 잃은 뒤, 나는 그 누구에게도 배신자란 소리를 듣지 않겠다고 마음으로 맹세했소. 그러나 인생이란 게마음먹은 대로 되는 것이 아닙디다. 내 의지와는 아무 상관도 없이인생이란 배는 풍랑을 만나고 질곡을 지나고 상상치도 않은 꽃길을 걷게 되는 거지. 허나 그렇게 체념하면서도 또 한 번의 배신을 준비하는 마음이 내내 불쾌했다오. 문득 이런 물음이 차올라왔소. 이번이 마지막일까. 세 번째 배신이 또 남았을까.

밤을 꼬박 새웠다오. 다음 날, 그러니까 1896년 2월 열하룻날 새벽 궁궐 협문을 나와 노서아 공사관으로 갔소. 걱정과는 달리, 너무나도 평온하게 노서아 공사관까지 들어갔다오. 세상일이란 게 그렇지 않소? 잔뜩 긴장한 채 가면 별일이 없고, 마음을 풀고 나서면 번번이 사고가 생기는 법이오. 놀란 얼굴로 튀어나온 카를 이바노비치 베베르 노서아 공사가 경황 중에 넘어졌지만 공사관 앞마당에 피어 있던 매화꽃 몇 송이가 떨어졌던 것 외엔 아무 일도 없었소.

수고했다. 가서 좀 쉬어라.

전하도 만족한 웃음과 함께 노서아 공사의 안내를 받으며 방으로 들어가셨소. 나는 비로소 졸음이 밀려왔소. 냉수부터 한 잔 청해 들이켰소.

점심도 지나기 전에 백창교가 노서아 공사관으로 찾아왔소. 전하는 낮잠이 깊이 드셨기 때문에 내 방부터 벌컥 열었소. 나 역시 딱딱한 나무 침대에 엎어져 잤지만, 다가오는 발자국 소리를 어렴풋이 들었다오. 백창교가 곧 올 것이란 예감 때문에 선잠에 든 것이오. 나는 문소리와 함께 침대에서 내려와 똑바로 섰소. 백창교는 곧장 내게 다가왔소. 눈에 눈을 맞추며 침묵했소. 나는 불호령을 각오하며 기다렸다오. 약속을 어긴 건 바로 나니까 말이오. 이윽고 백창교가 물었소.

왜 내게 알리지 않았나?

어명이었습니다. 대신들 중 그 누구에게도 알리지 말라고 하셨습니다.

내게도?

예외는 없었습니다.

백창교가 잠시 내 눈을 쏘아보다가 질문을 이어 나갔소.

또 이런 일이 벌어진대도 내게 연락을 안 할 건가?

그렇습니다.

신중히 답변하게. 자네 벼슬 빼앗는 것은 손가락 구부리는 것보다 쉬워.

어명을 따를 것입니다. 벼슬이 아니라 목숨을 빼앗겨도.

백창교의 오른팔이 천천히 올라갔소. 내 뺨을 후려치더라도 맞을 수밖에 없었다오. 그런데 그 팔이 뺨 대신 어깨로 향했소. 어깨를 꾹 누르며 뜻밖의 이야기를 꺼냈소.

앞으로도 오늘처럼만 하게.

네?

맥락을 몰라 물었다오.

어명을 가장 중요하게 여기란 말일세. 나와의 인연이나 명령 따윈 무시하고. 전하를 가까이에서 모시려면 꼭 그렇게 해야 한다네. 역시 자넨 내 기대를 저버리지 않았어.

대감!

백창교는 미소와 함께 천천히 고개를 끄덕였소. 그가 내게 진정 무엇을 바라는지 알아차린 순간이기도 했다오.

　세월은 흘러갔소. 세상은 급박하게 돌아갔지만 숨어 지내는 왕이 할 수 있는 일은 없었고 숨어 지내는 왕의 옆에 있는 사람들도 할 일이 없었소. 아비와 어미가 죽은 이후 처음으로 닥쳐온 조용한 날들이었소. 갑자기 주어진 시간들 앞에서 나는 막막했소. 노서아 공사관에서의 생활은 답답하고 지루했소. 전하는 커피 맛에 깊이 매혹되셨지만 솔직히 나는 별로였다오. 마시거나 피우는 무엇인가에 마음을 빼앗기고 싶지 않았소. 커피를 마실 기회는 여러 번 있었으나 쓰기만 할 뿐 전혀 당기지 않았소. 담배도 멀리했으니, 기껏 술 몇 잔이 전부였다오. 대신 나는 그 공백을 책으로 채웠소. 노서아, 영국, 미국, 청나라, 일본 등 세계 여러 나라의 책들을 닥치는 대로 읽었소. 제국의 책에는 과학과 기술에 기반한 새로운 물결이 넘실거리고 있었소. 제국들은 과학과 기술의 힘으로 번영을 구가하였고, 조선은 그 번영과 변화로부터 멀리 떨어진 외곽에서 어쩔 줄 몰라 하며 탄식하는 꼴이었소. 제국들은 선교사와 장사치를 앞세우고 군대를 뒤세워 대서양과 인도양 너머의 나라들을 식민지로 만든 후였고, 이제 하나 남은 대륙 아시아마저 삼키려 군침을 흘리는 중이었소. 책을 읽기가 두려웠소. 역사의 바퀴는 그토록 냉엄하게 획획 돌아가는데, 청맹과니 조선은 제 발아래 돌부리만 탓하고 있었다오. 조정 관료들은 권력의 향방에 귀를 기울이며 망국의 기운을 틈타 제 배 불릴 궁리만 하였소. 수많은 백성이 죽어 나갔지만 국가는 억울한 죽음들을 달래 주지 않았으며, 원성을 벽으로 가로막고

칼과 총으로 억눌렀소. 피를 토하는 충신의 목소리는 기름진 간신들의 목소리에 가려졌소. 솔직히 고백하자면, 전하는 그 격변으로부터 물러나 계셨소. 세상을 탓하고 관료를 탓하고 백성을 탓하면서 커피 향에 몸을 맡기셨다오. 커피는 곧 전하의 도피였고 도취였고 도락이었소. 도피와 도취와 도락이란 점에서 커피는 아편의 다른 이름이었소.

전하께선 1년 후 노서아 공사관을 떠나 궁궐로 돌아가셨소. 경복궁이 아니라 경운궁(慶運宮)에 거하셨다오. 얼마 후 조선이란 국호를 버리고 대한제국의 황제로 등극하셨소. 그러고도 또 몇 년이 흘러갔소. 나는 여전히 전하 곁에 머물렀고, 백창교는 총리대신이 되었다오. 문을 열어 뒀소? 왜 이리 으슬으슬 추운 게요? 1903년 겨울로 바로 가야겠소. 독하게 추웠던 그 겨울의 어느 밤이었소. 전하, 아니 대한제국의 황제인 폐하께서 경운궁으로 나를 부르셨소.

이제 비서원 랑 자리에서 물러나도록 해.

폐하!

벼슬에 나아갈 때가 있으면 물러날 때가 있는 법이오. 하지만 갑작스러운 하교엔 솔직히 당황스러웠소.

대신, 밀명을 내리겠다.

밀명, 두 글자가 뇌리에 박혔다오. 나를 내치는 것이 아니라 다르게 쓰시겠다는 뜻이었소.

사람을 뽑도록 해. 네 마음에 드는 자들로 우선 스무 명만.

어떤 일을 할 자들이옵니까?

보상은 충분히 하겠으나 목숨이 위태로울 수도 있으니, 충직하고 용감해야 해.

충직하고 용감한 사내들. 가늠이 되지 않았지만 하명을 받들 수밖에 없었소.

알겠사옵니다.

이틀 안에 명단을 제출하라. 그리고 곧장 명래방(명동)으로 가라.

명래방! 방금 내 귀로 들은 폐하의 말을 의심했소. 하지만 폐하는 분명 명래방이라 하셨소. 명래방은 한양으로 진출한 청국 상인들이 밀집해 있던 동네로 1899년 경인선이 개통된 후 철로를 타고 인천의 아편이 본격적으로 들어와 유통되던 곳이었소. 명래방은 한양의 조그마한 구역이었지만 동시에 청나라를 상징하는 곳이었소. 충직하고 용감한 자들과 함께 목숨을 걸고 비밀리에 명래방으로 가라는 하교는 곧 아편 소굴을 급습하라는 말이었고, 청나라와 맞서겠다는 의지였으며, 조선에서 아편의 뿌리를 뽑겠다는 뜻이었소.

질문을 하나 올려도 되겠사옵니까?

폐하께서 나와 눈을 맞추며 고개를 끄덕이셨소.

상황을 둘러만 보는 것이옵니까? 불법을 일삼는 자들을 잡아들이는 것이옵니까?

잡아들이는 게다.

간단하고 확실한 답을 주셨소.

아편 단속을 시작하면 뿌리까지 도려내야 하옵니다. 하다가 말면, 더 깊이 숨어 널리 확산될 수도 있사옵니다.

짐이 바라는 바다. 뿌리까지 갈 수 있겠느냐?

폐하!

준기야.

갑자기 내 이름을 부르셨소. 나는 눈과 코와 귀와 입으로 뜨겁게 차오르는 기운을 겨우 참았다오.

이것이 짐의 마지막 소원이다.

황공하옵니다.

조선의 생명이 얼마 남지 않은 듯하다. 나라가 발기발기 찢기고 짐의 자존심이 시궁창이 되었지만 이것만은 지키고 싶다. 그것은 바로 백성이다. 나라는 빼앗겨도 백성은 빼앗길 수 없다. 백성의 영혼이 살아 있는 한 대한제국은 사라지지 않는다. 백성이 아편에 물든다면 그야말로 조선은 희망이 없다. 영원히 살아나지 못하게 될 것이다. 백성의 몸과 마음을 지키고 싶다. 네가 이 일을 해 줄 수 있겠느냐?

신명을 바치겠사옵니다.

처음엔 폐하의 하교를 믿을 수 없었소. 시간이 지나자 또다시 낯선 곳에 당도한 내 운명에 몸서리가 쳐졌소. 지난번에 말하지 않았소? 운명이란 피할 수 없기에 운명이라고. 그 밤 피할 수 없는 내 운명과 앞으로 닥쳐올 시간에 대해 생각했소. 하지만 아무것도 떠오르지 않았다오. 아득했소.

뭐? 믿을 수 없다고? 하하하하. 그래 그래. 믿지 못하는 것이 당연하오. 아편에 오장육부가 다 썩어 버린 영감이 임금의 아편 단속 밀명을 수행했다 하니 못 믿는 게 당연하지. 나라도 안 믿겠어. 아니, 나도 그런 시절이 있었나 싶어. 자, 그럼 이제부턴 내 말을 믿든 믿지 않든 당신 마음이요. 듣든 말든 알아서 하시오. 내 이왕 여기 까지 온 김에 끝까지 이야기할 테니.

나는 알고 있었소. 여기서 끝날 일이 아니다. 명래방은 시작일 뿐 이다. 폐하께서 직접 언급하시진 않았지만, 두 번 다시 돌아가지 않 겠다 결심했던 애증의 도시, 인천에서 한바탕 회오리를 몰아쳐야 하 겠구나! 그래! 피할 수 없다면 즐겨라! 내 삶의 소용돌이가 만들어 낸 급류에 몸을 맡기고 한바탕 신명나게 놀아 보리라. 기왕 올라탄 김에 파도 끝까지 오르리라. 나를 여기까지 내몬 운명의 여신이여! 갈 데까지 가 보시오! 그 운명의 도끼로 누르면 치솟고 밀면 부딪고 찍으면 막으며 나아가리다! 그 밤을 뜬눈으로 지새고 날이 밝자마 자 궁내부(宮內府) 주전원(主殿院)으로 달려가 호위대 총관(摠管)을 만났소. 폐하의 밀명을 가장 잘 받들 자들은 멀리 있지 않았소. 폐 하의 지근거리에서 폐하의 신변을 경호하고 있는 호위대 무사 730 명. 그중에서 특수 임무를 맡길 요원을 뽑기로 했소. 호위대는 고강 도의 무예로 단련되어 있고 병법과 전략 전술에 대한 이해도가 높 으며 비밀리에 병력을 운용할 수 있다는 장점이 있었소. 무엇보다 그들은 폐하의 황명 한마디면 목숨도 내놓을 준비가 되어 있는 최 적의 용사들이었소. 그들 중 최정예 요원 다섯을 내 손으로 직접 뽑 았소. 경상도 합포 출신 김용효는 경상도 일대의 씨름판을 휘어잡 던 7척 거구로 날래고 용맹하기론 당할 자가 없었소. 경기도 이천 출신 임동선은 『무예도보통지』의 본국검법에 통달한 호위대 최고의 칼잡이였고, 함경도 길주에서 나고 자란 이재진은 함경도 일대 최고의 산척(山尺, 호랑이 사냥꾼)이었다가 호위대로 특채되어 온 명사수였소. 우리 중 나이가 가장 많은 이재진은 늘 독일제 마우저 소총을 지니고 다녔다오. 호위대 부총관 장원석은 호위 임무의 최전방에서 전략을 짜고 수시로 바뀌는 경호 계획을 적재적소에 수립하는 비상한 두뇌의 소유자였소. 마지막 요원은 호위 무사 730명 중 유일한 여성 최단비였소. 아비의 화약 제조 기술을 고스란히 물려받은 대한제국 최고의 폭약 전문가였지. 단비의 18대 조부가 바로 고려 시대 최초로 화약을 발명한 최무선 장군이오. 김용효, 임동선, 이재진, 장원석, 최단비. 이 다섯은 기꺼이 폐하께서 만들고 내가 몰 운명의 배에 올라탔소.

나는 부총관 장원석에게 호위대 무사 열을 붙여 인천으로 내려보냈소. 장원석에게 아편과 관련된 인천의 모든 것을 알아오라 시켰던 거요. 그리고 열흘 뒤 한양에서 대대적인 아편 단속을 시작했소. 먼저 그들의 근거지를 파악하고 급습 경로와 작전을 짰다오. 비밀 요원 하나에 호위대 무사 스무 명을 붙여 한 조를 만들었소. 나까지 포함하여 도합 네 조가 일격에 움직인 셈이오. 그중 가장 규모가 큰 아편굴을 내가 맡았소. 예상치 못한 공격은 언제나 유리한 법. 당시 조선의 행정력은 망가질 대로 망가져 있었소. 그런 나라의 관에서 단속을 할 거란 생각을 못 한 게요. 저항하는 자는 힘으로 제압했고, 아편은 몰수했으며, 아편 기구들은 모두 모아 불을 질렀다오. 아편 단속을 시작했다는 풍문이 한양은 물론 멀리 인천까지 전해졌을 게요. 명래방에서 유통되는 아편들도 인천을 통해 들어온 것이니까. 폐하의 칼날이 결국 닿을 곳도 바로 그 인천이었소.

급습의 효과는 컸다오. 모두 200여 명의 아편 중독자를 붙잡았고, 그중 아편 밀매와 아편굴을 운영한 열 명을 옥에 가뒀소. 골목마다 아편에 취한 중독자들이 쪼그리고 앉아 졸거나 끙끙 앓던 소리를 내던 풍경도 사라졌다오. 보고서를 꼼꼼히 읽은 폐하도 칭찬을 아끼지 않았소. 총리대신 백창교와 법부대신 정완웅(鄭完雄)이 배석했소. 전하께서 커피를 마시느라 잠시 쉬겠다 하셔서, 우린 옆방으로 나왔다오. 나를 거둬 키우고 천거한 백창교가 대견한 얼굴로 격려했소.

인천에서도 한양처럼만 하게.

명심하겠사옵니다.

5년 동안 인천 감리를 지낸 법부대신 정완웅이 심각한 표정으로 내게 충고했소.

인천과 한양은 다르네. 한양이 비록 대한제국의 수도이고 제국에서 가장 큰 도시이지만, 아편의 흐름에선 제법 굵은 가지에 불과해. 그에 비해 인천은 한양보다 적은 개항장이지만, 대한제국에서 아편이 퍼져 나가는 시발점이니 뿌리들이 모여드는 가장 굵은 줄기의 밑동인 셈이지.

철저히 준비하겠습니다.

유비무환. 인천에 아편이 아무리 많아도 나는 완전히 제압할 자신이 있었소.

다시 우리를 불러들인 폐하께서 단호한 음성으로 말씀하셨소.

준비가 끝나는 대로 인천으로 가도록 하라.

예상대로였소. 명래방 급습에 성공하자 폐하께서는 기다렸다는 듯 인천을 거론하셨소. 명래방 급습은 조정 반응을 살피고 나를 시험하기 위한 통과의례였을 수도 있겠다는 생각이 들었소.

나는 우직하게 답했소.

명 받들겠사옵니다.

백창교가 아뢰었다오.

인천만 깨끗이 하면 제국에서 아편 냄새는 영영 사라질 것이옵니다.

정완웅이 낙관론에 이의를 달았소.

아편을 없애야 한다는 주장에 반대하는 이는 없을 것이옵니다. 하오나 인천에서 명래방을 급습하는 것과 같은 방식을 쓰면 여러모로 문제가 생기옵니다.

문제라니?

그곳이 조계임을 잊진 않으셨겠지요? 조계는 대한제국 영토 안의 외국이라고 생각하셔야 하옵니다. 폐하! 행여 아편을 단속한답시고, 그곳의 외교관이나 외국인들을 괴롭히면 외교 문제로 비화될 수도 있사옵니다. 빈대 몇 마리 잡으려다 초가삼간 태우는 격이 될지도 모르옵니다.

폐하의 음성이 커졌소.

빈대 몇 마리? 법부대신이라는 자가 시국을 보는 눈이 어찌 그 정도밖에 안 된단 말이오.

망극하옵니다.

그럼 법부대신은 어찌 하자는 게요? 아편 확산을 그냥 두고 보자는 것이오?

아니옵니다. 아편을 막아야 하옵니다. 하오나 사람을 동원하여 급습하는 방식은 무리가 따를 것이 분명하옵니다. 그보다는 법을 개편하는 게 어떻겠사옵니까?

법을 바꾼다?

지금까지 아편 중독자들에 대한 법은 있으나 마나 한 형식일 뿐이었고 처벌 또한 경미하였사옵니다. 중독자가 많지 않으니 필요가 없는 법이었지요. 하오나 이제 상황이 달라졌으니 법을 개편하고 강화하여 중형을 내린다면, 제아무리 아편을 즐기고 싶다고 해도 겁을 먹고 물러날 것이옵니다.

법을 바꾸는 데 어느 정도나 걸리겠는가?

최소한 1년은 필요하옵니다. 각국의 사례를 연구하는 데 반 년, 그리고 법을 형평성에 맞춰 재정하는 데 반년 정도는 걸리옵니다.

너무 길구나.

길지 않사옵니다. 법 하나가 100년을 가옵니다. 거기에 1년은 짧은 시간이옵니다.

폐하께서 정완옹으로부터 내게 시선을 돌리셨다오.

금아단(禁阿團)이라 칭하거라!

금아단! 아편을 금지시키는 단체. 즉 아편과 관련된 모든 일을 단속하는 권한을 내게 주신 것이오.

최대한 빨리 인천으로 내려가거라.

결심을 하신 것이오. 인천으로 갈 날이 '준비가 끝나는 대로'에서 '최대한 빨리'로 바뀐 게요. 정완웅이 강력히 반대 의견을 냈다오.

폐하! 아니 되옵니다. 무작정 내려가 무력을 행사해선…….

폐하께서 말허리를 자르셨소.

백성이 사라진 뒤에 무슨 법이 필요한가. 백성이 도탄에 빠져 아우성치는 것이 법이 없어서인가? 아니면 있는 법조차 지키지 못해서인가? 그대가 만들고자 하는 그 법은 누구를 위한 법인가. 백성을 위한 법인가, 짐을 위한 법인가, 그것도 아니면 당신들 내각 신료들을 위한 법인가? 짐은 법이 없어 일하지 못한다는 말은 들어 본 적이 없다. 동시에 법이 좋아 일이 잘 된다는 말도 듣지 못했다. 아무리 잘 만들어진 법도 일하지 않는 자, 지키지 않는 자에겐 무용지물이거늘. 한양 명래방에 이미 아편굴이 만들어졌다는 사실은 조선 팔도 곳곳으로도 퍼질 수 있음을 뜻한다. 아니, 이미 방방곡곡으로 아편이 흘러 들어가고 있을 것이다. 지금 그런 한가한 소리나 할 때가 아니다. 다른 나라와의 외교 관계를 걱정하는 법부대신의 충정도 충분히 이해는 한다. 허나 우리가 하고자 하는 일이 틀린 일이 아니지 않은가. 외국인과 조선인을 막론하고 인간의 영혼을 망치는 아편을 막는 일인데 어떤 나라가 시비를 걸 것인가. 설혹 그들에게 다소 불편을 끼치는 일이 생기더라도 그들도 우리와 함께 감수해야 한다. 또한 그들에게 이 일의 본질과 짐의 진심을 오해 없이 전하도록 하라. 아편이 들불처럼 번지기 시작하면 아무도 막을 수 없다. 저 거대한 청국도 한순간이 아니더냐. 짐이 원하는 것은 조선의 백성을 지키는 것이지 아편쟁이를 잡아들이는 것이 아니다.

폐하께서 그렇게 목소리를 높이는 것을 처음 보았소. 그렇게 길게 말씀하시는 것도 처음이었다오. 늘 슬퍼 보였고 늘 지쳐 보였고 늘 과묵했던 폐하께서 그 순간만큼은 천하를 호령하듯 하셨소. 나는 느낄 수 있었소. 이 사내의 절박함을. 백성과 나라를 걱정하는 황제의 진심을. 폐하께선 거침없이 말씀을 이어 가시었소.

법부대신! 그대는 지금부터 법을 고쳐 보라. 원하는 대로 1년을 주지. 그러나 그때까지 기다리고 앉아 있을 순 없으니, 금아단은 인천으로 가서 활동을 시작하라. 그 활동이 당장 끝날 수도 있지만 1년, 아니 몇 년을 끌지도 모르지 않는가. 양수겸장으로 일을 진행하여 1년 후부터는 고친 법에 맞춰 아편 범죄자들을 처벌할 수 있도록 하라. 금아단장은 명심하라. 아편쟁이도 조선의 백성이다. 그들을 잡아 가두는 것이 목적이 아님을 잊지 마라. 조선에서 아편을 완전히 없애는 것, 그것이 우리의 최종 목적이니라.

그땐 법부대신 정완웅이 왜 그렇게 완강히 금아단의 인천 파견을 반대했는지 몰랐소. 하지만 그 이유를 아는 데는 오랜 시간이 걸리진 않았다오. 인천으로 먼저 내려간 장원석에게서 보고서가 매일 올라왔소. 보고서는 인천의 아편 현황은 물론이고, 인천으로 아편이 들어오는 경로에서부터 유통 경로, 조직, 주요 중독자 명단에 이르기까지 거미줄처럼 꼼꼼히 조사되어 있었소. 보고서를 받아 보며 점점 두려워졌소. 인천의 아편 조직은 생각보다 단단해 보였소. 누구도 건드릴 수 없을 만큼. 그 뿌리는 깊고도 깊어 파고 들어갈수록 암흑이었소. 아편의 뿌리에 있는 자는 누구일까. 어떤 자가 인천의 아편을 움직이는 걸까. 점점 궁금해졌소. 장원석을 비롯한 단원들은 뿌리에 가서 닿지 못하고 껍데기만 핥고 있었소. 궁금증이 목구멍 끝까지 차올라 토가 나올 지경이 된 어느 날 드디어 결심했소. 더 이상 기다릴 수 없다. 가자, 인천으로! 가서 낱낱이 밝히리라! 그런데, 그날 말이오, 그날 장원석의 새 보고서가 경인선을 타고 올라왔소. 그 보고서에 적힌 이름을 보고 몸서리를 쳤다오. 기가 막혔소. 거기엔 인천 아편 조직의 최고 두목 이름이 적혀 있었소. 그자는 머리에 뿔이 달렸거나 외눈박이거나 꼬리가 세 개 달린 괴물이 아니었소. 그렇다고 아편에 전 중독자는 더더욱 아니었소. 그는 인천 최고의 부자였고 인천 최고의 명망가였으며, 조선은 물론 청국과 일본, 구라파의 제국들과도 교류가 깊은 인물이었소. 그자는 더럽고 힘든 일은 모두 부하들에게 떠넘기고 자신은 우아하게 합법적인 지위를 누리며 살고 있었소. 그가 누군지 궁금하오? 어쩌면 그대들도 그 이름을 들었을지도 모르겠지만, 내가 벌써 수십 번 그 이름을 언급한 적도 있소. 그래도 모르겠소? 잘 들으시오. 내가 꼭 잡아들여야 하는, 인천 아편 조직의 대부는 바로 나용주요. 나, 용, 주!

그 나용주가 맞소. 내 친구 나용주. 내 운명의 시간표에서 지운 남자. 지웠다고 생각했지만 다시 적으로 만나게 될 남자. 인천을 떠난 이후 비명에 죽은 송상현과 바다 위에서 헤어진 나용주를 잊었다고 하면 그건 거짓말이오. 아니, 나는 한순간도 그 두 녀석을 잊은 적이 없소. 상현의 망령이 밤마다 나를 찾아왔소.

우린 널 믿었다. 왜 그랬어? 왜 친구를, 불쌍한 노동자들을 팔아 먹었어? 어쩔 수 없었다고? 우리가 정말 친구였다면 어쩔 수 없었던 너의 사연까지 우리에게 털어놨어야지. 우리, 친구였잖아.

넋두리하며 눈물을 흘리는 상현의 그림자가 늘 나와 함께 있었소. 그리고 나는 살면서 힘든 일이 생기거나 고민이 생기면 그 때마다 용주를 떠올렸소. 그 친구라면 이럴 땐 어떻게 했을까. 문제가 생기면 둘러가기보단 질러갔고 피하기보단 맞섰던 용주의 존재는 혼자 개척하는 내 삶의 큰 힘이었소. 이제 내 마음을 조금은 이해하시겠소? 헤어졌지만 한순간도 잊을 수 없었던, 내 삶에서 지울 수 없었던 녀석의 소식을 그렇게 들은 내 심정 말이오. 심장이 멎는 것 같았소. 어찌하여 우리에게 주어진 운명은 이토록 가혹하단 말인가. 차가운 증기선 밑바닥 창고에서 시작된 운명이 이리도 질기단 말인가. 만 가지 생각이 머릿속을 휘감았소.

다시 만나면 무슨 말을 해야 할까. 악수부터 할까. 그 넓은 가슴을 안아 줘야 하나. 어쩌면 용주의 이마에 총부리를 겨누어야 할지도 몰라. 내가 살아 있다는 사실을 용주가 알게 될 테고, 내가 한 짓을 알게 될 테고, 나를 죽이려 하겠지. 하지만 나는 죽을 수 없어. 구차하게 살고 싶어서가 아니지. 지금까지 이룬 것을 잃기 싫어서는 더더욱 아니야. 나는 한 나라와 한 시대의 마지막을 견디고 있는 외로운 황제의 마지막 소원을 저버릴 수 없기 때문이야. 사라져 가는 조선의 마지막 희망을 몇 푼짜리 싸구려 감상과 바꾸진 않겠어.

나는 결심했소. 한 번 깨어진 운명을 다시 끼워 맞출 수는 없다. 나는 나의 길을 갈 테니, 너는 너의 길을 가라. 너의 길과 나의 길이 부딪히는 곳에서 다시 만나는 거다. 둘 중 하나가 죽어야 한다면 그건, 나용주 너여야 해! 악의 길에 들어섰던 나의 과거는 말 그대로 과거일 뿐이다. 시대가 바뀌어 너는 악이 되었고 나는 선이 되었다. 나는 너를 이길 것이다.

　　나용주가 어찌하여 그쪽 길로 빠졌고, 또 두목까지 되었는가는 따로 보고서를 작성한 적이 있소. 말이 보고서지 두툼한 책 한 권과 맞먹었다오. 금아단이 인천으로 내려가기 전에 먼저 파견한 장원석과 그의 수하들이 수사와 체포에 대비한 정보를 철저히 캐냈고, 나와 금아단이 인천으로 내려가 여러 일을 겪으면서 거기에 보충을 한 게요. 인천을 배경으로 아편에 관한 이야기를 만든다면 그 주인공은 곧 나용주라오. 용주가 아편굴로 흘러 들어가 그 안에서 커 나가는 과정이 곧 인천에서 아편이 퍼지는 과정이니까. 녀석이 살아온 삶의 편린들을 긁어모으면서 나도 속울음을 많이 울었다오. 단 한 발자국도 뒤로 물러설 수 없는 그 지옥 같은 삶을 지나오면서 얼마나 무서웠을까. 얼마나 외로웠을까. 용주가 불쌍했소. 그런 심정으로 보고서를 작성했소. 나 외의 누구도 그 보고서를 작성할 수 없다는 마음으로, 내가 직접 글자 한 자 한 자 교정을 보았소. 그 보고서만 있으면 나용주가 어떤 놈인지 확연히 알 수 있을 텐데, 아쉽소. 나용주에 대한 보고서는 보강될 때마다 폐하께 올려 보냈다오. 그러다가 나라가 망해 버렸으니, 그 보고서가 어디에 있는지 누가 알겠소.

아! 이런 젠장. 이게 맞소. 「인천 아편 총책 나용주에 대한 보고
서」. 보고서? 하하하! 씨팔, 유치하군! 보고서가 다 뭐야. 내가 보고
서라고 적어 두긴 했지만 완전히 잘못된 단어였군. 이 문건은, 보고
서가 아니라, 짧은 인생 대차게 살다 간 한 사내의 징하디징한 표정
이라오. 이따위 글자 몇 개로 요약될 수 없는 상처고 피의 흔적이라
고. 아, 내 친구 나용주의 삶을 이따위 보고서로 정리하다니. 내가
미친놈이 맞긴 맞는 모양이오. 하하하! 어쨌거나 그때 내가 쓴 이
책을 보니 옛 기억이 상처에 새살 돋듯 새록새록 돋는 것 같소. 가
만 보자. '아편 총책'이라고 했던가? 내가 마지막에 적은 제목은 이
게 아닌 것 같은데……. 뭐 제목이야 아무렴 어때. 이 보고서의 제
목이 내 기억과 정확히 일치하진 않지만 비슷하긴 한 것 같소. 내
글씨는 아니라오. 올려 보낸 보고서를 누군가 옮겨 적은 모양이오.
분량도 훨씬 소략하오. 총독부 지하 서고에서 발견했다고 그랬소?
보고서가 왜 거기까지 내려간 걸까, 신기하기도 하고 궁금하기도 하
오. 내게 조금만 시간을 주오. 이걸 다 읽은 후에 금아단의 인천 점
령기를 들려드리리다. 횡재한 줄 아시오. 이 보고서에 무엇이 누락
되었고 또 무엇이 늘어나거나 줄어들었는지 또 무엇이 바뀌었는지
아는 이는 지구상에 오직 나 백준기 하나뿐이라오. 보고서를 올바
르게 수정할 마지막 기회를 당신들은 얻은 거라오.

인천 아편 총책 나용주에 대한 보고서

작성자: 금아단장 백준기, 금아단원 장원석, 김태현, 정미남
작성일: 1904년 ○월 ○일~1905년 ○월 ○일

이 보고서는 관련 자료는 물론이고, 나용주를 아는 자들과의 광범위한 대화를 통해 작성되었다. 증언들은 교차 검증을 통해 사실로 확인되는 부분만 담았다. 증언 채록 전문은 보고서 말미에 부록으로 첨부하였다.

1

나용주는 1871년 경상도 고성에서 태어났다. 1890년 12월 인천으로 와서 대일해운 소속 하역 노동자가 되었다. 1891년 파업에서 주동적인 역할을 했다. 이로 인해 해고되었다. 해고에 항의하며 불법 시위를 이끈 혐의로 체포되었다. 다시는 불법 행위를 하지 않겠으며, 인천을 떠나겠다는 각서를 쓴 후 훈방 조치되었다.

2

같은 날 해고된 노동자들은 자신들의 지장을 찍은 각서대로 인천을 떠났다. 그러나 나용주는 1891년부터 지금까지 인천을 떠난 적이 없다. 인천 감리서에서 훈방 조치된 나용주가 쏟아지는 비를 맞으며 처음 간 곳은 각국 조계 뒤편 응봉산 자락에 있던 공동묘지였다. 불법 시위 도중 목숨을 잃은 송상현의 무덤과 행방불명된 최장학의 위패가 그곳에 있었다. 나용주는 무덤과 위패를 쳐다보며 한 시간가량 서서 굵은 눈물을 훔쳤다. 그리고 혼잣말을 거듭했다.

미안하다. 나 때문에. 내가 배에 타잔 말만 안 했어도…….

3

나용주가 두 번째로 찾아간 곳은 놀랍게도 청국 조계에 있던 자청방의 근거지 '천락원'이었다. 비를 맞으며 뚜벅뚜벅 걸어오는 그를 자청방 조직원들이 막아섰다. 헤이싱(黑星, 당시 30세, 푸젠성(福建省) 출신)이 나용주를 알아보았다.

어? 너 이 새끼! 죽으려고 환장했구나. 여기가 어딘 줄 알고 감히.

패거리들이 나용주를 에워쌌다. 나용주는 두려움 없이 말했다.

너희들 두목을 만나러 왔다.

헤이싱이 비웃었다.

미친 새끼!

그리고 싸움이 시작되었다. 건달들이 한꺼번에 달려들자 나용주는 좌우로 걸음을 빠르게 옮기며 맞섰다. 3 대 1, 혹은 4 대 1 정도였다면 나용주가 이겼을지도 모른다. 그러나 '천락원'에서 튀어나온 건

달의 숫자는 점점 불어나 20명도 넘었다. 결국 나용주는 건달들에게 깔렸다. 젖은 땅바닥에 등을 댄 채 나용주는 얻어맞기 시작했다.

4

그 저녁 나용주는 자청방 두목 왕지충(王纪琼, 당시 50세, 광둥성(廣東省) 출신)을 만났다. 피딱지가 앉고 얼굴이 퉁퉁 부은 나용주가 왕지충과 눈싸움을 벌였다. 나머지 자청방 건달들은 병풍을 두르듯 뒤에 섰다. 그들의 얼굴 역시 상처투성이다. 왕지충이 부하들의 얼굴을 둘러보며 물었다.

이 새끼들 너 혼자서 이렇게 만든 거냐?

그럼 누가 그랬겠소.

왕지충의 얼굴에 놀라운 만족감이 스쳤다. 다시 물었다.

왜 날 보자고 했나?

돈을 벌고 싶습니다. 무슨 일이든 시켜만 주면 목숨을 바치겠습니다.

왕지충이 껄껄껄 웃었다.

네 목숨?

예.

목숨 따위를 거는 놈은 널렸어.

왕지충이 품에서 칼을 꺼내 용주 앞에 던졌다.

목숨은 나중 일이니, 우선 손가락부터 하나 줘 봐.

나용주는 칼을 들고 무릎을 꿇었다. 그리고 탁자에 왼손 새끼손가락을 얹고는 작두를 썰듯 칼을 내리쳤다. 피가 사방으로 튀었고,

나용주의 얼굴이 벌겋게 달아올랐다.

5

왕지충은 나용주를 자청방 조직원으로 받아들였다. 20 대 1로 맞서서 한 시간이나 버틴 싸움 실력도 실력이지만, 혼자 자청방을 찾아온 배짱이 더 마음에 들었던 것이다. 나용주는 왜 인천을 떠나지 않고 자청방을 찾아갔을까. 왕지충 앞에서도 말했듯이, 그는 거금을 벌고 싶었다. 그 돈으로 먼저 죽은 송상현과 최장학의 소원을 풀어준 후 자신도 거부가 되고 싶었다. 돈이 없으면 아무리 열심히 일해도 한계가 있음을 노동자 생활을 통해 깨달은 것이다. 밑천도 없고 양반도 아닌 나용주가 벼락출세할 길은 법과 상식 속엔 없었다. 그때 그에게 떠오른 것이 바로 아편이었다. 아편 중독자였던 노동자 김덕배에 따르면, 아편은 열 배 아니라 백 배, 백 배 아니라 천배 장사였다.

6

자청방 조직원이 된 나용주는 몇몇 살인 사건에 연루되었지만 처벌 받진 않았다. 그중에서 가장 대표적인 것은 대도회 조직원 다섯 명이 청국 조계 안 스튜어트 호텔에서 살해된 사건이다. 대도회는 청국 최대 개항장인 상하이에 근거지를 둔 조직으로 자청방과 함께 청국에서 자웅을 겨루었는데, 뒤늦게 인천 진출을 도모하는 중이었다. 다음은 스튜어트 호텔 살인 사건이라 명명된 이 사건의 개요다.

범인은 늦은 밤 복면을 한 채 스튜어트 호텔에 단신으로 잠입하였다. 양복 안주머니에서 쌍권총을 꺼내 들고 호텔 2층 객실로 난입하여 대도회 조직원 네 명을 해치웠다. 조직원 한 명이 창문을 깨고 뛰어내리자, 범인도 따라 뛰어내려 추적하였다. 막다른 골목에 이르렀지만, 달아난 조직원은 보이지 않았다. 그 순간 등 뒤에서 총이 발사되었고 범인은 그 자리에서 쓰러졌다. 조직원이 총을 겨누며 조심조심 다가와선 범인을 내려다보았다. 그 순간 범인이 눈을 번쩍 뜨곤 조직원의 얼굴과 가슴에 네 발의 총알을 연달아 발사했다. 조직원은 즉사했고, 범인은 그곳을 비틀대며 떴다. 어깨에선 피가 줄줄 흘러내리고 있었다.

7

나용주는 정식으로 결혼하진 않았으나 동거하는 여자가 있다. 그 여자를 집으로 들인 시기는 스튜어트 호텔 살인 사건 발생일과 비슷하며, 부상을 입은 부위도 범인과 같다.

'천락원' 밀실에 앉은 나용주는 고통을 참으려는 듯 독한 마오타이지우를 큰 잔으로 한 잔 삼키고는 두 눈을 꼭 감았다. 자청방 조직원이 용주의 어깨를 칼로 찢고 두툼한 근육 안쪽에 깊이 박힌 총알 두 개를 꺼내 들었다. 조직원은 싱글싱글 웃으며 용주의 눈앞에 쇳조각 두 개를 내밀었다.

잘 갖고 있어. 호신용 부적으론 이거만 한 게 없지.

나용주는 자신의 손바닥에 놓인, 납작해진 총알을 물끄러미 내려다보았다. 조직원은 용주가 마시다가 남긴 마오타이지우를 상처에 붓고 붕대로 날렵하게 어깨를 감싸기 시작했다. 다른 조직원은 무릎을 꿇고 아편에 불을 붙인 뒤 나용주에게 내밀었다. 깊게 빨아들인 용주의 동공이 순식간에 풀렸다. 그 순간 옆방에서 사내의 비명이 터져 나왔다. 붕대를 감던 조직원이 문을 열었다. 매음굴 단골로 약재상을 크게 하는 중늙은이가 여인의 머리채를 잡아끌며 나왔다. 조직원이 복도로 나가서 앞을 막아섰다. 중늙은이의 뺨에서 피가 줄줄 흘렀다.

무슨 일이오?

이 미친년이 송곳으로 내 뺨을 찔렀소. 아주 약에 절어서…….

조직원이 그의 손에서 여인을 빼앗아 세우더니 뺨을 때리기 시작했다. 여자는 송곳을 휘두르며 고함을 질러 댔다.

이 미친년이…….

화가 난 조직원이 주먹으로 그 여자의 콧잔등을 때렸다. 구석에 처박혀 쓰러진 코에서 코피가 흘러나왔다. 나용주가 문틈으로 여자의 얼굴을 본 것은 바로 그 순간이었다. 송곳 여인의 이름은 빙빙이고, 시위 중에 실종된 최장학이 아끼던 정인이었다. 나용주는 벌떡 일어나 복도로 나갔다. 그리고 빙빙을 향해 다시 주먹을 날리려던 조직원의 팔목을 잡아 꺾었다. 옆구리를 사정없이 걷어찼다.

8

그날부터 나용주는 빙빙을 '천락원'에서 빼내 자신의 집으로 데려갔다. 나용주는 청나라말이 짧았고 빙빙은 조선말이 짧았다. 그래서 둘은 아주 짧은 대화만 나눴고, 그 몇 마디도 상대가 충분히 이해하는지 확신하기 어려웠다. 첫 밤엔 나용주만 떠듬떠듬 청나라 말을 지껄였을 뿐이다.

오늘부터 여기서 지내라.

…….

하나만 약속해라. 무슨 일이 있어도 아편은 하지 마라.

빙빙이 천천히 고개를 끄덕였다.

9

나용주는 자청방 조직원 중 가장 악명이 높았다. 청국인보다도 더 조선인을 괴롭혔던 것이다. 자청방에서 살아남기 위해서는 더 강한 충성심을 보여야 했으리라. 가령 조계 밖 조선인을 상대하는 일은 나용주가 전담했다. 비싼 이자를 갚지 못한 채 숨어 버린 조선인을 색출하여 돈을 받는 것이 나용주의 임무였다. '천락원'에 밀린 아편값을 받아 내는 일도 그의 몫이었다. 매달 한 번씩 조선인 마을을 방문했다. 마을 어귀에서 조직원이 먼저 나용주에게 장부를 내밀었다.

오늘 손볼 놈들입니다.

나용주는 일할 땐 한마디도 하지 않았다. 표정 또한 변화가 없었기에, 인천에 사는 조선인들 사이에선 '벙어리탈'로 통했다. 나용주의 잔혹함은 자청방에서도 으뜸이었기에, 자청방 조직원들은 그를 '잔혹한 용주'라 불렀다. 나용주는 자초지종을 따지지 않고 집부터 부수기 시작했다. 가구를 박살내고 그릇을 깨고 옷과 이불을 갈가리 찢었다. 그래도 돈을 빌린 사내가 나타나지 않으면 횃불을 들고 와서 마당에 불을 놓았다. 그 사내의 가족들, 그러니까 노파부터 어린아이에 이르기까지 긴 울음을 토했지만 나용주는 끄덕도 하지 않았다. 이윽고 깊이 숨었던 사내가 참지 못하고 나타났다. 무릎을 꿇고 부들부들 떨며 돈을 내놓았다.

이게 답니다요. 믿어 주십시오.

돈이 부족하면, 나용주는 그 집을 불태웠다. 매캐한 연기가 빠져나가기도 전에 다음 집으로 가서 다시 부수기 시작했다.

10

조직 내에서 최고의 실적을 쌓던 나용주는 일이 없을 때는 '천락원'에 머물렀다. 다른 자청방 조직원들은 조계를 돌아다니며 놀았지만, 나용주는 바깥출입을 거의 하지 않았다. 빙빙이 쓰던 방에 홀로 앉아선 청나라말을 혼자 중얼거렸다. 손님을 받지 못한 기녀들과 청나라말로 더듬더듬 이야기를 나누기도 했다. 공부를 싫어하는 나용주지만, 자청방에서 청나라말을 익히는 것은 가장 중요한 일이었다. 말을 알아듣지 못하면, 자청방에서 일어나는 각종 회의에서 소외될 수밖에 없었다. 왕지충은 나용주의 공을 높이 사 소두목(小頭目)으로 삼았다. 청나라 조직원들도 나용주에게 허리 숙여 인사를 차렸지만, 자기들끼리 어떤 대화를 주고받는지 알기 위해서는 그 말부터 익혀야 했다.

11

그날도 나용주는 조선인 마을 하나를 쑥대밭으로 만든 후 곧장

'천락원'으로 돌아왔다. 문을 지키던 조직원들이 허리 숙여 절했다.

형님! 나오셨습니까.

나용주가 인사를 받는 둥 마는 둥 지나쳤다. 아편굴로 이어지는 쪽문이 열렸고, 용주가 그곳으로 익숙하게 방향을 틀었다. 그때 조직원 하나가 몸도 제대로 가누지 못하는 사내를 끌고 나오며 욕을 해 댔다.

돈도 없는 게 어디서! 꺼지라고 새끼야.

한 번만, 딱 한 번만 부탁해! 오늘도 아편 못하면, 나, 죽어.

사내는 온몸을 벌벌 떨며 조직원의 다리를 붙잡고 늘어졌다. 조직원이 주먹으로 사내의 턱을 내리쳤다. 쓰러졌던 사내가 다시 조직원에게 엉겨 붙었다. 그 순간 나용주와 사내의 두 눈이 마주쳤다. 사내는 바닥에 피를 질질 흘리며 벌벌 기어서 나용주에게 개처럼 다가왔다. 그리고 반갑게 손을 쥐었다.

요, 용주지? 나야 나. 김 씨, 덕배 아저씨.

사내는 나용주와 함께 대일해운에서 일한 김덕배(당시 55세)였다. 하역 노동자로 있을 때부터 아편에 중독된 김덕배는 대일해운에서 해고된 뒤 아편굴 근처에서 노숙하며 배회하였다. 김덕배는 뒤돌아서서 조직원들을 향해 큰소리를 쳐 댔다.

이 새끼들아! 내가 누군지 알아? 내가 이 나용주의 아저씨야. 이 되놈들아! 용주야. 나 급해서 그런데 아편 한 줌만 우선 피우자. 보름을 굶었……

나용주가 김덕배의 손목을 꺾어 비틀었다. 멱살을 틀어쥐곤 벽으로 밀고 가선 뺨을 사정없이 때렸다. 계속해서 무너져 내리는 김덕배를 애써 붙잡아 올리며 뺨이 터지도록 후려쳤다.

얼씬거리지 말라고 했잖아? 씨발놈아! 아편을 피우고 싶으면 돈을 갖고 와. 돈! 돈! 돈!

김덕배 코에서 피가 줄줄 흘러내렸다. 아편굴 손님들은 두려운 표정으로 나용주를 쳐다보았다. 자청방 조직원들은 환한 얼굴로 낄낄 웃어 댔다. 김덕배가 더 이상 견디지 못하고 고목 쓰러지듯 내려앉았다. 조직원들은 그제야 나용주를 뜯어말렸다. 조직원 둘이 김덕배를 질질 끌고 밖으로 나갔다. 그 모습을 지켜보는 나용주의 눈은 분노로 이글거렸다.

12

나용주가 피 묻은 손을 수건으로 닦으며 사무실로 들어섰다. 수하 서넛이 뒤따랐다. 헤이싱과 조직원들이 둘러앉아 마작을 하고 있었다. 헤이싱은 나용주와 마찬가지로 소두목이었으며 둘은 사사건건 부딪쳤다. 헤이싱이 패만 보며 히죽거렸다.

여기가 너희 집 안방이냐? 왜 이리 시끄럽게 굴어?

뭐?

하여튼 조선 놈들은 맞아야 정신을 차린다니까. 용주야. 천락원 안에서 주먹 자랑 마라. 손님들 불편해하시잖아. 여기 책임자는 나란 거 잊지 말고.

관리나 잘 해. 한 번에 서른 명 이상 손님 받지 않기로 한 것 아니었어? 지금 예순 명이 넘어. 아무나 받다가 단속이라도 뜨면…….

헤이싱이 마작판을 엎으며 벌떡 일어섰다. 마작패들이 흩어져 바닥에 뒹굴었다. 헤이싱이 나용주를 째리며 경고했다.

그것도 내가 책임져! 조선 놈 주제에 뭘 안다고 지껄여.

나용주가 헤이싱의 관자놀이에 단검을 뽑아 들이댔다.

죽고 싶지? 죽여 줄까? 개새끼!

헤이싱이 지지 않고 받아쳤다.

그래 죽여 봐라. 조선 놈의 새끼가 어디서!

그때 왕지충이 문을 열고 들어왔다. 그는 곧장 나용주와 헤이싱에게 다가가선, 우선 나용주의 뺨을 후려갈기고 그다음에 헤이싱의 옆구리를 걷어찼다. 쓰러진 나용주와 헤이싱을 째리며 왕지충이 말했다.

또 싸우면 둘 다 자청방에서 쫓아내겠다. 명심해.

13

나용주와 빙빙의 동거 생활은 조용했다. 빙빙 역시 공식 행사에 나온 적이 없었고, 특히 '천락원' 근처에는 얼씬도 하지 않았다. 청국인들을 만나는 것조차 꺼렸다. 대신 그는 조선인 식모에게서 조선말과 자수 놓는 법을 배웠다. 낮에는 조선말을 더듬더듬 읽으면서 수를 놓았고 밤에는 낮에 배운 조선말을 외우며 수를 놓았다. 빙빙의 솜씨는 서툴렀다. 호랑이라고 만들면 고양이였고, 봉황이라고 만들면 참새였다. 그래도 빙빙은 포기하지 않고 수를 놓았다. 작품이 완성되면 혼자 은은하게 웃다가 아무도 모르게 내다 버렸다. 나용주는 일주일에 겨우 한 번 저녁을 먹으러 들어올까 말까였다. 그래도 빙빙은 매일같이 저녁 준비를 했다. 나용주가 들어온 날이면, 빙빙의 발걸음은 더 바빠졌다. 수를 놓는 솜씨는 형편없었지만, 빙빙의 요리 솜씨는 나용주의 두 눈을 동그랗게 만들 정도로 뛰어났다. 만한전석(滿漢全席)이 부럽지 않을 만큼 다양하고 진귀한 요리들이 튀겨지고 볶아지고 삶아지고 무쳐져 눈앞에 펼쳐졌다. 일찍 귀가한 날, 나용주는 밥 서너 공기를 뚝딱 해치웠다. 빙빙의 얼굴도 덩달아 밝아졌다. 그러나 또 가끔 나용주는 산해진미 앞에서 수저조차 들지 않았다. 빙빙의 얼굴도 덩달아 어두워졌다.

무슨…… 안 좋은 일이라도…….

일 없다.

그런 날이면 용주에게서 피비린내가 났다.

14

제 발로 왕지충을 찾아갔을 때부터 나용주의 한계는 분명했다. 자청방에서 아무리 큰 활약을 해도, 나용주는 싸움 잘하는 조선인일 뿐이었다. 궂은일엔 가장 먼저 차출되었지만 중요한 일엔 언제나 빠졌다. 예를 들면, '천락원'을 비롯한 가게나 지역을 관리하는 일에선 번번이 배제되었다. 나용주로서는 특별한 공을 세우지 않고는 평생 행동대장만 하다 생을 마칠 것 같았다. 아니, 언제 죽을지 모르는 그 판에서 그렇게 살다 쥐도 새도 모르게 죽을 가능성이 가장 컸다. 경력이 쌓이고 계급이 높아져도 늘 현장만 맴도는 나용주의 하루하루는 살얼음판이었다. 어느 정도 돈은 벌었지만 '천락원'을 관리하는 헤이싱이나 자청방 대두목 왕지충에 비하면 새 발의 피였다.

15

그리고 세월이 흘렀다. 자청방에서 아편을 들여오고 '천락원'을 비롯한 청국 조계에서 아편이 유통된다는 것은 공공연한 비밀이 되었다. 자청방에서 따로 해관과 인천 감리서에 뇌물을 썼기 때문에, 관원들은 알고도 묵인했다. 가끔 단속이 강화되는 경우도 있었다. 1893년, 청국과 일본 사이의 기류가 점점 심상찮게 흘러갈 즈음엔 수시로 관원들이 상선에 올랐고, 거리에서 비틀대는 아편쟁이들을 감리서 감옥에 가두기까지 했다. 아편을 들여올 수 없으면, 자청방으로선 큰 타격이 아닐 수 없었다. 벌써 '천락원' 단골들의 항의가 시작되었다. 왕지충은 소두목들을 스튜어트 호텔로 불러들였다. 열두 명이 뼁 둘러앉아선 꿀 먹은 벙어리처럼 침묵했다. 왕지충이 위스키를 유리잔에 따라 마시다가 역정부터 냈다.

야이 새끼들아! 주둥이 처닫고 있지 말고 무슨 말이라도 해 봐! 눈앞에 아편을 가득 실은 배가 떠 있는데 그거 하나를 못 들여와?

헤이싱이 받았다.

얼마 전부터 단속이 너무 심해졌습니다. 일본 쪽에서 압력을 넣은 게 아닌가 합니다.

뭐? 단속? 우리가 언제 합법적으로 일했어? 그럼 어쩌자는 거야? 언제까지 저 배를 인천 앞바다에 띄워 둘 거냐고?

두목께서 한 번 더 관리들을 만나 보시는 게 어떠실지…….

머저리 새끼, 그게 먹히면 내가 지금 이러겠어!

두목님! 아무래도 이번엔 어렵겠습니다. 이번엔 배를 상하이로 돌려보내고 좀 잠잠해지면 다시 기회를 보시지요.

왕지충이 헤이싱을 향해 술잔을 던졌다.

이 새끼가 지금 장난해?

술잔이 깨졌다. 헤이싱의 이마에서 피가 흘러내렸다. 분위기가 매우 살벌해졌다. 나용주가 짧은 침묵을 깼다.

제게 맡겨 주십시오.

다른 소두목들, 특히 나용주와 사사건건 부딪히던 헤이싱의 눈에 독이 올랐다.

16

조선인 나용주와 헤이싱을 비롯한 청국인의 차이는 단 하나였다. 나용주는 인천 앞바다를 잘 안다는 것. 하역 노동자로 버티려면 배가 나고 드는 바다의 특성을 파악하는 것이 중요했다. 나용주는 사계절에 따라 밀물과 썰물이 언제 얼마나 나고 드는지를 알았고, 상선이 조계에 최대한 근접할 때 수심을 알았으며, 그 순간 바다 밑까지 내려갔다 올 사람이 누구인지도 알았다. 물 밑 세상과 물 위 세상은 확연히 달랐다. 물 위 파도가 물 밑 파도와 비슷하다고 여기는 것도 오산이다. 나용주는 청국인과는 다른 단 하나의 차이로 자신의 한계를 넘어서고자 했다.

17

작전은 상선에서 아편을 모두 없애는 것에서부터 시작되었다. 깊은 밤, 아편을 들여온 청국 선원들이 나무 상자들을 줄줄이 엮어 바다에 빠뜨렸다. 상자들마다 커다란 돌덩이가 묶여 있었다. 상자들은 풍덩풍덩 소리를 내며 바다에 빠졌지만, 조계에서 그 소리를 듣기엔 너무 멀었다. 다음 날 아침 감리서 순검들이 상선을 조사했다. 아편은 없었다. 승객과 물품을 짐배로 옮겨 조계로 들어오는 것이 허락되었다.

다음 날 밤, 썰물이 절정에 달했다. 안개가 자욱하게 끼는 바람에 인천 앞바다 섬들은 대낮부터 보이지 않았다. 상선은 이미 청국으로 돌아가고 없었다. 그 자리로 곧장 작은 고깃배 한 척이 나아갔다. 인천에서 나고 자라고 인천 바다에서 고기잡이를 40년째 하고 있는 이말남의 배였다. 배에 타고 있던 해녀들이 여느 때와 마찬가지로 허리춤에 밧줄 하나씩을 차고 조용히 물 밑으로 들어갔다. 누구도 이말남과 해녀들을 의심하지 않았다. 수심은 밀물의 절반에도 미치지 않았다. 어둠이 짙었기 때문에 눈으론 사물을 식별하기 어려웠지만, 인천 바다를 제 집 안방처럼 드나드는 해녀들은 바닥에 흩어진 나무 상자들을 손으로 더듬어 찾아냈다. 상자 밑에 묶인 돌덩이를 낫으로 잘랐다.

나무 상자들이 수면으로 하나둘씩 떠올랐다. 어부 두 사람이 긴 갈퀴로 상자들을 당겨 배에 차곡차곡 실었다. 그물을 걷으며 물고기를 어창에 챙겨 넣듯이 자연스러웠다. 이말남의 고깃배는 삼일 동안 조업 아닌 조업을 했다.

'천락원' 뒤 자청방 창고에 나무 상자가 쌓였다. 왕지충을 비롯한 자청방 소두목들이 모두 모였다. 나용주는 상자 하나를 열었다. 입구를 밀봉한 작은 도자기들이 빼곡하게 들어가 있었다. 밀봉을 풀고 뚜껑을 열자 아편이 쏟아졌다. 잔뜩 긴장한 채 나용주를 쳐다보

던 왕지충의 얼굴이 활짝 피었다. 호쾌하게 웃으며 나용주를 끌어
안았다.

좋다, 좋아! 용주야! 수고했다.

18

이즈음 아편은 급속도로 퍼지기 시작했다. 자청방이 아편을 풀면
중간 판매상들이 구입하여 유통시켰다. 중간 판매상 대부분이 조선
인이었기에, 원하는 곳이면 어디든지 아편이 전달되었다. '천락원'을
비롯한 아편굴과 매음굴의 기생들은 물론이고 은행 거리에 늘어선
은행의 번듯한 은행원들, 선교사들이 세운 학교의 학생들, 하다못
해 아편을 단속하는 인천 감리서 순검들까지 아편에 손을 댔다. 허
물어져 가는 초가 곁방에서 아편을 피우다 쓰러져 죽은 여인도 있
었다. 그 곁에는 갓난아기가 울고 있었다. 자청방을 통해 인천으로
들어오는 아편의 양은 급속히 늘었지만, 쩍쩍 갈라진 논바닥에 물
들어가듯 흔적을 찾기 어려웠다. 소리도 형체도 없는 아편 연기만
인천 하늘로 흩어졌다. '천락원'만으로는 늘어나는 손님을 모두 받
지 못할 정도였다. 왕지충은 아편굴 하나를 더 만들기로 하고 그 이
름을 '지락원(地樂園)'이라고 정했다.

19

'지락원' 개업 전 날, 나용주는 스튜어트 호텔에서 왕지충과 독
대했다. 나용주는 단속을 뚫고 아편을 들여온 공을 강조하며 '지락
원' 운영을 자신에게 맡겨 달라고 했다. 나용주 입장에선 충분히 고

집을 부려 볼 만한 상황이었다. 왕지충이 단칼에 잘랐다.

가게는 안 된다.

형님!

돈은 원하는 만큼 주마. 하지만 가게는 달라.

조선 사람이라서 안 됩니까? 저를 못 믿는 겁니까?

용주야! 널 못 믿어서가 아니다. 믿지, 믿고말고. 내 입장을 이해해 줬으면 한다. 너도 알다시피 난 인천을 책임져야 해. 자청방은 다르다.

나용주가 잠시 침묵했다가, 허리 숙여 절했다.

알겠습니다. 죄송합니다. 형님!

20

스튜어트 호텔을 나온 나용주는 '천락원'으로 곧장 갔다. 협문으로 들어가려는데 자청방 조직원들이 담벼락에 기대서서 나누는 이야기가 들려왔다.

아, 짜증 나. 이 새끼 결국 뒈졌네. 근데 왜 여기서 뒈지고 지랄이야!

조직원 둘이 거적에 시체를 싸서 낑낑대며 들고 나왔다. 나용주가 그 앞을 막아서며 물었다.

뭐야?

별일 아닙니다. 또 한 놈 갔어요. 돈 없으면 자기 집에서 곱게 자다 뒈지지, 뭣 하러 여기까지 와선 이 고생을 시키는지.

조직원들이 꾸벅 절하며 지나쳐 갔다. 그때 거적 사이로 시체의 얼굴이 보였다. 김덕배였다. 나용주가 뒤돌아서서 불렀다.

잠깐!

21

인생에서 가장 중요한 결정을 엉뚱한 곳에서 하기도 한다. 나용주는 '천락원' 뒤 허름한 창고에서 한 시간 남짓 홀로 머물렀다. 정확히 말하자면 김덕배의 시신과 함께! 나무로 만든 벽 틈으로 햇빛이 들어와선 죽은 김덕배의 얼굴을 비췄다. 나용주는 그 옆에 쭈그려 앉아 담배를 피웠다. 돈 때문에 인천으로 왔다가 아편 때문에 인천을 떠나지 못하고 죽은 김덕배의 앙상한 얼굴에 제 얼굴이 겹쳐졌다. 나용주는 김덕배의 또 다른 이름이었다. 지금 뭔가를 하지 않으면, 자신도 김덕배처럼 인천을 배회하다가 죽어 나자빠지는 귀신이 될 터였다.

22

그 저녁 나용주는 일찍 귀가했다. 여느 때처럼 빙빙은 수줍은 듯 웃는 얼굴로 용주를 맞았다.

오늘 처음 김치 만들었어요. 당신이 이리 올 줄은 몰랐는데…….

나용주는 말없이 빙빙을 지나쳐 2층 구석방으로 올라갔다. 방의 벽에 붙은 액자를 밀자 비밀 금고가 나왔다. 금고에서 가방 몇 개를 꺼냈다. 가방을 열고 가득 든 돈다발과 은괴를 확인한 나용주는 그것을 들고 아래층으로 내려왔다. 빙빙이 변함없이 한 상 가득 요리를 차렸다. 나용주가 묵묵히 밥을 먹었다. 나용주를 위해 김치를 만든 빙빙에게 지나가는 말이라도 한마디 건네는 것이 옳았지만, 그는 그 저녁에도 평소처럼 말을 아꼈다. 밥을 다 먹은 뒤 빙빙이 내민 숭늉을 마셨다. 그리고 목소리 낮춰 말했다.

어디 좀 잠깐 가 있거라.

……?

빙빙은 두려움에 가득 찬 눈으로 쳐다보았다. 집을 떠나 숨어 있으라는 것은 나용주가 그만큼 위험한 일을 하겠다는 뜻이기도 하다. 빙빙에게까지 피해를 입히지 않으려는 것이다.

잠깐이면 된다.

빙빙이 등 뒤에서 끌어안았다.

같이 있을 거예요. 무슨 일이 생겨도 상관없어요.

나용주가 일어나선 뒤돌아섰다.

밖에 인력거가 와 있다. 끝나면 사람을 보낼게.

나용주는 빙빙을 두고 가방을 챙겨 든 채 집을 나섰다.

23

나용주는 다섯 명의 조선인들을 불러 모았다. 모두 자청방에서 아편을 받아 인천에 파는 중간 판매상들이었다. 허준길, 최정두, 김종수, 차조묵, 박근수. 사내들은 모두 강단이 있고, 아편 중간 판매상답게 입이 무겁고 몸이 날랜 부하들을 거느린 자들이었다. 나용주가 그들과 언제부터 어떤 계기로 친하게 지냈는지는 확실하지 않다. 그러나 1893년 봄밤, 문 밖에서 기다리던 다섯 사내가 집을 나서는 나용주를 호위하며 함께 걸었다. 호락호락하게 당하기만 하던 옛날의 나용주가 아니었다. 자청방의 높은 벽을 실감한 뒤 진작부터 은밀히 세를 규합했던 것이다.

24

나용주가 오래전부터 거사를 준비해 왔다는 사실은, 집을 나선 뒤 곧장 일본 조계로 향했다는 점에서 확인된다. 놀랍게도 그는 대일해운 경비를 전담한 야쿠자 사무실로 직행했다. 야쿠자는 겉으로는 평범한 회사의 형태를 띠고 있었지만 실제로는 조선에 들어와 있던 일본 상인들을 보호하고, 합법적으로 해결할 수 없는 여러 일들을 해 주고 있었다. 또한 그들은 이웃한 청국 조계 자청방과 빈번히 싸움을 일삼았다. 야쿠자와 자청방의 대결은 살얼음판 같던 일본과 청국의 축소판 같았다. 따라서 자청방의 소두목으로 익히 알려진 나용주가 야쿠자 은거지를 제 발로 찾아갔다는 것은 매우 이례적이고도 위험한 일이었지만 한편으로는 야쿠자들이 조선인 나용주를 돕는다는 것은 전혀 이상하지 않은 일이기도 했다. 들어갈 때는 양손에 가방이 들렸지만 나올 때는 빈손이었다. 나용주와 다섯 사내는 사무실 건물 앞에 놓인 인력거 두 대를 넘겨받았다. 나용주와 허준길이 앞의 인력거에 타고 최정두와 김종수가 뒤의 인력거에 탔다. 그리고 박근수와 차조묵이 인력거를 앞뒤로 나란히 끌고 어둠 속으로 사라졌다. 나중에 밝혀진 바에 따르면, 두 대의 인력거에는 개틀링 기관총 한 정과 무라다 소총 10여 정, 그리고 탄환이 각각 실려 있었다.

25

다음 날 새벽, 나용주의 인력거 두 대가 청나라 조계에 나타났다. 새벽 해무가 낀 조계 거리를 나란히 달리던 두 대의 인력거는 언젠가 송상현, 최장학과 함께 짜장면을 먹었던 식당 앞 갈림길에 섰다. 그리고 박근수와 차조묵이 시선을 나눈 후 한 대는 '천락원', 나머지 한 대는 얼마 전 새로 생긴 '지락원'으로 향했다.

'천락원'을 지키는 자청방 조직원들이 문 옆에 앉아 꾸벅꾸벅 졸고 있었다. 아편에 취한 기생 하나가 가게 문을 열고 나왔다. 그 바람에 잠에서 깬 조직원들이 짜증을 냈다.

뒷문으로 다니라니까 왜 여기로 기어 나오고 그래?

기생은 대답 대신 손을 들어 거리를 가리켰다. 조직원들이 그 손을 따라 정면을 쳐다보았다. 인력거가 서 있었다.

왜? 저거 타려고?

기생이 답했다.

난 아녜요. 좀 이상하지 않아요? 이 시간에 인력거가…….

밤새 아편에 굶주렸나 보지. 이 새벽에 기어 온 거 보면…….

그때 인력거꾼으로 변장한 박근수가 조직원들을 향해 꾸벅 절하곤 돌아서서 차양을 걷고 뒤로 물러났다. 개틀링 기관총의 총신이 '천락원'을 향했다. 인력거에 탄 나용주가 개틀링 기관총의 손잡이를 돌리며 난사하기 시작했다. 새벽의 침묵을 깨고 기관총 소리가 청국 조계를 뒤흔들었다. 조직원들과 기생이 순식간에 쓰러졌다. 박근수가 인력거를 다시 끌고 '천락원' 가까이 밀고 들어갔다. 총소리를 듣고 튀어나오는 조직원들을 향해 이번엔 허준길과 박근수의 무라다 소총이 불을 뿜었다. 나용주가 거치대에서 기관총을 뽑아 어깨에 걸고 안으로 들어갔다. 밤새 아편에 취한 중독자들은 몽롱한 얼굴로 저승사자 같은 나용주를 바라보았다. 피할 생각은 아예 하지도 않았다.

뭐야?

헤이싱이 벌거벗은 채 방에서 튀어나왔다. 나용주가 대답 없이 그대로 기관총을 갈겼다. 헤이싱의 가슴에서 피가 튀었다. 개틀링이 뱉어 낸 탄피가 비 오듯 떨어졌다. 나용주는 무표정하게 나아갔다. 벙어리탈이라 불리는 사내다웠다. '잔혹한 용주'답기도 했다. 뒤에서는 허준길과 박근수가 산발적으로 튀어나오는 나머지 조직원들을 무라다 소총으로 쏘아 죽였다. 총소리가 비명과 뒤섞이며 귀를 찢었다. 기생들이 몸을 파는 밀실 복도를 빠른 걸음으로 지나쳤다. 마지막 방은 굳게 잠겨 있었다. 나용주는 기관총을 문을 향해 갈긴 뒤 발로 차 부수고 들어섰다. 왕지충이 의자에 앉은 채 나용주를 노려보았다. 나용주는 지체하지 않고 기관총을 갈겼다. 왕지충의 몸이 춤추듯 밀려 벽에 부딪쳤다. 나용주가 피투성이로 쓰러진 왕지충을 향해 확인 사살했다. 인천의 자청방을 호령하던 왕지충의 왼팔과 오른 허벅지가 떨어져 나갔다. 고깃덩어리에서 흐른 피가 바닥을 적셨다. 왕지충의 뚫린 목은 폭포처럼 피를 뿜었다. 나용주는 두 눈을 뻔히 뜨고 왕지충의 죽음을 지켜보았다. 그리고 왕지충의 시체를 넘어 비밀 금고를 열었다. 아편을 팔아 모은 은괴와 돈뭉치가 가득했다. 뒤따라 들어온 허준길과 박근수가 득의만만하여 은괴와 돈뭉치를 꺼냈다. 나용주는 금고 안 깊숙한 곳에 있던 장부들을 꺼냈다. 장부에는 청국 본토와의 거래 내역이 빼곡하게 적혀 있었다. 또한 그동안 왕지충이 조선인 관리들에게 바친 뇌물 내역이 날짜, 시간, 장소, 금액까지 세세히 적혀 있었다. 그들의 목숨 줄을 틀어쥘 무기였다.

26

같은 시각 신장개업의 분위기가 가시지 않은 '지락원'도 피로 얼룩졌다. 차조묵이 '지락원' 앞문에 인력거를 댔고 개틀링 기관총 뒤에 앉은 최정두가 기도를 보던 사내 둘을 죽이고 안으로 들어갔다. 그 뒤를 김종수와 차조묵의 무라다 소총이 엄호했다. '천락원'에 비해 객실은 훨씬 컸지만 보안이 덜한 '지락원'은 순식간에 조선인 사내들에게 장악됐다. '지락원'에 있던 자청방 조직원은 하나도 남김 없이 죽었다. 그 와중에 기생 둘이 죽고 아편쟁이 사내 셋이 다쳤다.

나용주가 '천락원'과 '지락원'을 장악하는 데 걸린 시간은 국밥 한 그릇을 채 비우지 못할 정도로 짧았다. 두 대의 인력거는 다시 중국식당 앞 갈림길에서 만났다. 아직도 어둠이 완전히 걷히지 않은 새벽이었다.

조계 밖으로 나온 두 대의 인력거는 제물포 시장으로 향했다. 시장 입구에 공용 우물이 있었다. 나용주와 수하들은 우물물을 퍼올려 피를 씻었다. 그들이 목욕을 마치고 피 묻은 옷을 태울 즈음 상인들이 하나둘 시장으로 나왔다. 사내들은 새벽 장사를 하는 국밥집에 앉아 아침밥을 먹었다. 목이 탔는지 김이 풀풀 나는 선지국밥엔 손도 안 대고 막걸리 두 사발을 연달아 비웠다. 장사를 준비하

는 제물포 시장 풍광은 어제 아침과 다름없었다. 두 아침의 차이를
느끼는 사람은 나용주와 다섯 사내뿐이었다.

27

그들은 곧장 인천 감리서로 갔고 인천 감리 정완웅과 독대했다.
나용주는 탁자에 묵직한 가방을 올려놓았다. 정완웅이 화부터 냈다.

치워! 수십 명을 살해하고 무슨 심보로 여길 제 발로 와? 평생
옥에서 썩게 해 주겠다.

나용주가 빙긋 웃으며 답했다.

뒈질 만한 놈들입니다. 저들이 그동안 얼마나 인천을 더럽혔는지
는 감리 영감이 더 잘 아시지 않습니까? 열어나 보시죠.

날 어찌 보고 이래?

비위가 좋은 나용주지만 욕지기가 치밀어 올랐다. 욕을 삼키는
대신 장부를 가만히 들어보였다.

감리님을 어찌 보면 좋겠습니까? 왕지충이 금고에 고이 간직한,
조선인 관리들에게 꼬박꼬박 먹인 뇌물 장부 첫 장 제일 처음에 감
리님 이름이 있습디다. 자청방에서 돈을 받으신 날짜와 시간, 장소
에 금액까지 자세히 말입니다. 제가 감리님을 어찌 보면 좋겠습니
까? 알려 주세요. 원하는 대로 보아 드립죠.

네 이놈! 한낱 깡패 주제에 어디서 망발을…….

나용주가 말허리를 자르며 가방 쪽으로 턱짓을 했다.

열어나 보고 말씀하시지요.

정완웅이 못 이기는 척 가방을 열었다. 은괴가 가득 담겨 있었다.

정완웅은 자기도 모르게 침을 꿀꺽 삼켰다.

눈 딱 감고 계시면 됩니다.

그래도 자청방이나 청국 관원들이 가만 있지 않을 터인데…….
어찌하려고?

자청방은 제가 다 정리하겠습니다. 관원들이나 막아 주십시오.

내가 어떻게?

솔직히 청국 관원들도 골치를 앓던 놈들 아닙니까? 일본을 이용
하든 돈을 먹이든 알아서 하십시오. 앞으로 자청방이 관리하던 시
장은 제가 맡을 겁니다. 이익금의 2할을 드리겠습니다.

2할!

뒷돈이나 받던 것과는 차원이 다를 겁니다.

정완웅이 나용주의 손을 덥석 쥐었다.

좋은 일에 쓰겠네, 나라를 위해!

나용주가 피식 웃었다.

나라요? 농담을 너무 진지하게 하십니다. 그 돈 잘 챙겨 났다가
잘 먹고 잘사십시오. 돈이면 다 되는 세상 아닙니까. 그건 그렇고
일본 영사와 자리나 한 번 마련해 주십시오. 우리 사업에 꼭 필요해
서 그렇습니다.

우, 우리? ……알겠네. 그리하지.

28

그 하루가 다 가기 전에 나용주가 마지막으로 만난 이는 대도회
두목 장첸(張晨)이었다. 대도회는 자청방이 먼저 인천을 선점했기에

본격적인 진출을 못하고 여전히 주저하고 있었다. 나용주는 장첸의 상선으로 혈혈단신 직접 올라갔다. 대도회 조직원들이 배 앞에서 나용주의 몸을 뒤졌다. 장첸의 방에 이르자 다시 몸 검사를 했다. 나용주는 조직원들을 물리치고 그들이 지켜보는 앞에서 스스로 옷을 벗었다. 벌거벗은 흉터투성이 몸이 달빛에 번쩍였다.

지킬 게 많은가 봅니다.

이 자리에서 널 죽일 수도 있다.

그게 무서웠다면 내가 여기 왔겠소?

알고 있다. 스튜어트 호텔 사건…… 네놈 짓이란 거.

당신들과 거래하고 싶소.

자청방을 쓸어 버리고 이제 우리냐? 미친 새끼.

솔직히, 당신들 눈엣가시 내가 빼 준 거잖소.

장첸이 헛웃음을 흘렸다.

조건은 하나뿐이오. 앞으로 조선에 들어오는 모든 아편은 나 나용주를 통할 것!

값은?

지금까지 자청방의 거래 가격이 상자당 100원이었소. 나는 200원을 드리지요.

장첸이 씩 웃으며 고개를 끄덕였다.

좋다.

29

다음 날부터 나용주는 신속히 조직을 만들고 정비했다. 무주공

산이 된 인천의 아편 시장을 완전히 장악하기 위해서는 다른 거머리들이 피 냄새를 맡고 달려들기 전에 누구도 넘보지 못할 성벽을 쌓을 필요가 있었다. 우선 거사를 함께한 아편 중간 판매상 허준길, 최정두, 김종수, 박근수, 차조묵을 소두목으로 삼았고, 그들이 거느렸던 부하들을 모두 받아들였다. 서른 중반에서 아래위로 한두 살 터울인 다섯 사내는 그동안 자청방이 독점으로 쥐락펴락하던 아편 때문에 속이 탔다. 설명도 없이 하루아침에 아편값을 올리고, 대책을 마련할 틈도 없이 아편 공급을 끊었던 것이다. 그다음엔 예외 없이 아편값이 폭등했다. 일 자체가 불법이라 하소연할 데도 없었다. 그렇다고 좋은 벌이를 그만두기도 어려웠다. 중간 판매상으로서 자청방의 전횡을 감당하는 것 말곤 다른 방도가 없었다. 왕지충의 입만 바라보던 세월이었다. 불만이 쌓일 대로 쌓여 터지기 일보 직전에 나용주의 제안을 받았다. 다섯 사내는 해볼 만한 싸움이라 여겼다. 거친 바닥에서 잔뼈가 굵은 그들은 단 한 번의 승부로 인생을 바꾸고 싶었다. 무엇보다도 그들은 벙어리탈 나용주를 믿었다. 잔혹하고 냉정하지만 의지가 굳고 배포가 큰 사내임을 오랜 거래를 통해 알았던 것이다.

나용주는 다섯 사내를 규합하여 자신을 지킬 철옹성을 쌓았다. 이어서 그 철옹성을 방어할 외성을 짓기 시작했다. 조직을 만드는 것과 성을 짓는 것은 마찬가지다. 주변과 외곽을 튼튼히 하면 무서울 것이 없었다. 이 모든 것을 자청방에서 배웠다. 나용주는 인천은 물론이고 조선 각지의 힘깨나 쓴다는 사내들을 불러들였다. 그들은 '용주회'의 기치 아래 식구가 되었다. 나용주는 각국 조계와 인접한 조선인 마을에 '무릉원'을 개업했다. 인천 감리 정완웅의 묵인 아래, 대도회 장첸의 아편을 안정적으로 독점 공급받게 된 것이다. 나용주는 '용주회' 조직원들을 불러 모은 자리에서 엄하게 명령했다.

약을 팔되 너희가 하지는 마라. 분명히 경고한다. 약에 손댔다가 중독되는 놈은 내가 직접 죽이겠다.

이런 명령도 내렸다.

가난한 조선인은 건드리지 마라. 만약 돈도 없이 약 냄새를 맡고 찾아오면 죽지 않을 만큼 패서 돌려보내라. 아편값을 지닌 자는 누구든 받아라. 조선놈, 일본놈, 양놈 가리지 마라. 양반 쌍놈도 차별하지 마라. 약은 만국 만인 평등하다. 한 번 약에 빠지면 죽을 때까지 우리 노예가 된다. 눈에 띄는 대로 족족 노예로 만들어라. 처음엔 아주 싼값에 풀어도 좋다. 중독되면 열 배 백 배 천 배로 값을 올려라. 아편의 노예들이 우리를 부자로 만들 것이다. 돈엔 눈이 없다. 아편굴에서 벌건, 매음굴에서 벌건 돈은 다 같은 돈이다.

30

1894년 5월 나용주는 '용주해운'을 설립했다. 용주해운은 이후 10년이 넘게 여러 가지 역할을 했다. 우선, 대도회와의 암거래를 비롯한 아편 도매, 아편굴과 매음굴 운영, 고리대금업, 밀수 등 모든 불법을 합법으로 만드는 마술 상자가 되었고 둘째, 나용주와 인천의 관리들 사이를 오가는 검은돈의 통로가 되었으며 셋째, 일본 국적의 대일해운에 필적할 조선 최초의 해운 회사로 성장했다.

무엇보다 용주에게 용주해운은, 친구 송상현과 최장학 그리고 노동자들을 바다 위로 내몰아 죽음에 이르게 만든 대일해운을 무너뜨릴 복수의 화포였다. 나용주는 인천 감리서의 허가를 받아, 대일해운 사옥이 마주 보이는 곳에 노동자 숙소를 겸한 용주해운 사옥을 두 배로 크게 지었다. 그리고 조선 팔도에서 올라오는 노동자들을 모아 부두 하역 사업을 시작했다. 조선 최초의 부두 노동자 나용주보다 하역 사업에 대해 잘 아는 사람도 드물었다. 하역의 핵심은 배도, 항구도, 승객도, 화물도 아닌 바로 노동자였다. 나용주는 사업을 시작하자 곧장 핵심으로 치고 들어갔다. 용주해운 노동자들의 임금은 대일해운 노동자 임금의 두 배였고, 회사가 제공하는 숙식의 질도 하늘과 땅처럼 차이가 났다. 조선인 노동자들은 용주해운으로 몰리기 시작했고 일본인들조차 용주해운에 못 들어가 안달이었다. 처음엔 일본을 제외한 모든 나라가 용주해운을 이용했지만 곧 일본 회사들도 하나둘 용주해운을 찾아왔다. 사정이 이러하니 대일해운의 사세는 석양에 해 떨어지듯 내려앉았고 용주해운의 사세는 마른 짚단에 불붙듯 일어났다. 나용주는 황소처럼 우직한 사내였다. 물러섬이 없고 둘러 감이 없다. 직진하는 사내 나용주의 사업은 거침없이 성장했다. 부두 하역 사업으로 시작한 용주해운은 해운업에도 본격적으로 나섰다. 그로부터 5년 뒤 그러니까 1899년에 대한제국 최초의 근대식 은행인 '대한천일은행'이 생겼고 나용주의 용주해운은 대한천일은행의 최대 고객 중 하나가 되었다. 그동안 나용주의 자금을 관리하던 일본제1은행과 일본제18은행의 인천 지점장들이 사색이 되어 나용주에게 굽실대기 시작했다. 그러나 그들은 몰랐다, 나용주의 진짜 욕망이 훨씬 거대하다는 것을.

방해가 없었던 것은 아니다. 왕지충이 죽고 조직이 궤멸된 뒤 자청방 조직은 인천을 되찾으려 날뛰었으나 인천은 이미 나용주와 대도회가 장악한 뒤였다. 자청방은 기습을 노렸다. 몇 번 자객을 보냈으나 그들은 나용주의 그림자도 밟지 못했다. 나용주의 이름 앞에는 이제 인천 최고의 사업가라는 수식어만 따라다녔다. 어둡고 끔찍하며 피비린내 나는 뒷골목에서 가장 멀리 떨어진 곳, 그곳에 나용주가 있었다.

31

나용주는 10년 동안 여러 가지 선행을 이어 갔다. 이례적으로 인천항만노동조합을 설립하여 노동자들의 권익을 보호했다. 노동조합은 독립된 조직으로 활동하면서 용주해운을 포함한 어떤 해운 회사와도 대등하게 교섭할 수 있게 했다. '인천상인번영회'를 만들어 일본이나 청국의 거상은 물론이고 야쿠자나 기타 폭력 조직들로부터 영세 상인을 지켰다.

'상현정미소'도 열었다. 매일 점심 걸인들에게 국밥을 공짜로 제공했다. 또 미국인 선교사와 협의하여 '장학외국어학교'를 개교했다. 교실과 운동장, 수업료와 장학금 전액을 나용주가 부담했다. 인천뿐 아니라 전국의 가난한 인재들이 모여들었고, 졸업생들이 대한제국의 곳곳으로 진출했다. 학교 개업식엔 인천 유지들이 모두 모였다. 나용주는 축사도 사양하고 운동장을 홀로 한 바퀴 돌았다. 그리고 하늘을 올려다보며 혼잣말을 했다.

송상현! 최장학! 보고 있냐? 너희들 소원 오늘 내가 다 이뤘다.

32

나용주에게도 위기는 있었다. 용주해운을 설립한 두 달 뒤 그러니까 1894년 7월 청일전쟁이 터진 것이다. 물러서거나 둘러 감이 없는 나용주의 정면 돌파 본능은 그때도 제대로 먹혀들었다. 위기를 기회로 바꾼 도박 같은 승부수가 통한 것이다. 전쟁과 동시에 대도회를 통한 아편 공급은 중지되었다. 일본 군함이 인천 앞바다를 덮었고 일본군이 상륙하여 시가행진을 벌였다. 일본인들은 거리로 몰려나와 일장기를 흔들며 군가를 합창했다. 다섯 명의 소두목들이 용주해운 회의실에 모였다. 그들의 표정은 매우 어두웠지만 나용주는 의자에 등을 깊숙이 묻고 여유를 부렸다. 상인번영회장을 맡은 최정두가 말했다.

청나라 해군은 이미 박살이 났답니다. 돌아가는 판을 보면 승패는 이미 결정이 난 겁니다. 무조건 왜놈들이 이깁니다.

상현정미소 사장 허준길이 이어받았다.

사장님! 그래서 말씀인데요. 전쟁 통에 되놈 배들이 한 척도 못 들어오고 있습니다. 아편은 둘째치고 뱃길이 막혀 버렸다니까요.

나용주가 천천히 물었다.

우리 창고에 남은 약이 얼마나 됩니까?

장학외국어학교 이사장 김종수가 답했다.

선금 받아 놓고 아직 안 내보낸 물건이 50섬, 생아편이 50섬, 도합 100섬쯤 됩니다.

나용주가 소파 등받이에서 등을 떼곤 다섯 명과 시선을 교환했다. 그리고 나직이 명령했다.

지금부터 아편 공급을 중단합니다. 아편쟁이들이 피똥을 싸면서 살려 달라고 울고불고할 때까지.

아편 밀매 총책 겸 용주해운 부사장 박근수가 근심 어린 눈으로 물었다.

어쩌시려고요?

나용주가 입으로만 웃으며 답했다.

천 배 장사를 해 볼까요, 만 배 장사를 해 볼까요? 지금 조선에서 아편을 가진 건 우리뿐이니 말입니다.

용주회 부회장 겸 대도회 인천지사장 차조묵이 미소를 지었다.

33

나용주의 예상은 적중했다. 아편은 다른 물품과는 달리 꿩 대신 닭의 법칙이 통하지 않았다. 대체물이 전혀 없는 것이다. 아편이 아니라면 죽음이란 법칙만 통했다. 공급을 끊자 중독자들이 미쳐 날뛰기 시작했다. 아편을 구할 수만 있다면 영혼을 팔 기세로 덤벼들었다. 아편쟁이들은 '무릉원'으로 몰려와 절규했다. 토악질을 하고 길거리에 드러눕고 똥을 싸 댔다. '무릉원'의 문은 굳게 잠긴 채 열리지 않았다. 아편쟁이들이 야밤에도 시끄럽게 굴자, 용주회 조직원들이 몰려나와 두들겨 대기 시작했다. 아편 가격은 벌써 천 배로 뛰었다. 금단증세를 참지 못한 아편쟁이들은 한 움큼의 아편을 얻기 위해 전 재산을 팔아 달려왔다. 공급량은 줄었지만 아편으로 벌어들이는 수익은 천 배가 넘었다. 전쟁이 용주에게 안긴 일확천금이었다.

나용주는 한 걸음 더 나아가 영국과의 직거래를 도모했다. 전쟁이라는 정당한 구실로 대도회와의 거래를 끊는 대신, 아편을 영국 상인들을 통해 직접 사들이려고 한 것이다. 인도 빈민 농가에서 싼값에 재배된 아편은 환약으로 탈바꿈되어 영국 상인을 통해 중국으로 들어갔고, 그중 일부가 조선으로 들어오고 있었다. 영국 상인과의 직거래를 통해, 나용주는 대도회가 중간에서 취하던 이득까지 자신의 것으로 만들었다.

34

전쟁 중에도 나용주가 이렇듯 아편 장사를 확대한 것은 인천 감리 정완웅의 도움이 컸다. 그는 일본 외교관과 장교들을 대불호텔로 불러 모아 자주 연회를 베풀었다. 그 자리에는 늘 영국 외교관과 무역상들도 함께 했다. 당시만 해도 일본은 외교적으로 영국과 밀착해 있었고 영일의 동맹 관계는 나용주에게 양쪽의 날개와도 같았다. 초청자는 정완웅이지만 연회를 준비한 이는 나용주였다. 연회를 마치고 돌아가는 일본인들과 영국인들의 손엔 나용주의 선물이 들려 있었다. 은괴였다.

35

나용주가 청일전쟁을 거치면서 얼마나 막대한 부를 확보하였는지는 '용주호'만 봐도 알 수 있다. 개인이 사들인 조선 최초의 근대 상선인 것이다. 나용주는 '용주호'의 5층 특실에 머무르며 업무를 보았다. 유럽풍 책상과 침대가 근사했고, 일제 축음기에선 클래식

음악이 항상 흘러나왔다. 정완웅이 한양으로 승차하여 올라간 뒤에도 나용주의 아성은 흔들리지 않았다. 대불호텔이 아니라 이제 용주호에서 일주일에 한 번씩 선상 파티를 열었다. 인천의 내로라하는 유지들이 몰려들었고, 밤을 새워 흥겨움이 이어졌다.

1904년에 이르자, 나용주는 인천에서 가장 출세한 사업가로 통하였다. 기회의 항구 인천에선 크고 작은 범죄들이 종종 일어났지만 나용주와 연관된 사건은 단 하나도 없었다. 인천의 관리들이 나용주와 만나려 해도, 호위병처럼 그를 둘러싼 채 저마다 중요한 직함을 가진 다섯 명의 책임자에게 먼저 이야기를 넣어야 했다. 인천 거상 나용주에 관한 소문은 눈덩이처럼 불어났지만 그와 대면한 이는 급속도로 줄었다. 그 많은 이야기 중에 어느 것이 나용주의 맨얼굴인지도 궁금할 지경이었다.

36

1899년 인천과 한양의 노량진을 잇는 경인선이 개통되었다. 기차는 상상할 수 없을 만큼 많은 것을 변화시켰다. 기차역 저편에서 이편까지 엄청나게 많은 재화와 승객들이 오갔고 검은 물건과 검은돈이 오갔다. 두 도시는 한꺼번에 늘어난 물량을 다 받아들이기에도 벅찬 나날이었다. 그 분주함 속에서 아편도 원활히 움직였다. 경인선의 개통과 함께 본격적으로 한양에 아편이 대량으로 공급된 것이다. 이 공급을 주도한 이는, 아직 명백한 물증은 없으나 나용주인 것으로 추정된다. 시간이 없다. 한양이 무너지면 반도 전체가 아편에 물들 것이다. 신속한 검거가 필요하다. 용주해운 회장 나용주. 이자를 잡아 중벌에 처해야만 인천 아편 조직을 완전히 해체할 수 있다. 우리의 목표는 나용주다. 나용주를 잡아야 이 작전도 끝이다……

5부
타오르는 욕망

내가 왜 인천으로 다시 돌아가게 되었는지 이제 알겠소? 인생이란 게 참 묘하다오. 다신 인천을 향해 오줌도 누지 않겠다고 결심했는데, 인천에서의 경험 덕분에 폐하의 신임을 받게 되고, 또 금아단장이 되어 인천으로 귀환하게 된 게요. 끔찍하게 싫어서 멀리 떨어지려 해도 결국 들러붙어 갈 수밖에 없다고나 할까.

보고서가 참 편리한 구석이 있소. 일목요연하게 딱딱 정리하는 맛이 남다르다오. 하지만 보고서를 너무 믿지 마시오. 글이란 아무리 객관적으로 적는다 해도, 어쩔 수 없이 쓴 사람의 편견이 개입되기 마련이라오. 그렇소. 내가 이 보고서를 처음부터 끝까지 모으고 다듬었으니, 그 편견을 내게 직접 듣는 게 좋지 않겠소? 감춘 것부터 풀린 것까지 전부 말하리다.

나용주라는 이름을 다시 본 밤, 나는 마음을 굳게 먹었다오. 밤 하늘을 올려다보며, 그 이름을 또렷이 떠올렸소.

나용주. 이제 너를 만나러 간다. 한 번 깨어진 운명을 다시 끼워 맞출 수는 없다. 나는 나의 길을 간다. 용주, 너는 너의 길을 가라. 너의 길과 나의 길이 충돌한다면, 둘 중 하나가 죽어야 한다면, 그건, 너여야 한다. 기다려라. 대한제국 황제의 마지막 소원을 안고 내가 간다. 사라져 가는 조선의 간절한 희망을 품고 너의 친구 최장학이 간다.

그래도 막상 경인선 기차를 타고 인천으로 향할 때는 머리가 지끈지끈 아프고 마음이 복잡했다오. 내 뒤에 앉은 금아단원들의 대화가 귀에 거슬릴 만큼, 마음의 여유도 없었다오.

이제 곧 도착이네요.

최단비가 들뜬 목소리로 쫑알거렸소.

인천에 내리면 곧장 부두로 가서 펄떡대는 활어회부터 한 접시 해요, 모주도 한 사발씩 하고.

이놈의 계집애가 어디서 술타령이야. 겁대가리 없이. 정신들 똑바로 차려. 포수는 말이야, 산토끼 한 마리를 잡을 때도 목숨을 거는 법이야.

함경도 포수 이재진이 타박을 줬소.

형님 목숨이나 거슈. 나는 한 방에 다 쓸어 버리고 토끼 뒷다리나 뜯을 테니.

김용효가 경상도 사나이답게 가슴을 디밀었다오. 장원석이 단원들의 낙관론를 조목조목 받아쳤소. 미리 인천에 내려와 조사를 하며 만만하지가 않다고 느꼈던 게요.

인천 주먹들이 얼마나 짜고 매운지 소문도 못 들었어? 독종들이야. 특히 아편에 손대는 놈들은 죽기 살기로 덤빈다고. 가장 큰 문제는 저놈들이 단순한 건달들이 아니라는 거야. 조직과 돈으로 움직이는 놈들이지. 쉽게 끝나지 않을 거야.

품에 칼을 품고 있던 임동선이 말문을 열었소.

우린 황명을 받들고 가는 길입니다. 우리를 막는 자는 이 칼이 용서하지 않을 겁니다.

칼과 총은 그들도 있어. 황명조차도 우습게 여기면 그땐 어떻게 할래?

뭐? 황명을 우습게 여겨? 어떤 새끼가 감히! 그런 새끼는 그냥 까부숴야 돼.

그러니까, 까부수기 전에 회나 한 접시 하자니까요.

야! 회 못 먹어 죽은 귀신이 붙었냐? 잘 나가다 또 뭔 개소리야!

단원들이나 둘러보고 오겠습니다.

장원석이 일어나 옆 객차로 갔소. 금아단에서 특별 차출한 호위대 병사 쉰 명이 타고 있었소.

바늘도 안 들어갈 만큼 단단하며 말을 아꼈던 금아단원들도 그날따라 이야기가 길었소. 농담에 허풍까지, 처음 보는 모습이었다오. 낯선 임무 낯선 공간 낯선 시간이 주는 불안감 때문이었을까. 하지만 그때까지도 우린 알지 못했소. 얼마나 많은 피를 인천에서 흘려야 할지.

곤장 용주호로 갔소. 속전속결. 나용주와 맞서려면 그 방법밖에 없었소. 나용주를 상대로 외곽전을 벌이거나 눈치를 본다면 그 녀석은 당장 우리 본거지를 치고 들어왔을 거요. 직진만 하는 사내에게 가장 좋은 방법은 떡 하니 마주 보고 더 빠르고 강하게 직진하는 거요. 정공법만이 살 길이었소. 놈들이 힘을 모으고 꾀를 써서 작전을 벌이기 전에, 기선을 제압할 필요가 있었다오. 그 저녁도 용주호에선 파티가 한창이었소. 인천 감리를 비롯한 관리들, 일본 영사를 비롯한 외교관들, 상인 대표, 영국 측 요인 등이 모여 즐겁게 시간을 보내는 중이었소. 맞소. 나는 일부러 이 저녁을 택해 인천으로 내려간 게요. 인천 유명 인사들이 모두 모이기 때문이라오. 역에 내려 인천 감리 송준경에게 통보했소. 금아단장 백준기가 파티에 참석하여 인천 유지들과 인사를 나누겠다고. 감리의 회신이 도착하기도 전에 나는 용주호에 닿았소. 경비를 서던 사내 넷을 간단히 제압한 후 배에 올랐다오. 선원 하나가 바삐 파티장으로 들어서서 우리들의 도착을 알렸소.

금아단장 일행이 오셨습니다.

인천 유지들이 모두 입구 쪽으로 돌아섰소. 김용효와 최단비가 먼저 문을 열어 좌우로 서고, 내가 뚜벅뚜벅 만찬장으로 들어갔소. 내 뒤로 김용효와 최단비를 비롯한 금아단 병사 열 명이 도열했소. 열 자루의 독일제 마우저 소총 사이로 날카로운 바이올린과 부드러운 첼로의 합주가 흘렀소. 총과 음악, 그 어울리지 않는 광경이 곧 실내를 압도했소. 참석자들의 불안한 시선이 한꺼번에 내게 쏠렸다오. 나용주는 보이지 않았소. 인천 감리 송준경이 천천히 연단 쪽으로 나아왔소. 반가운 목소리로 나를 맞았지만 송준경이야말로 누구보다 불안한 표정이었소.

오시는 길에 불편한 건 없으셨는지요. 인천 감리 송준경올시다.

송준경이 인사를 시작할 무렵, 차갑고 날카로운 시선이 내 왼뺨을 찌르는 걸 느꼈소. 천천히 내게 시선을 보내는 사람을 향해 돌아섰소. 나용주였소. 그와 나 사이의 거리는 세 발자국 정도였지만, 그래서 마음만 먹으면 한순간에 달려와 끌어안거나 후려칠 수 있을 정도였지만, 우린 마주 보기만 했소. 용주와 나 사이에 13년의 간극이 있었소. 겨우, 13년이었고 참으로, 13년이었다오. 아득했소. 재회의 첫인상이 어땠냐고? 어떠했겠소? 나용주는 나용주였소. 살집이 조금 붙고 고급 양복을 입은 것 말고는 아무런 변함이 없었소. 용주의 차디찬 시선은 단 하나의 이름만 붙들었다오.

최장학!

용주도 나를 한눈에 알아봤소. 금아단장 백준기가 13년 전 인천 앞바다에서 실종된 최장학임을. 나도 말없이 녀석을 응시했소. 어색한 침묵을 눈치챈 송준경이 끼어들었다오.

인사들 하시지요. 용주해운 나용주 회장이십니다. 그리고 이쪽은 금아단 백준기 단장이시고요.

친구라는 이름 대신 각자의 직함으로 불린 우리는 더 어색해졌다오. 나는 이 어색함을 깨고 싶었소. 재회의 인사를 나누는 대신, 송준경과 나용주 사이를 지나 곧장 단상 앞으로 나갔고, 죄인들의 이름을 불렀다오.

허준길! 김종수! 최정두! 너희들을 아편 불법 매매 혐의로 체포한다.

열두 명의 금아단원이 이미 사진으로 눈에 익힌 세 사람에게 달려들어 수갑을 채웠소. 작은 소란이 일었지만 상황은 곧 제압되었소. 송준경이 놀란 눈으로 물었소.

아니, 이게 무슨 일이오? 오자마자 저 사람들은 왜 잡아들이는 게요?

송준경과 눈을 맞추며 대답했소.

저자들은 아편을 한양으로 불법 유통시켰소이다.

아니, 그게 무슨 가당치도 않은⋯⋯.

나는 송준경의 말허리를 단칼에 잘랐다.

감리는 정녕 모르셨소?

내, 내 어찌 그와 같은 흉악한 짓을 알았겠소이까?

나는 시선을 용주에게 옮겼소.

한양 명래방에서 아편굴을 차린 자들에게서 저자들 이름이 나왔소이다. 당장 저자들을 심문하여 배후를 밝히겠소.

용주의 표정이 차가움에서 놀라움을 지나 당혹감을 거쳐 분노로 바뀌었다오.

그래도 인천 감리인 나 송준경과 미리 의논을 했어야 하오. 감히 여기가 어디라고⋯⋯.

나는 품에서 황제의 칙령장을 꺼냈다오. 송준경이 움찔 몸을 떨었소.

황명을 받드시오. 이 시간 이후 인천의 모든 무역은 내가 직접 단속할 것이오. 불법으로 조선에 들어오는 아편을 가려낼 것이고 아편에 연루된 자 또한 남김없이 잡아들일 것이오.

그래도, 이렇게 갑자기…….

내 명령은 곧 황제 폐하의 명령이외다. 명심하시오.

내가 칙령장을 들고 목청을 높일 때, 이재진, 김용효, 임동선이 이끄는 금아단원들은 '무릉원'을 급습하였소. 용주 패가 저항했지만, 최신식 화기로 무장하고 고강도 훈련을 받은 단원들의 상대가 아니었다오. 무릉원 입구를 지키던 조직원 둘을 명사수 이재진이 한 방에 한 놈씩 쏘아 넘어뜨린 뒤 돌진하여 순식간에 '무릉원'을 장악한 게요. 첫날 작전으로 금아단장 백준기의 의지와 실력이 어느 정도인가를 충분히 알린 셈이었소.

'무릉원' 급습 작전이 마감될 즈음, 나는 나용주와 단둘이 용주호 별실에 마주 앉았소. 별실 통창으로 해가 기울고 있었소. 인천 앞바다가 훤히 보이는 그 창은, 대일해운 사장 스즈키의 2층 집무실에 있던 통창보다 더 높고 넓었다오. 대일해운에서 해고된 후, 용주는 스즈키의 집무실에 갔던 적이 있을까? 그 창으로, 짐을 나르느라 분주한 하역 노동자들을 본 적은? 창 하나를 사이에 두고 천당과 지옥으로 나뉜다는 생각은? 나는 가끔 스즈키의 통창을 떠올리곤 했다오. 스즈키가 나를 자신의 집무실에까지 부른 것은 창 안과 창 밖의 차이를 내게 느끼게 만들기 위함이었소. 배신하고 창 안에서 편히 살 것인가, 배신하지 않고 창 밖에서 고되게 짐만 나르다가 죽어 갈 것인가. 나는 배신하고 창 안으로 들어오려 했었소. 그런데 용주도 창 안에 있는 게요. 그사이 그에게 무슨 일이 있었을까. 그도 나처럼 누군가를 배신했을까.

서쪽 바다에 짙게 깔린 주홍빛이 창으로 거미처럼 기어 올라와 용주의 얼굴에 닿았다오. 아직도 모르겠소. 그때 녀석의 얼굴이 붉게 타올랐던 것이 석양 때문인지 아니면 나 때문인지. 우리 앞엔 양주병과 유리잔이 놓여 있었다오. 용주는 잔에 담긴 술을 단숨에 마시더니 시가를 한 대 물고 불을 붙였소. 나는 술을 마시지도 않았고 시가를 물지도 않았소. 평생에 한 번쯤은 용주와 다시 만날 날이 있지 않을까 생각은 했소. 세상이 아무리 넓다 하여도, 만날 사람은 또 너무나도 쉽게 만나는 법이니까. 그러나 나는 금아단장으로, 용주는 내가 반드시 체포하여 감옥에 넣어야 할 인천 아편 조직 우두머리로 만날 줄은 몰랐소. 내가 몰랐듯 용주도 몰랐을 게요. 그렇게 한참을 마주 보고 앉아 있었소. 각자가 내뿜은 침묵은 차갑고도 뜨거웠소. 침묵 안에 수많은 질문과 대답이 오갔소. 할 말이 너무 많은 것과 할 말이 전혀 없는 것이 결국 같은 마음일 때도 있는 법. 무슨 말을 어디서부터 할지 모른다는 것이니까.

'놀랐다. 금아단장 백준기가 내 친구 최장학이라니. 어찌 된 거냐? 그때 바다에 빠져 죽었던 게 아냐? 살아 있으면서 왜 내게 연락을 안 했어? 이름은 왜 바꾼 거고?'
'최장학은 그날 죽었어.'

'난 억울하게 죽은 상현이와 너만 생각하고 여기까지 왔다.'

'그래서 아편에 손을 댄 거야?'

'아편이 어때서? 세상이 온통 썩었는데. 나 성공했어. 내가 번 돈으로 세상을 다 가졌다고.'

'잘난 체 마. 더럽게 번 돈 더럽게 잃게 될 거야. 결국 넌 내 손에 무너진다.'

'내가 그렇게 당할 놈이 아니란 건 네가 제일 잘 알잖아.'

'그래서 넌 내 손에 무너지는 거야. 내가 널 제일 잘 아니까.'

모르긴 해도 그날 우리는 침묵 속에서 이런 대화를 나눴을 거요. 무엇이 들리시오? 스무 살 고생을 함께했던 친구지간의 회한? 잡으려는 자와 잡히지 않으려는 자의 난폭함? 정작 내 입에서 나온 말은 달랐소.

석양이 곱구나. 그때처럼.

그래. 변함없지.

왜 묻지 않아?

물으면?

용주의 되물음에는 어떤 체념이 담겼다오. 이미 뒤엉킨 시간들을 묻고 답하며 확인한들 무슨 소용이 있겠느냐는 거였소. 각자의 위치가 벌써 답을 한 셈이었다오. 상현이 죽던 날, 나는 용주에게 돌아가지 않았소. 영원히 그 바다에서 실종된 친구로 남기로 정한 거요. 그것은 더 이상 함께 앞날을 도모하지 않겠다는 가장 분명한 입장이기도 했소. 그 후로 나는 나대로 살았고 용주는 용주대로 살

왔소. 돌이킬 수 없다면 계속 가는 수밖에 없다오. 용주도 나도 말이오. 앞에 놓인 위스키 잔을 들어 목구멍으로 쏟아붓고 내가 일어섰소.

또 보자.

그래. 몸조심하고……

너도.

그리고 돌아서서 나왔소. 독한 위스키 탓인지 아니면 내 안의 그 무엇 때문인지 온몸이 끓어올랐소. 용암처럼.

목이 메어 말을 하기 힘드니, 잠시만 쉽시다.

맞소. 충격은 용주가 훨씬 컸을 게요. 모든 것을 알고 용주를 만난 나와 아무것도 모른 채 나를 만난 용주는 분명 다르니까. 인천 아편 조직의 우두머리가 나용주라는 보고를 받은 순간부터 나는 수도 없이 그와의 조우를 머릿속으로 그렸소. 마음의 준비가 단단했던 거요. 그런 나도 견디기 힘들었는데 용주는, 내 친구 용주는 어땠을까. 죽은 줄로만 알았던 최장학을 본 충격이 얼마나 컸을까. 더구나 나는 그를 제거하기 위해 간 금아단장인데. 그런 회한에 사로잡힌 채 계단을 내려왔다오. 맞소. 우리의 재회는 시작부터 불공평했던 거요. 13년 전 우리의 이별이 그랬던 것처럼 말이오. 그런데, 그런데 말이오. 마지막 계단을 딛고 육지로 내려설 때, 나도 청천벽력의 순간과 맞닥뜨렸다오.

빙빙이었소. 13년이라는 시간 동안 불면의 밤을 시새우며 시우고 밀어냈던 여인. 내 빙빙이, 하얀 속살이 비칠 듯 얇은 푸른색 원피스를 입고 가늘고 긴 팔로 분홍색 양산을 받쳐 들고 서 있었소. 13년 전 '천락원'에서 사내들에게 몸을 팔고 아편에 취해 있던 불쌍한 여인, 나를 만나 나와 사랑을 나누고 나를 기다리다 헤어진 여인, 한때 내 여자였지만 줄곧 나의 상처였던 여인. 그 빙빙이었소. 용주호를 향해 다가오는 빙빙을 보며 단숨에 깨달았다오. 나는 13년 전 인천을 떠났고 용주는 인천에서 처절하게 살아남았으며 그 때 내가 버릴 수밖에 없었던 빙빙은 용주의 여인이 되었다는 것을.

양산에 가려 나를 보지 못한 빙빙이 다가왔소. 청국 여인 둘의 시중을 받으며 걸어오는 자태에 기품이 넘쳤소. 고운 피부와 아름다운 얼굴과 육감적인 몸매도 그대로였소. 아니, 앳된 구석이 남아 있던 빙빙은 13년이라는 세월을 먹고 농익은 여인으로 변해 있었소. 다시 보니 빙빙의 드레스는 13년 전에도 늘 입고 지내던 치파오를 본떠 만든 듯했소. 숨이 멎는 것 같았소. 십중팔구는 '천락원'에서 아편에 절어 죽었거나, 빚을 갚지 못해 사내들에게 맞아 죽었을 거라 생각했소. 운이 아주 좋다면 자청방의 몰락 이후 청국으로 돌아갔을 거라 믿었소. 그런데 빙빙이 인천에 그대로 있었던 거요. 그것도 나용주의 여자가 되어서 말이오. 나를 사랑하긴 했을까, 13년 전 각국 공원에서 자청방 패거리들에게 곤죽이 되도록 얻어터지던 그 밤, 빙빙은 나를 기다렸을까. 만 가지 생각과 만 가지 감정에 심장이 찢겨 나갔소. 용주가 오늘 맞은 날벼락을 나와 빙빙이 맞을 차례였다오. 인생…… 참 고약하지 않소? 아니야, 그래서 인생이 아름다운 건가? 크하하하. 이건 정말 만약인데 말이지. 만약에, 내가, 빙빙을 다시 용주호가 아니라 어디 근사한 구락부나 한양의 길거리 혹은 싸구려 술집, 하다못해 문둥이 마을 같은 데서 만났다면 어땠을까. 그랬다면, 천 번이고 만 번이고 빙빙을 얼싸안고 눈물을 줄줄 흘리거나 어깨춤을 추었을지도 몰라! 13년 동안 어디서 무슨 짓을 하고 살았든, 지금 꼴이 어찌 변했든, 전혀 개의치 않고 빙빙을 내 사람으로 받아들였을 거라고! 이제부터라도 후회 없이, 죽는 날까지 사랑하자 했을 거라고! 그런데, 그런데 내 맘대로 하기 힘든 가장 끔찍한 곳에서 빙빙을 만난 거요. 흐흐흐. 그러니까 맞지, 내 말이? 인생, 더럽게 고약하지? 아닌가? 그래서 아름다운 건가? 이런 씨발! 말이 또 꼬이네. 니미럴. 아무튼 말이오, 그렇게 우리는, 빙빙과 나는, 13년 만에 다시 만났소. 마주 선 우리 둘의 머리 위로 갈매기 떼들이 빙빙 돌고 있었소. 나는 눈으로 물었다오. 기다렸소?

  당신…… 맞나요?
  빙빙이 조선어로 떨며 되물었소. 그 순간 얼마나 많은 문장들이 내 머리를 지나간 줄 아시오? 한 남자가 한 여자에게 건넬 수 있는 모든 문장들이 날아들었소. 하지만 나는 그중 어느 것도 못 집었다오. 언젠가 빙빙을 만날지도 모른다는 상상은 했소. 대화를 나눈다면? 무슨 말을 할까 고민하다가 멈췄더랬지. 빙빙과 다정하게 말을 주고받는 날이 올 것 같지 않았다오. 그런데 인천에 온 첫날 상상이 바로 현실이 되었소. 빙빙이 방금 내게 물었소. 당신…… 맞나요? '당신'과 '맞나요?' 사이, 이 짐깐의 침묵에도 많은 단이들을 넣었다가 뺏다오. '최장학'이라는 이름 석 자를 넣는 건 시시했고, '내 사랑이'를 넣으니 가슴이 몹시 뛰었소. 하지만 이내 머릿속에서 지우고 말았소. 빙빙은 이미 '내 사랑이'라고 말할 수 없는 형편이었던 거요. 그래서 나는 결국 물음을 반복하여 읊는 데 그쳤소.

그렇소. 나요.

그리고 빙빙의 다음 말에 귀를 기울이기로 한 게요. 빙빙이 차갑게 나온다면 내 이름을 넣을 것이고, 뜨겁게 흐느끼기라도 한다면 사랑 운운 쪽이 더 가능성이 컸소. 빙빙의 작고 도톰한 입술만 쳐다보았다오. 그 입술이 열릴까 말까 하는데, 빙빙의 시선이 위로 향했소. 용주가 갑판으로 나와 난간에 기대섰던 게요. 빙빙은 황급히 돌아섰소. 나는 손목이든 팔꿈치든 붙들고 싶었소. 하지만 차마 그럴 수 없었소. 갑판에서 내려다보는 용주가 아니더라도 내가 무슨 자격으로 빙빙을 붙잡을 수 있었겠소. 황급히 사라지는 등을 바라보기만 했소. 뭔지 모를 울분이 치밀어 올라왔다오. 완벽하게 어그러진 운명의 조각들이 애써 지탱하다가 바로 그 순간 내 눈앞에서 산산이 부서지는 것 같았소. 13년 만의 귀환은 역시 쉽지 않은 일이었소. 각오한다고 해결되지 않는 일도 있음을 절실히 깨달았다오. 빙빙은 종종걸음으로 계단을 올라 용주의 배로, 아니 용주에게로 돌아갔고 나는 그렇게 멍하니 바다를 바라보고 서 있었소. 삽시간에 내려앉은 어둠에서 나는 오랫동안 황망했소.

주체할 수 없이 허한 마음을 일에 다 쏟아부었소. 내가 몰두할

수록 나와 용주의 사이는 벌어지도록 정해졌다오. 빙빙을 본 후 가속도가 붙었는지도 모르오. 질투라 해도 좋소. 복수라 해도 부인하진 않겠소. 수컷들이란 원래 유치한 거니까. 금아단 활동이 본격적으로 시작되었다오. 아편굴을 급습하여 아편쟁이들을 잡아 가두는 식으론 아편이 근절되지 않는다오. 단원들과 면밀하게 작전을 짰소. 표면적으로는 지하로 숨어든 아편굴을 발본색원하고 아편을 만들어 유통하는 자들을 잡아들이는 일이었지만, 가장 중요한 수사는 합법으로 둔갑한 나용주의 불법을 찾아내는 것이었소. 표면의 일은 상대적으로 쉬웠고 이면의 일은 성과를 가늠하기 어려웠다오. 과연 내가 나용주의 실체에 다가갈 수 있을까. 나용주의 심장을 향해 방아쇠를 당길 수 있을까. 고민이 머리를 짓눌렀소. 내게 선공을 빼앗긴 나용주는 우선 합법을 가장한 채 자신의 힘을 과시하기 시작했소. 우선 첫날 '무릉원'에서 체포된 아편쟁이 중 외국인은 모두 훈방으로 나왔다오. '무릉원'도 단속과 상관없이 영업을 계속했소. 나는 곧바로 인천 감리 송준경을 찾아갔소.

당장 '무릉원'의 영업을 중지시키시오.

그럴 수 없소. 그곳은 비록 민간 업소이긴 하나 손님의 7할이 외국인이오. 내 마음대로 할 수 없다는 말입니다.

황명을 잊은 게요?

이보시오. 백 단장. 세상이 바뀌고 있음을 모르시오? 황명이라도 국가와 국가끼리 맺은 협약을 깰 순 없다오. 황제 폐하의 칙령장을 아무리 흔들어 봤자 그건 대한제국 백성들에게만 통할 뿐이란 말이오.

무엄하오!

아직도 내 말 모르겠소? '무릉원'처럼 외국인들이 출입하는 사교장은 치외법권 지역이란 말이오.

조선 최대 개항장의 으뜸 관리인 인천 감리에게 '협약'은 무소불위의 방패였고, 그는 나용주를 향한 나의 창을 그 방패로 막으려 들었다오. 나용주에게 인천 감리는 아편쟁이에게 꼭 필요한 아편과도 같았소. 드러나지 않는 나용주의 권세는 예상보다 강력했소. 우리가 인천에 도착하자마자 체포했던 허준길, 김종수, 최정두, 이 세 놈도 풀어줄 수밖에 없었다오. 명목상 이유는 증거 불충분이지만, 그자들을 풀어주라는 윗선의 지시가 있었던 거요. 게다가 나용주에겐 내가 전혀 생각 못한 또 다른 힘이 있었다오. 그것은 바로 인천 백성이었소. 용주는 더럽게 번 돈과 추한 권력으로, 인천 백성을 보호하였던 거요. 학교를 만들어 장학 사업을 벌이고, 정미소를 만들어 가난한 자들에게 쌀을 나눠 주었으며, 노동조합을 후원하고 상인들을 보호하는 등 선행을 베풀었소. 정미소 사장 허준길과 상인번영회장 최정두, 그리고 외국어학교 이사장 김종수가 체포되었다는 소식이 전해지자, 인천 백성이 벌 떼처럼 일어나 감리서를 에워싸고 시위를 벌였다오. 인천 백성은 나용주의 편이었고 나는 혼자였소. 정확히 말하면 인천은 나용주의 고을이었소. 뒤늦게 나는 깨달았소. 나용주가 가진 힘은 상상 이상으로 크고, 어쩌면 나는 나의 모든 것을 내놓아야 할지도 모른다는 사실을 말이오.

그렇다고 멈출 수 없었소. 적이 두려워 공격을 멈추면 장수라 할 수 없지 않겠소. 또한 내겐 목숨을 걸고 완수해야 할 큰 뜻이 있었으니 말이오. 우리는 두 번째 작전으로 아편 도구를 만드는 공장들을 찾아 급습하였소. 아편을 피우는 대와 아편을 휴대하고 다니는 통 등을 만드는 곳이었소. 당시엔 아편대와 아편통을 만드는 공장들이 암암리에 성행하고 있었소. 대나무로 만든 싸구려부터 코끼리 상아로 만든 최고급 제품에 이르기까지 다양했소. 이곳들부터 깨기 시작한 거요. 그다음엔 아편을 실어 나르는 짐배들을 붙잡았소. 선장들을 심문하여 자백을 받아 냈고, 한 번이라도 아편을 밀수한 적이 있는 배는 보란 듯이 인천 앞바다로 끌고 나가 침몰시켰소. 호텔이나 여관의 보이들도 하루에 전부 잡아들였다오. 숙박 시설에서 몰래 아편을 피우는 것은 인천이 개항한 후 줄곧 있어 온 일이었소. 아편 유통에 관여한 보이들은 숙박 시설에서 내쫓았다오. 그리고 그 빈자리에 들어갈 보이들은 금아단에서 철저하게 점검했소. 우리가 철저할수록 저들의 저항도 강해졌다오. 금아단이 10의 힘으로 단속하면 저들은 100의 힘으로 받아쳤소. 폭력으로 맞서고, 뻥돌아 연줄을 대고, 돈으로 시야를 흐리게 했다오. 인천 백성들에게 아편은 독이면서 생계였고 생활이었소. 참으로 치명적인 일상이었던 게요.

이런 일들이 신행되는 동안, 나는 별동대를 꾸려 나봉수의 복숨줄을 찾고 있었소. 아편 제조 공장 말이오. 처음에 나용주는 비싼 돈을 주고 아편 환을 그대로 수입했지만, 시간이 가고 경험이 쌓이면서, 생아편을 싸게 사들여 비싼 환으로 탈바꿈시켜 너 많은 돈을 벌었던 거요. 나용주에게는 금광이나 다름없는 곳이었지. 그렇게 제조된 아편 환의 환각 효과나 중독성은 생아편과는 비교할 바가 못 되었소. 나용주는 아편 제조 공장을 숨겨야 했고 우린 그것을 반드시 찾아내야만 했다오. 수색과 탐문이 지루하게 이어지던 어느 날이었소. 우리가 끄나풀로 쓰던 아편쟁이에게 생아편을 환으로 바꾸는 아편 기술자 한 놈이 걸려든 거요.

최철호란 놈이었소. 인천에서 대대로 부호였던 최씨 집안의 막내아들. 상하이에서 유학할 때 아편에 빠졌고 이후 중독자로 돌아온 거요. 금아단의 단속이 심해지자 아편을 구하기가 힘들어졌고, 아편쟁이들은 새로운 비밀 거래선을 찾아 헤매었다오. 이때 짭짤하게 수익을 올린 이들이 바로 기술자들이었소. 공장에서 조금씩 빼돌린 아편 환을 모아 웃돈을 두둑이 얹어 팔았던 게요. 우린 집안에서 내쫓겨 빈털터리가 된 최철호에게 접근했다오. 아편 살 돈을 대 주는 대신 정보를 빼냈던 거요. 최철호에게 아편을 몰래 팔던 기술자를 단원 셋이 현장에서 체포했소. 처음엔 딱 잡아뗐지만, 빛 한 줌들지 않는 지하실에 거꾸로 매달아 놓은 지 사흘 만에 아편 제조 공장의 위치를 털어놓았다오. 인천항 젓갈 공장 안에서 아편 환을 만들고 있었던 게요. 인천항은 개항장이 되기 전에는 대대로 고기 잡는 포구였다오. 물고기들을 젓갈로 숙성시켜 팔던 가게들도 적지 않았소. 개항 이후 사업을 확장한 이들은 아예 공장을 차려 젓갈을 생산하고 도매로 유통하였다오. 그 공장들 깊숙한 곳에 아편 제조 공장이 숨어 있었던 게요. 묵은 생선 비린내로 사람들의 코를 막을 수 있고, 소매상들과 공장 인부들의 왕래가 빈번한 곳이라 오히려 의심을 사지도 않으니, 몰래 아편을 만들기엔 안성맞춤인 곳 아니었겠소. 그날 밤 우리는 기습했소. 나는 본부를 지켰고 이재진이 금아단 기습대를 이끌었지. 입구를 지키던 사내 둘을 기절시키고 공장으로 들어서자, 생선의 배를 따고 아가미를 뜯어내고 있던 아낙들과 노파들이 자그마한 작업 칼을 든 채 우리를 바라보았다오. 생선들이 삭고 있는 커다란 항아리 수백 개를 지나 안쪽으로 들어가자, 젓갈 공장과는 어울리지 않는 지저분한 작업장이 눈에 들어왔소. 기술자들과 보조원 20여 명이 천을 둘러 코와 입을 막고 아편환을 제조하고 있었소. 천장이 낮은 실내는 연기와 이상야릇한 냄새로 가득했소. 그 냄새를 막기에 생선 비린내는 최고였던 거지. 나중에 알고 보니 공장 인부들도 모두 아편 중독자들이었소. 그들 중절반쯤은 일하다 중독된 자들이고, 나머지는 중독자들을 끌어모아 공짜로 일을 시켰던 거요. 정신이 반쯤 나간 그들을 제압하는 건일도 아니었소. 공장을 찾아내기까지 걸린 시간에 비하면 기습에 걸린 시간은 한순간이었다오. 단원들은 인부 전원을 체포하고 현장을 폐쇄한 후 자리를 떴소.

혹시 말이오. 무슨 일이든 너무 순조롭다 싶을 땐 의심을 한 번쯤 해 보는 것이 좋소. 이렇게 일이 술술 풀려도 되나? 뭔가 빠뜨린 건 없나? 누군가가 날 노리고 있는 건 아닌가? 뭐 그렇다고 달라지진 않겠지만 말이오.

인부들을 제포하고 돌아서는 순간 총탄이 날아들었소. 기관총이었소. 한순간이었소. 우리 단원들과 체포된 인부들까지 전원 몰살당했다오. 내 잘못이오. 누구보다 나용주를 잘 아는 내가 그의 존재를 무시한 거요. 한 번의 방심이 초래한 결과는 참혹했소. 금아단을 결성할 때부터 충심으로 임했던 사내 이재진은 그렇게 세상을 떠났소. 이제 나용주와 나 사이에는 마지막으로 남아 있던 다리가 끊어졌소. 이에는 이, 눈에는 눈. 대결만이 남았소. 미친 듯이 사건에 매달렸소. 급습한 자들을 색출하려 했지만 찾을 수 없었소. 누구인지는커녕 몇 명이었는지, 아니 사람인지 귀신인지조차도 알 수 없었소. 인천 감리서에서 수사를 했지만 형식적이었소. 오래되고 외떨어진 젓갈 공장 깊숙한 곳에서 한밤에 벌어진 살육은 그렇게 미궁에 갇히고 말았소. 현장에 있던 자들은 한 사람도 남김 없이 죽어 버렸고, 젓갈 공장에서 일하던 아낙과 노파들은 아는 것이 전혀 없었소. 사정이 그러하니 그 배후로 나용주를 밝혀낸다는 것은 완전히 불가능한 일이었소. 초조했소.

한 번의 참패 이후 나는 독을 품었소. 물면 반드시 죽이는 그런 독 말이오. 다시 걸려들었소. 나용주의 두 번째 금광. 이번엔 제물포 시장 안이었소. 세상은 빠르게 변하고 있었소. 구식 점포가 빠진 자리에 신식 점포가 하나씩 들어섰다오. 옛날식 포목점이 빠지고 그 주변에 신식 양장점과 양복점이 들어섰고, 주막이 빠진 자리에 양과자점이나 짜장면집이 들어섰소. 그런 식으로 조선 사람들은 삶의 터전에서 밀려나고 있었소. 땅을 잃고 일자리를 잃고 터전을 잃어 가던 사람들의 슬픔이 배어 있던 곳. 그중에서도 가장 슬픈 곳이 어딘 줄 아시오? 정미소요. 땅도 조선 땅이고 농사를 짓는 사람도 조선 사람이었지만 그 수확은 외국인, 특히 일본인들의 것이었소. 그즈음 많은 조선 사람들은 1년 내내 피땀 흘려 농사를 지어 외국인들 손에 갖다 바치고 있었던 거요. 나용주의 두 번째 금광은 제물포 시장 안의 정미소 지하에 있었소. 당시 인천에서 가장 규모가 큰 정미소였다오. 언제나 분주했소. 볏섬이 산처럼 쌓인 채 도정되길 기다렸고, 수십 섬의 벼가 도정 중이었으며, 이미 도정이 끝난 벼들이 또한 산처럼 쌓여 있었소. 정미소 규모만큼이나 아편 제조 공장도 컸소. 나용주가 운영하던 비밀 공장들 중 가장 규모가 큰 곳이었소. 정미소는 콸콸콸콸 기계 돌아가는 소리가 하루 종일 사시사철 들렸고 늘 뿌연 볏가루로 뒤덮였소. 아편 제조 공장으로는 최적의 조건이었던 거지. 다시 급습을 감행했소.

단원들 반대가 만만치 않았다오.
정미소의 위치가 각국 조계 안입니다. 각국 조계에 속한 여러 나라들이 반드시 항의할 겁니다. 외교 문제로 발전할 수도 있습니다.
정미소가 하루라도 가동되지 않으면, 인천 지역 쌀 공급에 심각한 차질을 빚습니다. 인천 백성들이 금아단에 등을 돌릴지도 모릅니다.
그래서 하는 거나.
무슨 말씀이신지……?
각국 소계의 성미소를 칠 것이라고는 누구도 예상하기 어려워.

금아단으로 쏟아질 비난은 미리 피할 방도를 마련하면 되고.

방도라 하심은?

나용주를 제거하고 싶은 자가 조선에서 금아단뿐이겠느냐? 우리가 했다는 사실이 밝혀지지 않으면 돼. 이번 일은 철저하게 비밀에 붙인다. 순검들 귀에 들어가선 안 돼. 인천 감리서는 더더욱 안 되지. 오로지 우리만 알아야 해.

그즈음 나는 나와 함께 인천으로 내려간 금아단원 외엔 누구도 믿지 않았소. 믿을 수 없었소.

인천 순검들을 동원 못하면 감행하기 힘든 일입니다.

삼중으로 경계를 서고 있습니다. 모두 소총으로 무장했고요. 마지막 문 앞엔 기관총까지 배치되었습니다.

단원들이 부정적인 의견과 정보를 내놓았지만 나는 흔들리지 않았소. 이런저런 상황과 형편을 고려하면 아무 일도 할 수 없었다오. 특히 금아단 업무는 대부분이 그래서 하는 것이 아니라 그럼에도 불구하고 하는 일이었다오. 맞은편에 앉아 묵묵히 듣고만 있던 단비를 쳐다보며 말했소.

이번엔 단비가 맡아 다오.

대한제국 최고의 폭약 전문가 최단비는 한쪽 입술을 슬쩍 끌어올리고 회심의 미소를 지으며 고개를 끄덕였소.

단장님의 존명(尊命)을 따르겠습니다!

나는 결단을 내렸다오. 문을 부수고 들어가는 대신, 그냥 한 번에 날려 버리기로. 우리 쪽 요원 셋에게 쌀을 한 말씩 지워 정미소로 보냈소. 최단비가 꼬박 사흘 밤을 새워 만든 폭탄을 쌀과 함께 섬에 넣었소. 정미소 인부 중 누군가가 도정을 위해 섬의 새끼줄을 당기는 순간 폭탄이 터지게 만들어져 있었소. 나머지 두 개의 폭탄 은 타는 불에 기름이 되어 화력을 폭증시킬 것이오. 정미소가 아무 리 크다 해도 한 번에 날려 버릴 양이었다오. 하지만 만사 불여튼 튼, 내 작전은 거기에 그치지 않았소. 만에 하나 불발되거나 발각 될 상황을 대비해 다른 대책을 세웠소. 폭탄이 든 쌀 섬이 쌀이 든 쌀 섬에 섞여 도정을 기다리던 그 시각, 다른 요원 셋은 정미소 바 깥의 눈에 띄지 않는 곳에 폭탄을 설치했소. 나용주의 맥심 기관총 이 순간이라면 나의 폭약은 그보다 짧은 찰나였다오. 최단비의 폭 약은 한 치의 오차도 없이 계획대로 장렬하게 폭발했소. 부하들이 폭약을 설치하고 나오자마자 정미소는 흔적도 없이 사라졌소. 물론 그 안에 있던 자들은 다 죽었다오. 나용주의 비밀 공장과 함께 말 이오. 23명 전원 사망. 애꿎은 죽음도 있었소만…… . 그 방법밖에 없 었소. 그렇게 나용주와 나는 피의 대결을 한 번씩 주고받았다오.

폭파 사건이 터지자 인천이 온통 술렁거렸소. 당장 인천 감리가 나를 찾아왔소.

대체 무슨 짓이오?

뭐가 말이오?

정미소 폭파, 당신 짓이잖아?

금아단이 한 짓이 아니오. 나도 방금 전에 보고를 받았소. 폭파 된 정미소 지하에 아편 공장이 있었다는 사실도 몰랐으니까.

철저하게 비밀에 부쳤던 아편 공장이니 내가 모른 체해도 할 말이 없었던 거요. 게다가 정미소 전체가 폭탄과 함께 날아갔으니 증거가 전혀 남지 않았소. 하지만 문제는 인천 감리가 아니었소. 각국 조계에서 일어난 대형 폭파 사건이었기 때문에, 영국과 노서아를 비롯한 구라파의 여러 나라들이 대한제국에 정식으로 항의해 왔다오. 특히 영국의 항의가 거셌소. 물 만난 고기처럼 길길이 날뛰며 금아단 폐지와 손해배상을 요구했소. 그들이 입은 직접적인 손해가 없으니, 배상은 억지 주장이었소. 금아단 소행이라는 증거도 발견되지 않았기에, 금아단 폐지도 어불성설이지. 대한제국은 황제의 명의로 각국 공사관에 재발 방지에 힘쓰겠다는 글을 보내는 정도로 마무리를 지었다오. 수확이 없었던 것은 아니오. 반발이 거세다는 것은 그만큼 이번 폭파 사건으로 영향을 많이 받았다는 뜻이니까. 나는 단원들로 하여금 영국과 나용주의 관계를 내사하도록 했소. 역시 내 짐작이 맞았소. 이미 아편으로 청국과 전쟁까지 일으킨 나라답게, 영국은 인도에서 재배한 생아편을 몰래 인천으로 들여오고 있었소. 인도에서 인천으로 들어오는 영국 국적 화물선 창고 밑바닥에서 생아편이 든 상자를 찾은 거요. 나는 즉시 보고서를 작성하여 은밀히 한양으로 올려 보냈다오. 명령만 내리면 영국 상인들도 본격적으로 수사할 계획이었소. 하지만 폐하께서는 자중하라는 밀서를 보내셨소. 증거를 잡았지만 함부로 내세울 수도 없었소. 힘없는 나라가 가진 증거는 휴지 조각보다 못했던 거요. 영국은 60년 전 청국과의 아편전쟁 때도 그랬소. 청국이 아편 밀거래의 물증을 수차례 잡았지만 사과는커녕 전면전을 일으켰던 나라요. 외교가 뭔지 아시오? 겉으로는 미소를 짓고 우아를 떨지만 이면에선 오로지 힘의 논리만 작동하는 가면놀이라오. 힘 있는 나라가 힘없는 나라를 우아하게 핍박하는 것. 원하는 것만 취하고 원하지 않는 것을 물리치는 것. 그것이 바로 외교라오. 우리가 적발하고 몰수한 생아편은 약용(藥用)이란 명목으로 영국 상인에게 되돌려 주어야만 했소. 이제 목표는 더욱 명확해졌소. 청국에 이어 일본과 영국까지 개입시킨 나용주. 그는 더 이상 아편 조직의 우두머리가 아니었소. 나라와 백성을 팔아먹는 괴수가 된 거요. 나용주를 없애는 것, 그것만이 대한제국 백성을 구하는 유일한 길이 되었소.

폐하의 명을 받들어 금아단 활동은 소강 국면으로 접어들었소. 겉으로 드러나는 활동을 잠시 멈춘 대신 전열을 재정비했고, 인원을 확충하였으며, 다음 단계로 나아갈 작전을 짰소. 또한 저들의 반격을 대비했소. 나용주가 결코 가만 있지 않으리란 걸 누구보다도 내가 더 잘 알았다오. 용주는 남들이 한 걸음 물러날 때 열 걸음 달려드는 사람이라오. 그가 13년 동안 쌓은 것들을 금아단이 맹렬하게 부수기 시작했으니 당연히 받아치리라 여겼소. 단원들에게 각별히 주의를 줬다오. 경계를 늦추지 말고, 조금이라도 의심스러우면 우선 내게 보고한 후 움직이라고. 그러나 예상과 달리 반격이 곧장 시작되진 않았소. 이상한 일이었소. 용주가 움직이지 않으니 불안감이 커졌소. 감옥에 아편 중독자들이 늘어날수록, 인천에서 아편 유통이 줄어들수록, 나는 자꾸 용주호에 눈이 갔소. 용주는 그 거대한 배에서 내려올 줄을 몰랐소. 인천에서 벌어지고 있는 일들 따윈 관심도 없다는 듯 여유를 부렸다오. 전혀 여유를 부릴 처지가 아닌

데도 말이오.

　대신, 빙빙에게서 만나자는 편지가 인편으로 왔소. 아편을 단속하는 동안 그 고운 얼굴이 떠오르지 않았다면 거짓말일 게요. 밤이 깊으면 더욱 생각이 났다오. 빙빙이 각국 조계 양과자점 '별미(別味)'의 주인이란 건 진작부터 파악하고 있었소. 상현과 용주와 함께 갔던 일본 조계 양과자점 생각도 났다오. 아마도 용주가 그 맛을 잊지 못해 빙빙에게 양과자점을 차려 줬는지도 모르겠소. '별미'는 일본 조계와 각국 공원 사이 언덕 영국인 거주지에 있었소. 오른편 내동 쪽 각국 조계 계단을 사이에 두고 미국인과 독일인 거주지가 붙어 있어서, 사람들 왕래가 빈번하여 장사하기에도 좋고 안전하기도 했다오. 게다가 금아단이 자리 잡은 인천 감리서에서도 가까웠소. 느릿느릿 걸어도 10분 남짓이면 충분했다오. 빠른 걸음으로 밤길을 걸으면 5분이면 닿을 수도 있소. 솔직히 고백하리다. 근처까지 몇 번 갔었소. 지척에 빙빙이 있는데 아무 생각도 나지 않았다면 그건 거짓말이지. 혼자 있는 밤이면 나도 모르게 '별미' 쪽으로 두 발이 움직였다오. 어떤 날은 불빛 비치는 가게 안을 각국 조계 계단에 앉아 들여다보기도 했소. 빙빙은 종업원과 이야기를 나눌 땐 위엄이 넘쳤고 외국 귀부인들과 다과를 먹으며 담소할 땐 기품이 흘렀소. 혼자 책을 읽거나 장부 정리 같은 걸 하고 있는 날이면 가게로 뛰어들고픈 욕망을 참느라 힘들었다오. 마음만 먹으면 한걸음에 닿을 수 있는 곳에, 내 여자일 수 있었으나 내 여자가 아닌 빙빙이 있었소. 빙빙은 여전히 나의 빙빙이었지만 영영 닿기 힘든 여인이기도 했소. 하지만 그것도 잠시였소. 금아단 활동이 시작되고 여기저기서 비명과 총성과 폭음이 들리면서 빙빙도 '별미'에서 사라졌소. 낮에만 영업하고 해가 지기 전에 가게 문을 걸어 닫았다오. 어쩌다 밤에 가게 문을 연 날도 종업원 두 명만 근무했다오. 빙빙과 나의 거리는 용주를 중심으로 반비례했소. 내가 용주에게 다가갈수록 빙빙은 내게서 물러섰다오. 참 얄궂기도 하지. 그런데 편지가 온 거요. 멀어져만 가던 빙빙에게서 만나자는 편지가 말이오. 딱 한 줄이었소.

'만나고 싶어요.'

자정 무렵 내가 따로 마련한 별실로 갔다오. 용주는 아마도 용주호에서 여전히 머무는 듯했소. 그러니까 빙빙이 야심한 시각에 나를 불러낸 것이겠지. 부하들에겐 말도 하지 않고 나온 밤길이었소. 내가 왜 꼭 이 밤에 별실로 가야 하는지 설명할 자신이 없었다오. 부하들은 혹시 함정일지도 모른다고 나서서 반대할 것이 뻔했소. 나도 그럴 가능성을 배제하진 않았소. 그렇기 때문에 빙빙이 원한 '별미' 대신 두 번이나 장소를 옮겨 내가 정한 곳으로 오도록 한 게요. 응봉산 서쪽 자락 언덕 위 작은 찻집을 잡았소. 13년 전 나와 빙빙이 사랑을 나누던 독일인 거주지 부근이었소. 13년 동안 길이 넓어지고 새 건물이 들어서고 없던 주택과 점포가 생기긴 했지만, 언덕길을 오르며 빙빙이 자연스럽게 추억에 젖으리라 여겼소. 우리의 사랑과 이별을 애틋하게 떠올리길 바랐소. 나는 약속 시간보다 일찍 찻집으로 갔소. 달빛을 받아 금빛으로 찰랑이는 인천 바다에

용주의 배가 손에 잡힐 듯 떠 있었소. 그리고 얼마 지나지 않아 청일 조계 계단으로 나의 빙빙이 걸어 올라왔다오. 돌계단을 하나씩 밟으며 다가왔소. 가슴이 뛰었소. 무슨 말을 하려는 걸까. 왜 보자고 한 걸까. 어둠을 은은하게 털어내는 흰 드레스가 도드라지게 기억이 나오. 예쁘고 단아한 나무 탁자를 사이에 두고 마주 앉았소. 나는 빙빙을 위해 따뜻한 차를 준비했소. 13년 전 우리가 사랑을 나누던 어느 밤 몸이 찼던 기억이 났다오. 그날 이후 처음으로 빙빙을 위해 몸을 데워 줄 차를 마련한 게요. 그 한잔의 차를 위해 나는 하루를 온전히 비웠다오. 한약방을 찾아 대추와 계피, 생강, 구기자, 그리고 질 좋은 꿀을 함께 넣어 끓였소. 누군가를 위해 무엇을 준비한다는 것이 큰 즐거움임을 그때 알았소. 그러고 보면 나란 사람, 참 불행하기도 하지. 그렇게 작은 즐거움조차 모르고 오로지 살아남기 위해 살아왔으니 말이오. 그 밤 나는 불도 켜지 않고 오로지 달빛에 의지하여 내 사랑의 얼굴을 바라보았다오.

마셔요. 당신을 위해 준비했소.
빙빙은 차에 손도 대지 않았소. 대신 나를 똑바로 쳐다보며 입을 열었다오.
금아단의 활약이 대단하더군요.
그 문장을 듣는 순간 불쾌한 기분이 밀려들었소. 대추차가 부끄러웠소. 그리워하고 또 그리워하며 여기까지 왔는데, 갑자기 빙빙이 미워졌다오. 첫 문장의 첫 글자가 금아단으로 시작해선 안 되는 거였소. 물론 이야기하는 건 빙빙의 자유지만, 그래도 금아단의 활약

운운하는 건 사적으로 대화가 흐르지 않도록 차단하겠다는 의지를 드러낸 거였소. 빙빙과 나 사이의 달빛이 갑자기 얼음처럼 차갑게 느껴졌소.

아편의 폐해를 누구보다도 잘 알지 않소?

빙빙의 손끝이 떨렸다오. '천락원'의 기억이 얼마나 끔찍한가를 알면서도, 내 입에서 단검이 날아간 게요. 침착하게 받았소.

알지요, 물론. 그렇지만 오해는 말아 주셨으면 해요.

무슨 오해 말이오?

그이는 아편과 아무 상관이 없어요.

그 말 하려 보자고 한 거라면 내려가시오.

결국 이런 식이오. 용주를 변호하기 위해 이 밤에 낯선 밤길을 거슬러 올라온 게요. 한 번 열린 입술은 닫히지 않았소.

당신이 죽은 줄 알고 살았어요, 그 사람. 친구를 잃은 그 사람은 정말 무섭도록 앞만 보고 달렸지요. 그 사람이 손에 돈을 쥐자 가장 먼저 한 일이 뭔 줄 아세요? 당신과 당신들 친구 송상현의 무덤을 만들었어요. 같이 죽지도 못한 놈이 먼저 죽은 친구들을 위해 무덤 하나 번번하게 못 만들어 줬다고, 그래서 항상 미안했다고 말했어요. 그 무덤 앞에서, 그 사람, 얼마나 큰 소리로 오랫동안 울었는지, 당신은 모를 거예요. 제 말을 믿지 못하겠다면 각국 조계 뒤쪽 응봉산 자락에 있는 묘지로 가 보세요. 그곳에 당신 이름이 적힌 돌비석이 있을 거예요. 그 비석을 보면 당신 친구 나용주가 얼마나 당신을 그리워했는지 알 거예요.

나용주의 입으로는 듣기 힘든 말이었소. 그 이야기들을 빙빙이 털어 내고 있었소.

당신이 날 데리러 '천락원'으로 왔던 그 밤도, 그 다음 밤도, 그리고 그 다음 밤도, 나는 아편에 취해 있었어요. 그이가 나를 구해 주기 전까지 그런 날들이 이어졌죠. 차마 그 사람에게 당신이 죽지 않고 살아 있다고, 그날 살아서 나를 데리러 왔다고 말할 수 없었어요. 당신의 배신을 그 사람에게 알릴 수 없었고, 그 사람의 마음에 상처를 줄 수 없었어요. 그리고 그 사람은 내게 남은 마지막…….

그만! 그만해!

난 더 들을 수가 없었소. 빙빙조차도 그때 나의 절박함을 알지 못했소. 이제 세상에서 나를 이해해 줄 누구도 남아 있지 않았소.

아뇨. 더 들어야 해요. 그 사람, 나와 함께 산 지 3년이 넘도록 내 몸에 손끝 하나 대지 않았어요. 오로지 친구의 여자로만 나를 대했어요. 내가 먼저 그 사람에게 다가갔어요. 이제 그만 잊으라고.

나는 대답할 어떤 말도 찾지 못했소. 아니, 숨이 막히는 것 같았소.

그런 사람이에요, 나용주란 사람. 당신, 사람의 마음이 가슴속에 조금이라도 남아 있다면 여기서 그만두세요. 더 이상 그이를 망가뜨리지 마세요.

그 순간, 내가 왜 그랬는지 나도 모르겠소. 이성을 잃었던 게요. 13년을 누르고 눌러 온 감정이 터진 게요. 나는 빙빙을 끌어안았소. 빠져나가려 발버둥치는 그미를 끌어안고 입을 맞추었소. 안간힘을 쓰는 그미의 옷을 벗겼소. 사랑이 아니었소. 질투도 아니었소. 그 밤 나는 한 마리 짐승이었소. 13년의 회한이 터져 버린 고삐 풀린 망아지였소. 그렇게라도 해야 뒤얽힌 인연을 끊어 버릴 수 있을 것 같았소. 뺨을 맞고 순간 정신이 들었소. 부끄러웠소. 다리가 후들거려 서 있을 수가 없었소. 차가운 달빛 사이로 빙빙을 바라보았소. 그미의 얼굴에 굵은 눈물이 흘러내리고 있었소. 짧은 침묵이 흘러갔다오. 그미가 다시 운을 뗐소.

다 지난 일이에요.

나는 더 이상 듣고 있기가 힘들었소. 일어나 창가로 가서 돌아섰소. 오르막길은 텅 비어 있었다오. 잠시 후 그 길로 빙빙이 내려가는 것이 보였소.

다음 날, 나는 초강수를 던졌소. 빙빙과 헤어지고 돌아온 후 그 밤이 다 가도록 빙빙의 말을 곱씹으며 말라비틀어져 덕지덕지 붙어 있던 미련을 깨끗이 접었소. 대신 앞으로 내가 할 일에 대한 계획을 세웠소. 나용주를 무너뜨리고 대한제국에서 아편의 씨를 말릴 계획을 말이오. 해가 뜨기도 전에 나는 움직였소. 용주호에서 나용주를 끌어내리고 싶었던 게요. 아니, 용주에게 내가 어떤 사람인지, 나의 의지가 얼마나 확고한지 다시 한 번 보여 주고 싶었는지도 모르지. 우선 감옥에 갇힌 아편 중독자들을 모두 밖으로 꺼냈소. 손과 발에 수갑과 쇠스랑을 채웠다오. 그중 몇몇은 심각한 금단 증상 탓에 마당에 무릎을 꿇고 먹은 것을 죄다 토할 뿐 아니라 대변까지 싸질렀다오. 무릎이 후들거려 제대로 걷지 못하는 놈들도 많았소.

바닷가에 거대한 웅덩이를 팠소. 용주호에서 불과 50미터도 떨어지시 않았다오. 일부러 내일해온 노동자들을 시켰소. 사장인 스즈키는 일본으로 돌아갔지만, 그 아들 기무라가 사업을 물려받아 계속 하역 일을 하고 있었소. 기억을 더듬어 봤지만, 1891년 용주와 상현과 내가 이 바닷가에서 일할 때 기무라를 본 적은 없었다오. 감옥에서 끌어낸 아편 중독자와 용주 패를 웅덩이 주위에 늘어세웠소. 웅덩이 옆에는 압수한 아편 상자들이 가득 쌓여 있었소. 갑자기 아편 중독자들이 코를 킁킁거리며 침을 질질 흘리기 시작했소. 아편 냄새를 맡은 게요. 금아단원들은 상자 쪽으로 다가가려는 아편 중독자들을 개머리판으로 사정없이 두들겨 팼소. 전부 모였다는 보고를 받은 뒤 나는 명령을 내렸소.

시작해.

단원들이 웅덩이에 우선 약품을 퍼붓기 시작했소. 그리고 아편 상자를 열고 아편을 웅덩이에 던졌다오. 아편 중독자들은 누가 먼저랄 것 없이 모두 무릎을 꿇고 눈물을 뚝뚝 흘렸소. 아편들은 웅덩이 아래로 가라앉았고, 물과 약품에 뒤섞였다오. 꺼내 말리더라도 피울 수 없게 조처한 게요. 나는 아편 중독자들의 통곡을 들으면서 고개를 돌려 용주호를 쳐다보았소. 나용주가 머무는 특실이 눈에 들어왔다오. 내 눈에 잘 띈다는 것은 용주도 특실에서 이 웅덩이가 잘 보인다는 뜻이오. 나는 속으로 외쳤다오. 나용주! 이래도 가만 있을 테냐? 나와라. 어서. 숨지 말고 링 위로 올라와.

웅덩이에 마약을 쏟아 버린 일은 다시 한 번 인천 전체를 들썩이게 했소. 감옥으로 되돌아간 아편 중독자 중에는 상심이 너무 커돌벽에 머리를 짓이겨서 자해하는 이들까지 나왔다고 하오. 단 한 줌의 아편도 인천에 남아 있지 않을 때까지, 잡아들이고 없애겠단 의지를 다시 천명한 게요. 나는 직감했소. 이제 용주가 움직일 수밖에 없음을. 그리고 그가 움직이는 순간, 그날이 놈을 감옥에 처넣는 날이 될 것임을. 24시간 용주호를 감시하도록 사람을 붙였소. 그리고 행동을 각별히 조심하라고 단원들에게 명령을 내렸다오.

열 명의 순검이 도둑 하날 못 잡는다는 말도 있잖소? 어쩌면 일사천리로 밀어붙이는 속도와 힘에 조금은 방심했는지도 모르겠소. 그날도 아침 9시부터 금아단 회의를 진행하였다오. 벽에는 인천 지도가 붙어 있고, 체포된 범죄자와 아편 중독자의 수 그리고 압류한 아편의 양이 군데군데 표기되어 있었소. 금아단 부단장 장원석과 최단비가 지도 앞에 서서 번갈아 설명했소.

작은 아편굴 다섯 군데를 더 찾아 완전히 폐쇄했습니다. 이제 인천에 아편굴은 없습니다.

아편을 실어 나른 짐배도 다 색출하여 가라앉혔습니다.

나는 지도를 보며 물었다오.

지금까지 몇 명이나 가뒀지?

아편 중독자가 532명, 아편 제조 및 판매, 아편굴 알선, 아편 도구 제작 등의 혐의로 55명을 잡아들였습니다. 이 정도면 보이는 싹은 거의 잘랐다고 봐도 무방합니다. 나용주의 손에 아편이 얼마나 남았는지가 관건……

그때 문이 열렸소. 순검 조덕채와 남형윤이 들어오진 않고 문고리를 잡은 채 안을 살폈다오. 그 순간 불길한 느낌이 내 뒤통수를 쳤다오. 용무가 있다면 낭연히 들어와 인사부터 했을 게요. 그런네 두 놈은 엉덩이를 뒤로 뺀 채 사무실 안만 살폈소. 그리고 나와 시선이 마주치는 순간, 조덕채가 품에서 폭탄을 꺼냈고 남형윤이 재빨리 심지에 불을 붙였다오. 나는 거의 동시에 북쪽으로 난 창을 향해 몸을 던졌소. 내 몸이 유리 파편과 함께 땅바닥을 네댓 번 굴렀을 때, 폭음이 들렸소. 나를 제외하고 그 방에 있던 금아단원 세 명과 경계를 서고 있던 순검 둘이 동시에 목숨을 잃었다오. 나용주가 움직일 거라고 예상은 했었소. 하지만 인천 순검 둘을 시켜 인천 감리서 안 금아단 사무실에 폭탄을 던질 줄은 몰랐소. 나중에 밝혀졌지만, 조덕채와 남형윤은 노름을 즐겼고, 용주 패에게 거금의 빚을 진 상태였소. 둘은 빚을 탕감해 준단 조건으로 범행을 저질렀고 인천을 벗어나 달아났지만, 결국 수원 야산에서 시신으로 발견되었다오. 나무에 목을 매어 자살의 꼴을 갖추긴 했소. 하지만 나용주가 입을 막기 위해 저지른 짓임을 나는 보고만 받고도 알 수 있었소. 나는 그 일로 세 명의 부하를 잃었소. 그 상실감은 이루 말할 수 없었소. 그들은 나의 충직한 부하들인 동시에 피붙이가 없는 내겐 식구 같은 존재였소. 말수가 적었지만 한결같이 믿음직했던 부단장 장원석, 최고의 폭약 솜씨로 아편 공장 궤멸에 무공을 세운 최단비, 늘 나를 호위하며 작전 때마다 선봉에 섰던 임동선, 그리고 앞서간 함경도 포수 이재진. 그 아까운 이름들 앞에서 내가 맹세할 일은 오직 하나였소. 아편과의 전쟁. 그리고 어떤 대가를 치르더라도 반드시 그 전쟁에서 이기는 것.

세 명의 시신을 수습하여 장례를 치렀소. 마음 같아선 사랑하는 부하들의 시신을 고향으로 돌려보내 가족 품에 안기게 해 주고 싶었지만 우리가 있던 그곳은 전쟁터였소. 언제 죽을지 모르는 지옥이었소. 이 작전이 완수될 때까진, 만에 하나 목숨을 잃는다 해도 번거롭게 고향으로 시신을 보내거나 하지 않고 현지에서 금아단의 주관 아래 장례를 치른다는 각서에 단원들이 모두 서명했다오. 물론 거기 맨 첫자리에 적힌 건 내 이름이오. 나는 우리 모두가 서명한 각서대로 했소. 그나마 내가 상주 역할을 할 수 있어서 다행이라 여겼소. 그런데 말이오. 장례식을 치르던 그 마지막 밤에 문상객도 없이 휑한 장례식장으로 그놈이 찾아 온 게요. 제 발로, 보란 듯이, 거기가 어디라고 감히…… 나용주 말이오. 그 새끼를 그 자리에서 죽여 버리고 싶었소. 하지만 눈앞에 두고도 그러지 못하는 내 심장이 터져 버릴 것 같았소. 그런 나에 비해 녀석은 너무도 담담했소. 천연덕스러움이 나를 더 분노하게 만들었소. 나용주는 세 신위(神位) 앞에 큰절을 두 번 한 뒤 나와 맞절까지 했다오. 맞절을 하고 일어선 우리는 한동안 말없이 마주 보았소. 그 만감을 표현할 길이 없었던 거지. 결국 내가 먼저 입을 열었소.

네놈이 감히…….

인천의 모든 경조사는 다 내 일이나 다름없지. 사업을 하다 보니…….

그래서 죽였나? 그 사업 때문에?

보고 싶어서 왔다.

개소리하지 마.

갈게.

그것은 문상이 아니라 나에 대한 완전한 조롱이었고, 금아단에 대한 시위였소. 자기가 사람을 시켜 죽여 놓고 문상을 와서 한다는 말이 보고 싶어서라니. 돌아서는 그의 등에 대고 내가 말했소.

다음엔 네 차례가 될 거다!

그리고 한양에서 두 대신이 각자 따로 인천으로 왔소. 나랏일에 바쁜 그들이 내려온 것부터가 특별한 일인데, 그들이 내게 건넨 제 안도 충격이었소. 먼저 나를 찾아온 이는 총리대신 백창교였소. 그가 은밀히 만나기를 원한다는 연락을 받고, 나는 빙빙과 만난 적이 있는 언덕 위 찻집을 약속 장소로 정했다오. 비가 부슬부슬 내리는 저녁에 백창교와 마주 앉았소. 해무가 잔뜩 낀 흐릿한 인천 바다를 배경으로 앉은 백창교가 도드라져 보였소. 여전히 자세는 곧고 눈은 형형했소. 단도직입적으로 본론을 꺼내는 것까지.

보고서는 잘 읽었네. 불행한 일까지.

송구합니다. 반드시 범인을 체포하고 배후를 밝혀…….

그만 상경하는 게 어떻겠는가?

내 귀를 의심했다오. 백창교는 인천에서 아편이 완전히 사라질 때까지 최선을 다하라고 나를 격려한 인물이라오. 그의 후원이 아니었다면 내가 금아단장이 되기도 어려웠을 게요.

저는 아직 할 일을 마치지 못했습니다.

나용주 회장을 말하는 게지?

맞습니다. 그자가 총책입니다.

이 정도로도 훌륭해. 나 회장의 숨통을 죄고 손발을 다 자르지 않았는가?

그래도 놈을 그냥 두면 다시 자라날 겁니다.

쉽지 않을 걸세. 꽤 시간이 걸릴 게고. 나 회장이 더 끔찍한 일을 모색할지도 몰라. 여기서 자네가 더 옥죄면, 인천 감리서가 아니라, 조계 곳곳의 공관이나 외국인 주택에 폭탄을 던져 댈지도 모르네. 그럼 정말 심각해져.

혹시 나용주를 만나셨습니까?

사람을 뭘로 보는 것인가. 연락이 오긴 했네. 하지만 보지 않았어. 이건 어디까지나 이 대한제국을 위하고 폐하를 위하고 또 자네를 위해서 하는 말일세. 여기서 더 밀어붙이면, 나용주를 잡을 수 있을지는 모르지만 자네도 다쳐. 무엇보다…….

언제나 언행에 망설임이 없는 백창교가 하던 말을 끊고 주저하고 있었소. 하기 싫은 말이거나 해선 안 될 말을 입안에 머금고 있다는 뜻이었소. 잠시 후 그가 다시 입을 열었소.

무엇보다 나용주의 그림자가 너무 커. 백 단장! 나도 한때 세상이 굴러가는 이치가 정의와 양심이라 여겼네. 지금 자네처럼 말일세. 하지만 많은 일을 겪으면서 이렇게 높이 올라오고 나니 그게 전부가 아니란 걸 깨닫게 됐네. 이런 말 하는 내가 우습지만, 그리고 이런 말을 하기도 싫지만, 때론 피하고 때론 물러서고 때론 둘러 가야 할 때도 있는 법일세. 그리고 지금이 바로 그런 때인 듯해.

왜 지금입니까? 제가 모든 걸 밝힐 겁니다. 멀지 않았습니다. 조금만 더 가면 대한제국에서 아편의 씨를 말리고 아편 총책 나용주를 처단할 수 있습니다.

그자의 입김이 인천을 넘어 한양까지도 넘실거리고 있네. 나용주를 비호하는 자들이 한둘이 아닐세. 더 큰 문제는 그런 자들이 폐하까지도 위협하고 있음이야. 현실적으로 그자가 운영하는 회사와 여러 자선사업이 한꺼번에 사라지면 인천 백성은 물론 대한제국도 피해를 입을 거야. 웃기는 얘기 같겠지만, 지금 나용주는 악이면서 선이기도 해.

나는 잠시 말을 끊고 백창교를 노려보았소. 그 말에 담긴 깊은 슬픔을 느꼈기 때문이오. 악을 처단한다는 것이 선에 상처를 내는 일이라면, 그런 것이 현실이라면, 세상은 참으로 시궁창인 게요. 그 시궁창 밑바닥에서 피흘리고 있는 내가 지렁이처럼 느껴졌소. 하지만 나는 거기서 멈출 수 없었소.

나용주를 잡는 것도, 혹시 모를 폭발 사고의 책임도 제가 다 지겠습니다. 감옥에 가라면 가지요. 목숨을 내놓으라면 내놓겠습니다.

어허, 아직도 내 말뜻을 모르겠는가? 자네 목숨 정도로 해결될 일이 아니란 말일세. 그리고 그렇게 막 나갈 일도 아니고. 꼭 내 입으로 구구절절 설명해야 하겠나. 금아단 활동은 이 정도면 탁월해. 자넬 한양으로 불러올려 중용하겠다고 폐하께도 아뢰었네.

백창교 혼자의 뜻이 아니라 폐하와 의논하였음을 넌지시 밝힌 것이오. 타협! 적당한 선에서 서로 한발씩 물러서서 손을 잡으라는 말이었소. 그리되면 대한제국은 적당한 양의 아편이 공공연히 유통될 게고, 거금이 흐를 것이고, 많은 아편 중독자가 양산될 것이고, 아편의 볼모가 되어 죽어 갈 것이오. 아! 이것이란 말인가. 내가 이 꼴을 보자고 여기까지 온 것인가! 나는 또다시 꼭두각시였단 말인가! 하지만 이번만큼은 그냥 물러설 수가 없었소.

마지막으로 해 보고 싶은 일이 있습니다.

뭔가?

은행을 조사하겠습니다.

은행?

지금까지 나용주와 용주해운에 관련된 모든 것을 뒤졌습니다. 금아단이 덮친 어떤 현장에도 나용주와 관련된 종이 쪼가리 하나 보이지 않았습니다. 아편과 얽힌 누구도 나용주를 입에 올리지 않았습니다. 마지막으로 인천의 모든 은행들을 조사해서 나용주의 거래 내역과 돈이 오간 흔적을 뒤져 보고 싶습니다. 분명히 아편을 밀거래하면서 주고받은 돈이 있을 겁니다. 또한…….

또한?

또한, 나용주에게 돈을 받은 관리들도 찾을 수 있을 겁니다. 그 자들이 나용주를 비호하고 폐하까지도 위협하는 겁니다. 나용주는 지난 10여 년 동안 아편으로 엄청난 돈을 벌어들였습니다. 불법으로 그 많은 돈을 벌면서 단 한 번도 법망에 걸린 적이 없습니다. 누군가 뒷배를 봐주지 않는다면 불가능한 일입니다. 필히 나용주와 연결된 자들이 있을 겁니다. 만약 아편 밀거래 대금이 나오지 않는다 하더라도 뇌물죄로 잡아넣을 수 있습니다. 사사로이 부정한 돈을 받아 축재한 썩은 관리들도 잡을 수 있습니다. 일거양득입니다.

또한 두 배로 위험한 일이다. 일이 커질 게야.

알고 있습니다. 그 정도 위험을 감수하지 않으면 끝날 일이 아닙니다. 이대로 겉돌다간 애꿎은 희생만 계속해서 늘어날 겁니다. 또한 아편의 뿌리도 뽑지 못할 겁니다. 나용주가 가리고 있는 진실은 상상 이상으로 크고 깊습니다. 인천 감리서뿐 아니라 내각의 대신들, 나아가 외국 공사관까지 검은손이 뻗어 있을 것입니다. 잡으면 풀어주란 명령이 번번이 내려왔고, 덮치기 전에 정보가 새어나간 적도 한두 번이 아닙니다. 하지만 여기서 끝낼 수 없습니다. 악의 거대한 마지막이 눈앞에 있습니다. 그 마지막에서 새로운 희망이 생길 겁니다. 정녕 폐하와 나라를 위한 길이라고 믿습니다.

백창교와 나 사이를 가르고 있던 달빛이 어느덧 기울고 있었소. 창백한 어둠이 마른 얼굴에 짙은 음영을 그려 넣을 즈음 백창교가 겨우 입을 열었소.

현재 인천에 은행이 모두 몇 개인가?

대한천일은행과 일본 제1, 제18, 제58 은행의 인천 지점들이 있습니다.

대부분 일본 은행 아닌가?

제가 모든 책임을 지겠습니다.

자네가 질 수 있는 책임이 아니야. 외교적으로도 큰 문제가 될 게고.

그래서 모든 은행을 동시에 압수 수색할 겁니다. 순차적으로 해서 될 일이 아닙니다. 관리뿐 아니라 모든 인천 백성이 나용주를 돕고 있습니다.

하나 묻겠네. 왜 이토록 집착하는 것인가? 폐하의 밀명 말고 다른 이유라도 있는 건가?

거기서 말문이 막혔소. 여러 대답들이 떠올랐다오. 무슨 수를 써서라도 백성만은 지키고 싶다 하시던 폐하의 얼굴이 먼저 떠올랐소. 어릴 적 용주의 얼굴도 떠올랐고 '천락원'에서 아편에 취해 있던 빙빙의 얼굴도 떠올랐소. 비명에 죽은 상현의 얼굴과 아편을 피우다 죽은 아비와 그 아비의 손에 목 졸려 죽은 어미의 얼굴도 떠올랐소. 그렇소. 아편은 내게 평생의 굴레였던 거요. 거기에 황제 폐하의 소원까지 더해진 것이었소. 단호하게 대답했소.

없습니다, 그런 거. 백성만은 지키고 싶다 하신 황제 폐하의 마지막 소원을 들어 드리고 싶을 뿐입니다. 저는 폐하의 믿음이 옳다고 믿습니다. 나라가 없어져도 백성의 영혼이 살아 있으면 언젠가는 나라를 다시 살릴 수 있지만, 백성의 영혼이 망가지면 4000년을 넘게 이어 온 이 민족도 끝입니다.

다시 한 번 무거운 침묵이 흘렀소. 달빛이 구름에 가려 백창교의 얼굴이 더욱 어두워 보였소. 구름이 지나가고 달빛이 다시 찻집을 비추기 시작했을 때 백창교가 입을 열었소.

알겠다. 그리하라. 모든 책임은 내가 진다. 총리대신 백창교의 이름으로 인천의 모든 은행 일제 압수 수색 명령을 내리겠다. 수색영장은 한양으로 올라가는 대로 내려보내겠다.

고맙습니다. 목숨을 바쳐 임무를 완수하겠습니다.

사나이라는 말을 나는 별로 좋아하지 않소. 유치해서 말이오. 남자답지 못한 자들이 꼭 대장부니 사나이니 하면서 거들먹거리지. 그런 자들치고 대장부거나 사나이인 자들을 보지 못했소. 그런데 말이오. 그날 밤 백창교의 고뇌에 찬 얼굴과 늙어 구부러진 어깨에

서 한 번도 보지 못했던 거인의 모습을 보았소. 그는 진정한 사나이
였소. 당신은 옳은 일 앞에서 평생을 통해 이룬 모든 것을 초개같
이 내던진 애국자였소.

그 밤의 대화가 있고 정확히 열흘 뒤 무장을 한 금아단이 일제
히 인천의 모든 은행들을 압수 수색했소. 열 명이 한 조가 된 금아
단원 네 개 조가 동시에 네 개의 은행으로 치고 들어갔소. 무방비
상태의 은행 직원들은 죽을 각오를 한 우리 앞에서 무기력했소. 5
년 동안 모든 거래 기록들을 압수했소. 삼중으로 경계를 세운 금아
단 사무실에서 장부들을 검토했소. 우리 모두 스스로를 유폐시켰다
오. 그 일주일 동안 누구도 들어오지 못했고 나가지 못했소. 바깥
세상은 물론 난리가 났소. 당장 일본 공사가 대한제국 내각에 항의
했고 내사를 중지하라는 압박을 넣었소. 폐하도 모르는 일이었소.
총리대신 백창교는 약속대로 모든 것을 혼자 막고 있었소. 그리고
우리는 찾아냈소. 일본 제1은행의 장부에서 장학외국어학교 재단으
로부터 을지방직이란 회사로 지난 5년 간 정기적으로 거금이 들어
가고 있음을 확인한 게요. 장학외국어학교는 장학 사업을 표방하며
나용주가 설립하고 그 소유권과 운영권 일체를 재단에 넘겨 독립시
킨 신식 학교로 당시 인재의 산실로 명성이 자자한 곳이었소. 그런
학교에서 이름 한 번 들어 보지 못한 방직 회사로 큰 규모의 돈이
들어간다? 썩은 내가 진동하고 있었소. 단원 둘을 한양으로 급파했
소. 을지방직이 썩은 내를 풍기는 시궁창이라 확신했소. 그리고 너
무도 당연히 을지방직의 주소지엔 을지방직이란 회사가 없다는 전

보를 받았소. 을지방직은 은행이라는 신문물이 빚어낸 금융이란 이름의 유령이었소. 아편 거래의 물증은 찾지 못했지만 유령 계좌를 통해 위장 거래를 한 나용주를 체포하고 을지방직 뒤에 숨어 나용주의 돈을 받은 자를 찾아내면 모든 것이 밝혀지리라 확신했소. 이미 저들은 합법이 정한 올가미에 걸려든 거요. 유령 계좌를 만들어 거래했다는 사실 말이오. 식은땀이 났소. 심장이 쿵쾅거렸소. 저들은 일본 은행을 이용하면 누구도 찾아내지 못할 거라 여겼을 거요. 대한제국에겐 그럴 힘이 없었으니까. 그러나 내가, 이 백준기가 그 진원지를 찾아낸 거요. 이제 내 손 안에 들어온 계좌의 이쪽과 저쪽 끝의 주인을 찾기만 하면 싸움은 끝나는 순간이었소. 지난 2년 동안 총과 폭약과 피로 얼룩졌던 금아단을 두 개로 나누었소. 하나는 인천을 맡아 나용주의 신변을 추적 감시하는 동시에 장학외국어학교 재단을 내사하고 실체가 없는 을지방직과 어떤 거래를 했는지 밝혀내는 데 주력하고, 나머지 하나는 한양으로 급파하여 을지방직과 관련된 모든 사람과 서류를 찾아내고 일본제1은행 한양 지점을 압수 수색하는 데 주력하게 했소. 나는 당연히 인천을 맡았소.

'나용주, 이제 끝이다. 네가 쓰고 있는 허위의 가면을 벗겨 줄게. 가면에 가려진 실체를 낱낱이 밝혀 줄게. 기다려라.'
장학외국어학교 이사장 김종수와 직원 전원의 신변을 확보하고 서류를 상자에 담아 마차에 싣는 단원들을 보며 다짐했소. 용주가 자청방을 숙청하던 그 밤부터 지금까지 용주의 곁에서 용주의 손과 발이 되어 온 김종수의 구겨진 얼굴을 보며 승리의 기쁨을 잠시

나마 느끼고 있었소. 급보가 날아들었소.

나용주가 포위됐습니다.

무슨 소리야?

지금 이 인천에, 아니 대한제국 안에 나 말고 나용주를 잡기 위해 그의 집을 포위할 사람이 누가 있단 말인가. 믿을 수가 없었소.

인천 순검과 일본 경찰이 합동으로 나섰습니다. 차조묵과 허준길, 그 부하들은 이미 체포되어 인천 감리서에 구치됐고 현재 집 안에는 나용주와 최정두, 박근수가 함께 있다 합니다.

대체 누가……?

법부대신입니다. 어제 마지막 기차로 한양에서 직접 내려와 현장을 지휘하고 있습니다.

그 순간 모든 것이 정리되었소. 법부대신 정완웅. 그자가 을지방직의 실체였던 거요. 앞서 말한 대로 정완웅은 처음부터 금아단의 인천행을 막으려 했소. 번번이 수사가 막히고 정보가 새어 나간 것도 그자의 소행이었소. 그는 나용주가 인천을 장악할 즈음 인천 감리서를 책임지는 감리였소. 그때 정완웅과 나용주는 하나가 되었던 거요. 이후 한양으로 올라간 그는 일본을 끼고 내각 최고의 실력자로 커 갔고 그의 출세가도에는 나용주의 돈이 있었다오. 그런 그가 자신의 어두운 모습이 드러나게 되자 나용주를 친 거요. 나용주를 없애면 모든 것이 무마될 것이기에. 더럽고도 더러운 현실이었소. 정완웅의 목표는 체포가 아니었소. 정완웅이 바라는 것은 용주의 죽음뿐이었소. 죽음과 함께 진실이 파묻히길 바랐을 테니까. 모든 것이 다시 뒤엉켰소. 나는 달렸소.

'용주, 이것이 정녕 너의 끝이란 말이냐.'

인천 바다가 내려다보이는 나용주의 집은 완전히 포위되어 있었소. 총탄이 오갔고 그 경황 중에 순검 둘이 피를 흘리며 쓰러졌소. 용주는 죽음을 각오하고 반항하고 있었소. 용주의 맥심 기관총이 다시 불을 뿜었소. 용주도 알았던 거요. 더 물러설 곳이 없음을. 정완웅이란 자가 일본을 앞세우고 왔다는 건 나용주의 인생 역정이 끝나 가고 있다는 뜻임을 말이오. 일단 막아야 했소. 용주의 집 건너편에 있는 2층 집으로 올라갔소.

멈추십시오.
이 상황을 보고도 그런 말이 나와? 순검과 일경(日警)에게 총을 쏘고 있는 저 잔혹한 놈이 보이지 않는가 말이야?
이제 거의 끝입니다. 이러지 않아도 나용주의 실체는 밝혀집니다.
부끄러운 줄 알아야지. 이게 다 자네 때문에 생긴 일이야. 그동안 자네가 한 일이 대체 뭔가? 아편을 없앤다고 무고한 목숨이 얼마나 죽어 나갔나? 외국과 생긴 마찰은 또 어떻고!
을지방직을 아시지요?
무슨 헛소리야?
당신과 나용주의 관계를 낱낱이 다 밝혀낼 것이오.
네 이놈!
그때였소. 날카로운 파열음과 함께 용주의 총알이 우리 둘 사이를 가르며 날아들었소. 용주가 누구를 쏜 것인지 알지 못했소. 끝까지 자신을 옭아맨 나를 향한 것인지, 상황이 바뀌자 자신을 치러 온 정완응을 향한 것인지. 정완응과 나에겐 공통점이 있다오. 물러섬이 없고 둘러 감이 없는 사내, 우직함으로 인생을 밀고 온 사내, 나용주를 우리 둘 다 배신한 거요. 생각이 거기까지 미치자 나는 무기력해졌소. 용주가 불쌍했고 내가 더럽게 느껴졌소. 그 사실이 정완응의 겁박과 용주의 총탄보다 더 무서웠소. 용주가 보고 싶었소. 저대로 두면 죽고 말 용주가 무척!

들어가게 해 주십시오.

제정신인가?

들어가겠습니다.

저길 들어가서 뭘 어쩌겠다는 게야?

제가 끝내겠습니다. 제 일입니다.

안 돼.

일경 하나가 용주의 총탄에 쓰러졌소. 정완응과 입씨름할 시간이 없었소. 권총을 꺼내 정완응의 이마에 겨누었소.

이놈이…….

사격을 중지시키시오. 내가 들어가겠소.

정완응의 음성이 문풍지처럼 떨리며 바닥을 기었다오.

이, 이보게, 백 단장! 자네가 많은 고생을 했다는 걸 폐하를 비롯한 내각이 다 알고 있네. 이번 일이 끝나면 자네를 중용하기로 이미 결정…….

비열한 자의 입에서 기어 나오는 권모와 술수를 더 이상 듣기 싫었소. 나는 정완응의 관자놀이에 총을 대고 2층 계단을 내려왔소.

그리고 용주의 집을 향했소. 우리가 그들 사이에 서자 자연스럽게
양쪽의 사격은 중지되었소. 나는 정완웅을 방패 삼아 용주의 집 안
으로 들어갔소.

　문을 열고 들어가자 최정두와 박근수가 배에서 피를 흘리며 쓰러
져 있었소. 순간 빙빙을 떠올렸소. 2층으로 올라갔소. 용주가 권총을
들고 나와 정완웅을 겨누었소. 정완웅이 다시 꼬리를 내렸다오.

　나 회장, 오해야. 내가 자넬 지키려고 여기까지…….

　용주의 커다란 주먹이 늙은 정완웅의 광대뼈를 쳤소. 정완웅은
혼절했고, 우리는 총을 겨눈 채 그렇게 마주 섰다오. 다시 낙조였소.
바다 한가운데서 처음 만난 우리에게 어울리는 시각이었소. 숱한
날들을 함께했던 저 붉은빛 아래에 그렇게 다시 마주 선 거요. 해
가 시시각각 떨어지고 있었소. 용주였소, 총을 먼저 내린 건. 나는
모든 것을 다 잃은 사내에게조차 총을 먼저 내릴 용기가 없었던 거
요. 용주가 돌아서서 위스키 병을 들고 나왔소.

　한잔할래?

　병째로 독한 위스키를 들이켰소.

　인생 참 개 같지?

　나는 용주에게 끌려 들어가지 않으려 했소. 어쩌면 그를 생포할
마지막 기회인지도 몰랐다오.

　나용주, 너를 불법 거래 혐의로 체포…….

　장학아!

　갑자기 용주가 툭하고 눈물을 흘렸소. 사나이 나용주가 굵은 눈

물을 흘리며 내 이름을 부르고 있었소. 백준기가 아니라 최장학인 내 이름을 부르고 있었소.

장학아. 자꾸 이러면 내가 많이 아프다.

그래도 나는 총을 내리지 못했소. 권총이 마치 내 목숨을 지켜 줄 부적이라도 되는 것처럼 나는 총을 쥐고 벌벌 떨고 서 있었소. 배신을 해 본 자는 다른 사람을 믿지 않는 법이라오. 그래서 배신을 당한 사람보다 배신한 사람의 인생이 더 힘들다오.

쏘고 싶으면 쏴. 바다에서 너와 상현이가 죽던 날 나도 같이 죽었다. 지금까지 살아온 건 내가 아니야.

용주는 이미 모든 것을 내려놓고 있었소. 내가 죽이지 않는다 해도 더 이상 피해 나갈 구석이 없었소. 용주도 나도 부인할 수 없었소.

더 갈 데도 없다. 네 손에 죽는 게 낫겠어.

왜 그랬어? 왜 하필이면…… 다른 길도 있었을 텐데.

그 바다에서 상현이와 너, 우리 노동자들이 죽어 가는 걸 보고 뼈저리게 깨달았지. 못 가지고 못 배운 자들은 평생 굴레를 쓰고 노예로 살 수밖에 없음을. 그래서 내 발로 자청방을 찾아갔다. 더럽게라도 살아남고 싶었어. 살아남아 복수하고 싶었다. 돈 때문에 죽은 너희를 위해서…….

나는 더 이상 총을 들고 있을 수 없었소. 어쩌면 용주와 내게 남겨진 마지막 시간일지도 모른다는 생각이 들었소. 가슴속 깊은 곳에 묻어 두었던 내 이야기를 처음으로 털어놓았소.

내 잘못이다. 내가 너희를 팔아먹었어. 조계철을 죽인 살인범으로 내몰렸었다. 빙빙도 살려 내고 싶었고. 그래서 상현이와 너를 배신했지. 다 내 잘못이야. 죽어야 한다면 그건 네가 아니라 나다.

네 잘못이라고 생각하지 않아. 가난이 죄다. 내가 너였어도 그랬을지 몰라.

살기 위해 발버둥 쳤지만 한순간도 자유롭지 못했어. 그 지독한 굴레가 얽히고설켜 다시 나를 여기로 오게 만들었다. 하지만 용주야. 나는 내 일이 옳다고 믿는다. 네가 네 일이 정당하다고 믿는 것처럼 말이야. 그래서 더 독해지려고 했지.

그때였소. 정완웅이 끌려 들어가고 30분 정도 지났을 무렵, 밖에 있던 순검과 일경들이 움직이기 시작했소. 사방에서 총탄이 날아들었고 동시에 돌격조 몇이 입구를 뚫고 있었소. 용주가 맥심 기관총 뒤로 돌아가 방아쇠를 당겼소. 기관총이 불을 뿜자 다시 공방이 시작됐소.

용주야. 그만해라. 너도 잘 알잖아. 이런다고 해결될 일이 아니란 거. 내가 저자를 데리고 나갈 테니 너는 빙빙과 함께 탈출해라.

도망가란 소리냐?

살아 나가서 네가 숨긴 아편을 다 없애 달란 소리다. 어차피 금아단장으로 내 일도 여기서 끝이다. 그리고…… 저 여자…….

계속해서 총탄이 날아들었고 빙빙이 거실로 튀어나왔소. 죽음의 공포 앞에서 불쌍한 여인 빙빙이 떨고 있었소.

네 여자도 살려야지. 살아 나가라. 부탁이다.

빙빙이 눈물을 흘리며 나를 보고 있었소.

그럴 수 없다. 너 혼자 내보낼 수 없어. 차라리 내가 나간다.

빙빙! 어서 나가!

도저히 내 말을 들을 것 같지 않은 용주 대신 빙빙에게 마지막 부탁을 했소. 그리고 내가 먼저 움직였소. 정완웅을 끌고 들어올 때처럼 다시 권총을 목에 겨누었소. 바깥을 향해 소리쳤소.

멈춰라! 법부대신을 모시고 나가겠다.

사격이 멈추었소. 이제 용주와 헤어질 시간이었소.

용주야. 내 말대로 해라. 다른 선택은 없어.

문을 걷어찼소. 사격이 멈추었고 나는 이미 어둠이 내린 마당으로 정완웅을 끌고 나갔소. 하늘을 향해 총을 한 발 쐈다오. 모든 병력이 정완웅과 내게 집중되어야, 용주가 빙빙과 함께 뒷문으로 달아날 기회를 얻을 수 있다오. 나는 미친개처럼 소리쳤소.

총구를 내려라. 나다, 금아단장 백준기! 법부대신이 나와 의논도 없이 무모한 작전을 편 거다. 그 바람에 많은 이들이 죽거나 다쳤어. 그 총구, 당장 돌리지 못할까! 금아단장의 명령은 황제 폐하의 명령과 같다. 그 누구도 내 앞을 막진 못해!

아, 목이 쩍쩍 갈라지는 것 같소. 그 격렬한 하루도 그렇게 끝나가고 있었소. 내 이야기도 이제 거의 끝이 났소. 보채지 마시오. 담배 한 대 피우는 것 정도는 기다릴 줄 알아야지. 처음이오. 지옥 구덩이 같은 내 삶의 편린들을 모아서 털어놓는 것이. 뭐랄까, 몸속 깊이 박혀 있던 쇳조각들이 빠져나오는 느낌이오. 묵은 고름 덩어리를 썩은 피와 함께 탁탁 뱉어 내는 것 같소.

내가 큰 소리를 치자, 인천 순검들은 총구를 내렸지만, 일경은 오히려 나를 조준한 채 더 가까이 다가왔다오. 그들은 오직 정완웅의 명령만 따를 뿐이었소. 10분쯤 흘렀을까. 시간을 충분히 끌었다고 판단한 나는 총구를 하늘로 향한 채 남은 총알을 모두 소진했다오. 용주에게 멀리 더 빨리 달아나라는, 내가 주는 마지막 선물이었다오. 일경들이 일제히 달려들었소. 나는 그 자리에서 무장해제되어 체포되었고 정완웅은 병원으로 모시려는 자들을 만류하고 금아단 사무실로 직행했소. 사무실을 지키고 있던 요원들이 황제의 칙령장을 보이며 저항했으나 무장한 일경에게 모두 체포되었소. 그렇게 금아단은 해체되고 말았소. 그것이 아편으로부터 대한제국을 지키기 위해 목숨을 걸었던 사내들의 끝이었소. 일본 은행들을 압수 수색하여 확보한 자료들은 처음 자리로 돌려보내졌고, 장학외국어학교와 을지방직의 거래 서류 더미는 불태워졌소. 나용주와 정완웅의 오래된 거래도 그렇게 암흑 속으로 묻혔소. 꼭꼭 숨어 있던 악이 세상에 본색을 드러내기 직전에 덮이고 말았다오.

정완웅이 일본 총독부의 비호 아래 일본에서 급파된 최고 의료진으로부터 치료를 받을 때, 나는 인천 감리서로 끌려가 심문을 당했다오. 끔찍한 고문이었소. 저들은 내가 법부대신을 볼모로 삼아 아편 수괴 나용주를 도망시킨 이유를 모질게 묻고 또 물었다오. 나는 침묵으로 버텼소. 나용주와 나의 파란만장한 나날을 저들에게 알려 주고 싶지 않았다오. 내게 남은 마지막 자존심이었소. 저들은 손톱을 뽑고 무릎 밑에 철심을 박아 넣었소. 고통이 심할수록 달콤했소. 내가 지은 업보를 치른다는 생각이 들었던 거요.

몇 시간이 지났는지 가늠할 수 없었소. 다시 밤이었으니 꼬박 하루 혹은 이틀 아니 일주일이 지났을지도 모르겠소. 잠시 흉악범을 가두는 독방으로 끌려 들어갔소. 휘영청 밝은 달이 창살 사이로 비쳐들고 있었소. 그 달은 인천 앞바다 위에 떠 있었다오. 춥고 더럽고 좁은 방이었지만, 바다로 향해 난 작은 창은 마음에 들었소. 인천 조계에 사는 이들이라면 누구나 바다로 향한 창을 갖길 원했소. 스즈키의 집무실에서 본 통창도 떠오르고, 용주호에서 바라본 인천 앞바다의 풍광도 눈에 선했다오. 내가 원한 것은 아니지만, 어쨌든 이 방에 머무는 동안엔 나도 그들처럼 인천 앞바다를 내려다보게 된 게요. 그런데 말이오. 내 눈에 멀리 인천 바다 위로 용주의 배가 보이는 거요. '아직도 용주호가 저기에?'라는 생각이 들었소. 참으로 아름다웠소. 달빛이 부서지는 파도 위에 떠 있는 배는 눈부셨소. 너무 아름다워 내 눈에 보이는 것이 환상이라 여겨질 정도였소. 똥오줌도 제대로 못 가릴, 생사를 넘나드는 잔혹한 고문을 받으며 정신이 망가진 탓이라 여겼다오. 환상이라도, 좋았소. 용주호를 보고 있자니 묘한 따뜻함이 내 부서진 몸을 감쌌기 때문이오. '용주가 평생을 바쳐 이룬 배로구나. 용주는 어디로 사라졌을까. 무사히 빠져나갔을까. 여기 인천 감옥 어딘가에 붙잡혀 있는 건 아닐까. 아니야. 그렇게 당할 놈이 아니야.' 속절없이 이런 생각을 했소. 그때였소. 용주의 배에서 불길이 치솟았소. 갑판 위였소.

'용주다!'

생각이 거기에 미치는 순간 불길이 치솟고 천지가 진동하는 폭음과 함께 배의 곳곳에서 폭발이 일어났소. 불기둥이 하늘로 치솟았소. 인천 감리서 관원들과 순검들, 일경들이 넋을 잃고 배를 바라보았다오. 그것이 용주의 마지막이었소.

나중에 들은 이야기는 이렇소. 탈주한 아편 수괴 나용주를 잡기 위해 순검과 일경은 혈안이 되었소. 용주호에 오르지 못하도록 항구를 봉쇄하고 항구에서부터 응봉산에 이르기까지 인천 시내를 이 잡듯이 뒤졌소. 용주가 숨을 만한 곳들을 모두 수색하고 봉쇄했다 하오. 그러나 그들은 용주를 잡지 못했소. 전에 말했듯 인천은 용주의 것이었소. 10년이 넘게 용주의 은혜를 입은 사람들이 인천에 가득했다오. 용주를 숨겨 줬다가 잡히면 경을 칠 게 뻔했지만 인천 백성들은 용주와 빙빙을 지켰소. 그리고 용주가 빙빙과 함께 용주호에 오를 수 있도록 도왔소. 인천 앞바다에서 아편 상자를 거두어 올린 적이 있는 이말남을 기억하시오? 그 이말남이 작고 오래된 어선에 용주와 빙빙을 몰래 싣고 바다로 나아갔소. 누구도 늙은 어부 이말남을 의심하진 않았다오.

그렇소. 배였소. 내가 그토록 찾으려 했던 아편들이 용주호 가장 깊은 창고 안에 산처럼 쌓여 있었소. 나의 압박이 극으로 치닫기 시작하자 용주는 반격하는 대신 배를 폭약으로 채우기 시작했다 하오. 위험하다고 수하들이 아무리 말려도 듣지 않았소. 용주는 이미 그때 마음을 비웠던 거요. 인천의 은행들을 압수 수색하기 열흘 쯤 전 용주가 장례식장으로 나를 찾아왔던 적이 있소. 그때 용주는 내가 보고 싶어서 왔다고 했소. 조롱이라 생각했소. 아니오. 그것은 용주의 진심이었다오. 어쩌면 용주는 그즈음 용주호에 숨겨 놓은 아편과 함께 사라질 마음을 먹었을지도 모르겠소. 용주는 마지막으로 나를 보기 위해 그곳으로 왔던 거요.

거대한 불꽃이 검은 연기와 함께 용주호에서 피어올랐다오. 폭음이 그치지 않았소. 배의 후미가 눈에 띄게 내려앉고 있었소. 거의 수평으로 드러눕다시피 불바람이 불었다오. 배의 선수 쪽 갑판 끝에 용주가 어렴풋이 보이는 듯했소. 용주의 옆에 가냘픈 여인이 서 있었소. 빙빙이었소. 달빛 아래 선 두 사람은 손을 잡았다오. 지옥 같은 화염이 그 둘을 집어삼킬 듯했소.

용주야. 이 새끼야!
소리쳤소. 나의 메마른 목소리는 용주에게 가닿지 못했소. 창살에 갇혀 그저 바라볼 수밖에 없는 내가 한없이 초라하고 무기력했소.
용주야! 빙빙!
나는 녀석에게 정말 가고 싶었소. 그리고 마지막 폭음이 터졌소. 이제 후미뿐 아니라 선수 쪽도 기우뚱 바닷물에 잠기면서 모로 기울었다오. 불길이 순식간에 용주를 덮쳐 버렸소. 빙빙을 삼켰소. 정말 마술처럼 순식간에 용주와 빙빙은 불길에 휩싸였고, 다시는 나타나지 않았다오. 이것이 성공을 위해 질주한 내 인생의 마지막 풍경일까. 이 처참한 순간을 목도하려고 그토록 쉼없이 달려온 것인가. 나는 무너졌소. 고문의 아픔은 아픔도 아니었소. 내가 지옥도 이야기를 했던가? 지옥이란 게 있는지 없는지 아무도 모르지만, 만약 지옥이란 게 있다면 그런 거라오. 사랑하는 사람을 눈앞에서 잃는 것. 나는 타오르는 불길 속에서 아비와 어미를 잃었소. 그리고 똑같은 방식으로 사랑하는 용주와 빙빙을 잃은 게요. 그게 지옥이 아니면 뭐가 지옥이란 말이오. 누군가 지옥이 뭐냐고 묻는다면 이렇게 대답하시오. 눈앞에서 사랑하는 사람을 잃는 것. 그것이 지옥이라고.

용주호는 그 밤은 물론이고 다음 날 새벽까지 계속 어둠을 찢으며 불타올랐다오. 조계에 사는 이들은 남녀노소 내외국민 가리지 않고 인천 앞바다를 쳐다보며 긴 한숨을 내쉬었소. 그렇게 용주는 사라졌소. 한 시대도 저물고 있었소.

청국은 아편전쟁을 겪은 후 온 나라가 아편으로 망가졌소. 하지만 대한제국은 아편굴이 한양에도 더러 생겼지만, 청국에 비하자면 새 발의 피였소. 그 이유를 이제 아셨소? 용주가 산처럼 쌓인 아편과 함께 산화하고 얼마 뒤 황제 폐하는 대한제국에서 준비한 새로운 아편규제법을 발표하셨소. 1905년 4월 20일 형법대전이 반포된 거요. 아편 흡연 위반자에 대한 처벌이 징역 2년 이상 3년 이하에서 징역 15년으로 대폭 강화되었소. 2년은 맘만 먹으면 견디고 나올 시간이지만, 15년은 인생 전체를 걸어야 하는 기나긴 시간이라오. 아편과 연관된 범죄자들에 대한 형벌도 그만큼 강화되었소.

그 뒤 수차례 고문을 더 받고 감옥에 갇혔던 나는 금아단장으로 인천에서 활약한 공을 인정받아 황제 폐하의 특명으로 사면되었소. 그러나 그 후 어떤 일도 할 수 없는 몸이 되었소. 총리대신 백창교는 그로부터 몇 달 뒤, 그러니까 1905년 11월 17일 을사늑약을 체결한 밤에 자택에서 스스로 목숨을 끊었소. 비통하기 이를 데 없는 날들이었소. 정완웅은 을사늑약 체결의 주역이 되어 대한제국의 숨통을 끊는 마지막 칼날을 휘둘렀다오.

헛되고 헛되었소. 지옥을 벗어나기 위해 그토록 맹렬히 달렸건만 결국 지옥에 갇히고 말았소. 무엇을 위해 살얼음 같은 인생길을 달려왔는지 찾을 길이 없었소. 누군가는 그럽디다. 결국은 내가 이끌었던 금아단 덕분에 아편 수괴 나용주도 죽었고 이 땅에서 아편도 사라진 것이라고 말이오. 그 어떤 말도 내게 위안이 될 수 없었소. 오로지 상처만 깊이 남았소. 산다는 게 결국 그런 것이지만 말이오. 상처를 달래 줄 아무것도 내겐 남아 있지 않았소. 나는 다른 선택을 하지 않고 아편굴로 찾아 들어갔소. 금아단장까지 한 내가 제 발로 아편굴에 기어 들어간 이유가 궁금하오? 마지막 남은 욕망이었다면 믿겠소? 아편굴에 편히 누워, 하역 노동자로 일할 젊은이들을 실은 배가 인천에 닿는 순간부터 용주호가 활활 불타 버린 순간까지를 되새기고 싶다는 욕망 말이오. 자살하기에도 늦어 버렸으니, 아편 한 움큼으로 하루를 나는 것 말곤 남은 것이 없었소. 여기까지요. 내 이야긴 단 한 줄도 거짓이 없소. 전부 사실이오.

아참, 내가 인천 감리서로 끌려가 고문을 받을 때 말이오. 나와 나용주의 관계를 귀찮을 정도로 캐묻기에, 침묵으로 일관하다가 딱 한 번 대답한 적이 있다오. 무엇이라고 했는지 아시오? 거기 보면 이렇게 적혀 있을 거요. 친구. 그래요. 우린 친구였소. 하하하하.

〈심문 보고서〉

이름: 최장학
나이: 62세
고향: 부산

위 수형자는 아편굴 '제비'에서 소화 2년(1927년) 8월 15일 체포된 자임. 아편 제조 및 밀매 혐의로 징역 15년을 선고받아 서대문형무소에서 복역 중임. 과대망상증을 앓아 세 차례 동료 죄수를 폭행하고 두 차례 자살을 감행함. 정신감정을 위해 한 달 동안 의사 입회하에 심문을 실시함. 수형자는 자신을 금아단장 백준기라고 주장하나 증인과 물증은 없음. 폭행이나 자해를 시도할 심각한 망상증을 다시 확인하였음. 독방 격리와 약물치료가 필요함.

소화 7년(1932년) 6월 30일
종로서 고등계 주임형사
박원탁

탐닉에 관한 소설을 쓰고 싶었다. 돈이든 명예든 혹은 사랑이든, 자신을 매혹시키는 대상에 전부를 건 영혼들. 타오르는 삶과 흩어지는 이야기의 간극에서 인생의 묘미를 더듬으며 두 해를 보냈다.

술도 담배도 여자도 아편도 끊을 수 있지만, 가장 끊기 힘든 것은 이야기다. 고백이 없다면 소설도 없고 인생도 없다는 변명. 참혹한 시절을 보내고도 홀로 묵묵히 실어증에 걸린 듯 스러져 간 이도 적지 않다. 이 소설의 주인공과 작가인 나는 더 많이 취하고 더 많이 지껄이고 더 많이 후회하며 여기까지 왔다. 우리는 왜 어깨동무한 채 이런 길로 접어들었을까.

'근대'를 만나 처음엔 떨렸고, 그 다음엔 두려웠는데, 이젠 다만 아득하다. 악취 가득한 범죄의 거리는 우리 마음을 채운 괴물의 풍경이다. 이야기를 구성하듯 이 괴물과 싸워 이길 전략을 짜야 한다.

합법을 넘어 비합법을 지나 불법의 도시에 닿았다. 이제 겨우 시작인지도 모른다.

2016년 5월

김탁환

인생은 돌아갈 수 없는 땅을 하나씩 늘려 가는 일인지도 모른다. 살다 보니 이만치 와 있고 돌아보니 내 발 딛었던 곳은 저만치 멀어져 있다. 살면 살수록 불귀(不歸)의 땅이 구비지고 구불텅마다 회한과 미련이 쌓인다. 사랑, 미움, 분노, 슬픔, 쾌락이 비벼져 기억이라는 이름으로 남지만, 언젠가 나를 죽일 것 같았던 그 기억도 결국은 시간과 함께 풍화된다. 『아편전쟁』은 풍화되어 돌아갈 수 없는 땅에 대한 연가(戀歌)이고 운명의 굴레에 갇혀 죽어 간 자들을 위한 진혼곡(鎭魂曲)이며 간난했던 우리의 근대에 바치는 헌사(獻詞)이다.

퇴고를 마치고 한동안 멍해 있었다. 존재의 밑바닥과 쾌락의 극점을 오르내리며 욕망과 운명이 뒤섞이는 이야기가 손에서 떨어지지 않았다. 나는 비겁하고 소심하여 격정적인 삶을 살지 못했다. 그래서 이 징한 이야기를 썼다.

시대의 병폐와 인생의 아이러니를 담지 못하는 이야기는 이야기가 아니다. 소설이자 영화이기도 한 나의 세 작품 『조선누아르, 범죄의 기원』, 『조선 마술사』, 그리고 『아편전쟁』을 앞에 놓고 밤이 깊도록 생각한다. 이제 나는 또다시 어떤 징한 이야기를 쓸 것인가.

2016년 5월
이원태

아편전쟁

1판 1쇄 펴냄 2016년 5월 27일
1판 4쇄 펴냄 2018년 7월 19일

지은이   이원태·김탁환
발행인   박근섭·박상준
펴낸곳   (주)민음사

출판등록   1966. 5. 19. 제16-490호
주소   (우편번호 06027) 서울시 강남구 도산대로 1길 62(신사동)
          강남출판문화센터 5층
대표전화   515-2000 | 팩시밀리 515-2007
홈페이지   www.minumsa.com

ISBN   978-89-374-4163-9
         978-89-374-4160-8 (세트)